JN092583

続・一年に一日

わたしの九月二十七日

クリスタ・ヴォルフ
保坂一夫・川尻竜彰・杉田芳樹　訳

同学社

Title: Ein Tag im Jahr im neuen Jahrhundert 2001-2011
Author: Christa Wolf

Japanese edition published by arrangement through The Sakai Agency

わたしの九月二十七日

『一年に一日』のための前書き

生きるとはどのようなことなのだろうか。この疑問は早くからわたしを悩ませていた。時間は、不可避的に、しかし謎めいたままに過ぎていく。生とはそんな時間と同じものなのだろうか。この文章を書いているあいだにも、時間は過ぎていき、わたしの生は、その一部が生じ、そして――同時に――その一部が過ぎ去っていく。だとすれば、生は、そのような無数の微細な時間的断片から構成されているのだろうか。しかし、奇妙なことに、その動きは捉えることができない。生は、観察する眼からも、懸命に書きとめようとする手からも逃れて、最期には――また、ある一時期が終わると――知らないうちにわたしたちの秘かな要求にしたがって組み合わされて、より充実した、より重要な、より緊張感に満ちたものになり、より意味深い、より豊かに物語をはらんだものとなっていく。かくしてわたしたちは、生はさまざまな瞬間の総和以上のものであり、また、あらゆる日々の総和以上であることを認識することになる。こうした日常は、いつか、わたしたちが気づかないうちに、生きられた時間に変身し、良い意味でも悪い意味でも、運命と呼ばれるものになっていく。いずれにしても、こうして人生が誕生するのである。

一九六〇年、モスクワの新聞『イズヴェスチヤ』[1]は、その年のある一日、つまり九月二十七日という一日をできるだけ精確に記述してほしいと世界の作家に呼びかけた。わたしはその呼びかけにすぐに魅了された。それは、ゴーリキー[2]が一九三五年に始めた『世界の一日』の試みを再開することであった。当時、ゴーリキーの呼びかけにはまったく反響がないわけではなかったが、それが続けられることはなかった。——そこで、わたしは呼びかけに応じて、わたしの一九六〇年九月二十七日を書いた。

ここまではそれでいい。しかし、なぜわたしは翌六一年九月二十七日も書いたのだろうか。そしてなぜ、それに続けて、毎年、今日にいたるまでその一日を、九月二十七日を書いたのか、そしてなぜ、それをやめることができないのだろうか。——それは四十三年間続き、いまやもうわたしのこれまでの人生の半分以上になっている。——その理由はすべて明確に意識しているわけではない。しかし、そのいくつかを挙げることはできる。まず、第一に、忘却に対する恐怖である。これまでの観察では、忘却は、とりわけわたしにとってきわめて大切な日常を奪い去ってしまうことになる。では、その日常をどこへ連れていくのだろうか。まさに忘却のなかへ、そして、忘却の双子の姉妹である、うつろいやすさとむなしさのなかへである。わたしは繰り返し（そしていまも）この恐ろしい現象と対決してきた。そして、とどまるところのない存在の喪失に対抗するために、書き続けることを思い立った。わたしはすくなくとも毎年のある一日を記憶の信頼できる支柱にしようと考えた。そしてその一日を、純粋に、あるがままに、芸術的意図にとらわれずに記述してきた。つまり、偶然に身をまかせて書いてきた。わたしは、偶然の日々がわたしの前に差し出すものをコントロールすることはできなかったし、そうする気もなかった。一見重要ではない日々もある。〈興味深い〉日々もある。月並みな日を避けてはならず、〈重要なもの〉を探してはならず、演出してもいけない。わたしはそう考えた。一年が過ぎていく。そのなかで、ある緊張感をもって、わたしは一年のその一日(まもなくその日をそう呼ぶようになっていた)がわたしにもたらすものを待ちうけるようになった。その一日の記録は義務的な課題となった。それは、ときには大いなる楽しみであったし、またときには負担であった。そして、同時に、それは現実に対して盲目にならないための日々の訓練になった。

変化や発展を捉えることはすぐに難しくなった。こうした個々の日々をすべて記録しても、四十年を表現することはできない。日々の記録は、その四十年から取り出されて点在する島のようなものである。しかしわたしは、周期的に、個々の時点において一定の判断を下していけば、そのことによって時代に関するある種の診断ができるかもしれないと希望した。つまり、さまざまな状況の、さまざまな人々の、しかしなによりもまず自分自身の、本質を見抜こうとする意欲が表現できるだろうと思ったのである。わたしが記録したのは——しばしば、ある一日に始まり、たいていは翌日まで続く——その日に経験し、思い、感じたこと、つまり、さまざまな記憶や連想である。そして、それと同時に、そのときどきにわたしの興味をひいた時事的事件、わたしに関連した政治的な出来事、一九八九年まで関与していた国［東ドイツ］[3]の状況であり、そして——わたしには予見はできなかったが——東ドイツが崩壊して、別の社会、別の国家へ移行するときのさまざまな現象である。もちろんここには、すべてのこうした複雑な、錯綜した、出来事に対する、ときには突発的に、しかしふだんは少しずつ、変化してゆくわたしの見方が反映されている。ここにあるのは、葛藤にみちた対決であり、あるいは攻撃的な対決である。このような意味で、これらの記録はたんなる素材以上のものであり、同時にそれらは——完全ではないが——わたしの発展を証拠だてるものでもある。以前の誤った判断や不当な判断は、今日の見方から修正したくなった。しかしもちろん、わたしはその誘惑には負けないように努めた。

これらの日記はわたしがふだんつけている日記とはまったく別のものである。構成だけではなく、内容も違うし、テーマは、日記より強く制約され、限定されている。さらに、もともと、この記録は公表する予定のなかったものである。他にも、一日の経過を契機として成立した散文作品があるが、それらは、最初から公表を意図していた。例をあげれば、『六月の午後』、『チェルノブイリ原発事故』、『残るものは何か？』、『砂漠を行く』であるが[4]——これらは、ほとんどどんな一日でも物語になる可能性を秘めていることを証明している。それはきわめて魅力的なことである。それに反して、この記録を公刊するにははっきりとした決意が必要だった。そこに示される〈自己〉は、芸術作品化された自己ではなく、無防備に身をさらし、身をゆだねており――さらには、理解や共感を持たないような人々の眼に身をさらすことになるからである。

では、なぜ公表することにしたのだろうか。経験では、人間は誰でもある時点から（それはあとになってはもういつとは言えないが）自分を歴史的に見始めるものである。つまり、時代に埋もれ時代に縛られている自分を見始めるものである。こうして距離が生まれてくる。つまり、自分自身に対するある強い客観性が生じてくる。そして、自己批判的な検証の眼は、比較する道を学ぶことになる。とはいえ、それで批判が甘くなるわけではない。しかし、たぶん批判は少しは正されるだろう。最も個人的なものでもそのなかには多くの一般的なものが含まれているが、そのことが眼に見えてくる。そしてその結果、読者は、判断し、裁定しようというう自分の欲求が、自己発見によって、最もうまくいけば、自己認識によって補完されうることを納得することになるのである。

日記の最も重要な基準は主観性であることに変わりはない。現在、わたしたちは、物事で埋められ、さらには物象化されるのが当然の時代に生きている。そうした時代では主観性は一つのスキャンダルである。現在、メディアは、一見主観的な、恥知らずな多くの暴露話でわたしたちを悩ませているが、それも実は、この商品世界の冷ややかに計算された構成要素なのである。即物化を強いる力、それは、わたしたちの最もプライベートな感情の動きにまで忍び込んでくる。わたしたちは、どのようにして、その力から逃れたらいいのか、そしてその力に対抗したらいいのか。その答えは、主観性を展開し、主観性を外部化すること以外には考えられないだろう。その場合には、もちろん、克服という代償がつきまとう。知ってもらいたいという欲求は、思い違いや間違いというそれ自体の問題性を含みながらも、あらゆる文学の基礎をなしているし、その欲求はこの本を書くための動機にもなっている。そうした冒険ができる時代はもう来ているのだろうか。それは徐々に判明するだろう。

しかし、この原稿を出版することにしたのには決定的な理由がある。それは、まさに、これが時代の証言になると思われるからである。公刊は職業的な義務だと思う。最近の歴史をみると、それは、すでにもう、お手軽な決まり文句に還元され規定される危険をあえて冒しているようにみえる。したがって、本書のような報告を出せば、あるいはそれによって、過去の出来事に関する意見を時代の流れのなかにおき、偏見をもう一度吟味し、硬化した既成概念を解きほぐし、自己の経験を再認識し、そのことによって、自己の経験をもっと信頼して、違和感のある状況を一歩自分に近づけるための一助とすることができるかもしれないではないか。

本来の内容に変更は加えていない。ただ、事例によっては多少文章を短縮し、プライバシー保護のために一部削除しなければならなかった。

二〇〇三年四月

クリスタ・ヴォルフは、彼女の九月二十七日に関する記録が、二〇〇三年に、現行のように書籍（『一年に一日――一九六〇年〜二〇〇〇年』〔邦題は『一年に一日――わたしの九月二十七日』〕）として出版されたあとも、依然としてその執筆作業を続けていた。それは、何よりも、自己理解のために忠実な記録を残しておこうと考えたからであった。もっとも、最初の二〇〇一年については、彼女は、すでにこの目的とは別に、首相ゲルハルト・シュレーダー[5]が二〇〇二年一月二十三日に官邸で開催した作家たちとの会合で原稿を朗読している。〈その原稿は文学雑誌『新ドイツ文学』五百四十三号（ベルリン、二〇〇二年）、および、単行本『見方を変えれば(Mit anderem Blick)』（フランクフルト・アム・マイン、二〇〇五年）に公表されている。〉

本書収録の原稿は、作者自身が確定した規範に従って、すなわち、彼女のコンピューターに残されている表記どおりに、いわば、彼女によってまず認可された形で印刷されている。ただ、未推敲の手書きの初稿しか残されていない場合が二例あり、その場合には、この原則は守られていない。二〇〇八年は、彼女は手術後入院中でその日の記録を確定することができず、原稿は、後に、未修正の手書きの形で、その日の記憶を残すという自分の責任を果たそうとしたものである。そして、二〇一一年は、結局、彼女にはもはや書く力が残されていず、九月二十七日に執筆を中断することになる。その手書き原稿を現物で確認して頂くために、ファクシミリも併せ掲載してある。

二〇一二年十一月

ゲルハルト・ヴォルフ

二〇〇一年九月二十七日木曜日

ベルリン

　時代の組織が裂けているぞ。そう叫んでいる声がして眼を覚ます。わたしはその声に耳を傾ける。そして、その声が発している真実に幸福感を味わう。やがて、自分がいまどこにいるのかが意識されてくる。早朝である。わたしはベッドに寝ている。そして、いやいやながら意識が現実を認めようとすると、その度合いに応じて幸福感は消え去っていく。真実だけでは何の効果も生み出さず、したがって、真実は人を幸福にしない。わたしはそれを思い知らされたのだった。心のスクリーンに、あたかも現実の一部であるかのように〈事実、それは現実の一部である〉、生々しく、昨夜遅くに見たCNNの最新映像が映し出されてくる。昨夜はそれを見たせいで、バルドリアン＝ディスペルト［睡眠薬］を二錠呑んだがよく眠れなかった。CNN局はあえて戦争という語を使用し、〈テロリズムに対するアメリカの戦争〉と表現していた。

　突然、また、緊張と不安の混ざり合った感情に襲われる。それは、この現実に対応する感情で、これまでも、しばしばわたしの一日の生活の始まりに伴って出現していた。今日わたしを襲ったのは、アメリカ人はアフガニスタンに対して——あるいは他の誰かに対して——昨夜報復攻撃を行ったのではないだろうか、という疑問である。起きるにはまだ早すぎる、どうやらそう自分に言い聞かせられそうなので、わたしは、その答えを避けて、——まったく別なことに向かい、湾岸戦争が始まった当時のことを思い出す。あのとき、わたしは、深夜四時にテレビの前に坐り込み、運命の放映を見ていた。それはアメリカ軍のクェート湾上陸に先行する砲火だった。わたしは泣いた。その後読んだ新聞には、この戦争を容認しないのはイスラエルに反対することだと書かれていた。しかし、その後、だいぶ時が経ってからわかったが、クウェートで、赤ん坊が非道なイラク人によって殺害されたという目撃情報を語り、爆撃の最終的かつ道徳的な正当性を主張したアメリカのクウェート大使館員の娘である若い女性は、実際は、赤ん坊の殺害現場は見ていなかったのである。

そんなわけで、起きる前にもう少し時間をとることにして、ガラス製のナイトテーブルの上に不揃いに積み重なっている本のなかから、例の本を引き出す。それは、E・L・ドクトロウ[6]の『神の街』といい、この二週間余りの〈一連の事件〉——いつのまにかそう呼ばれている——を最も正確に、つまり恐ろしいほど正確に、表現しているように思われる本である。この本は、その気になれば、鋭敏なニューヨークの住民たちの眼にはすでに破滅の予感が見えていたにちがいないことを証明するものとして利用——あるいは悪用——できそうである。つまり住民たちは、その予感に動かされて、恐怖や道徳的不安の理由を徹底的に追求しようとしていたという解釈である。〈あるいは、もうあまり時間は残されていないのかもしれない。人口統計学者たちの見解が正しければ、今世紀中葉には世界人口は百億人になる。地球上のいたるところに巨大な都市が造り出され、資源を我がものとしようとする人間たちであふれかえる。そのような状況下では、人間の祈りは、叫び声として、むなしく天に響くことになるだろう。そして、可能な人生に対するわたしたちの希望は、非常な侮辱や衝撃を被り、二十世紀は失われた楽園になるだろう。〉

思うに、歴史家たちは、まだ二年にもならないのに、二十世紀を〈人間の歴史の中で最も恐ろしい時代〉とみなして、それに別れを告げたのだった。二十世紀は、たった一度だけわたしを破滅的状況に巻き込みはしたが、それを除けば、危険な内的葛藤においては緊張に満ちていたものの、外的には比較的障害なく生活することを許してくれた世紀だった。――思考のコンピューターはまた起動し始めていた。わたしは起きて、カーテンを開ける。曇り空。九月十一日からずっと変わりない。

ゲルトは、もうキッチンにいる。そして、コーヒーがいいか、それとも紅茶か、と訊く。紅茶。わたしは、浴室に入るとすぐに、黒い小型ラジオのスイッチを押す。いや、まだ戦争にはなっていない。十字軍遠征はまだ始まっていない。アフガニスタンを囲む反テロ連合の包囲網はできている。連合には、旧ソ連のトルクメニスタン、アゼルバイジャン、ウズベキスタンも含まれている。アメリカ合衆国は、以前から、妨害なしにアフガニスタン経由で石油を輸送することに関心を寄せていた、西側はそう言っているという。シャワーを浴びて、服を着る――快適だ、さしあたり家にいることができる――。そのあいだずっとラジオを聴いている。何十万もの亡命者がアフガニスタンを去り、パキスタンへ向かっている。あるいは、砲撃に脅かされて都市部から田舎へ逃げ出している――いずれにせよ、彼らに食糧はない。国連は〈人道的惨事〉を警告し、数百万の人びとに最悪の事態を回避するように要求している。そして、わたしは、それに対応する術も思いつかず、一瞬、こんなことを想像してしまう。すでに戦争は不可避だと受け入れて、未来の戦争に参加している国々、とりわけアメリカ合衆国が、将来、この戦争に費やされる数億ドルの半分を、新規需要を産み出すことによって軍需産業を援助するために利用するのでなく、その莫大な費用を、餓死の危険に見舞われている人々に与え、食糧や薬品と破壊された国の再建のために、そして、見たところ金で買えそうな部族のリーダーの買収のために使わせて、将来テロリストになりそうな連中からその基盤を取り上げてくれないものだろうか。…これは、非現実的な想像だろうか。だとすれば、それだけいっそう現実の状況にとっては困ったことである。古き良き〈現実〉が急速に不合理な世界へと没落していき、語り得る事柄の限界がますます縮小していくように思われる。そのことについていずれ書かねばならないだろう。――でも、何のために。

わたしたちは朝食の席についている。口数は少ない。ゲルトは大好きなソバの実で粥［ロシア料理のカーシャのことか］を作った。それは以前モスクワで初めて味わい、そのとき調理法も学んだのだった。かつてはときどきモスクワから買ってきたが、いまではどの自然食品店でも買うことができる。わたしたちは新聞を交換し、簡潔にコメントを交わす。どうやら〈国際指名手配犯〉ビンラディン[7]は姿を隠しているらしい。タリバンは、彼はここにはいない、と主張しているが、アメリカは〈北部同盟〉[8]と連合を結び、アフガニスタンを制圧しているタリバンを壊滅させる構えだという。――とくに、アフガニスタンの女性たちは法の保護外にあり、いわゆるコーランに由来する戒律に違反すると、とんでもない処罰を受けることになる。わたしはニュースをざっと読む。そのうちの幾つかは数年前にはまだ想像すらできなかった内容である。――プーチン[9]、連邦議会会議場の前に登場。ハンブルクのキリスト教民主同盟（CDU）は、先の選挙で支持率を四パーセント失ったが、その結果に有権者の明らかな組閣の委託をみて、結局、右翼政党を率いて、あっという間に約二〇パーセントの票を集めたシル氏[10]と手を組むのだという。アメリカはNATOによる軍事援助を断念。ドイツ人が新しいマケドニア使節団の案内役を引き受ける。ペレス[11]とアラファト[12]は新しい安全保障協力を結ぶ。先日大暴落したドイツ株価指数（DAX）はいくぶん回復。わたしには、それは非常に重要なニュースだと思われる。これが、グローバルプレイヤーが目指す〈常態〉であり、わたしたちも、たとえDAXに関心がなくとも、それを望まなければならないのではないのか。わたしはそう自問する。というのも、わたしたちはみな、いやおうなく、株式市場が進路を定めるボートに乗っているからである。ただ、疑問は残る。いつものようにビジネスに戻ること、それは、たとえ多数の人々の運命と結びついているかもしれないとしても、わたしの周囲を取り巻くヴァーチャルな現象の一つであり、現実世界とは異なるものではないか。そう思われる。

なぜなら、〈現実的〉という語がなお何らかの意味を持つとすれば、〈現実的〉なのは時代の織物の裂け目だからである。以前はうまく表現できなかったが、九月十一日午後のあの瞬間以来、わたしにはよくわかっている。あの日、わたしは原稿審査員の部屋のテレビで（わたしたちはそこで原稿を校正していたが、テレビをつけてみろ、というゲルトの電話で中断した）二機の飛行機が、立て続けに、ニューヨークのツインタワーに激突するのを見た。わたしの脳は、まだ信じられずに、説明を求めていたが、しかし、わたしの身体はすでに事態を把握していて、いつものように不愉快な気分を生み出していた。それは取り返しのつかない出来事、たいていは恐ろしい出来事の発生を知らせる感情の変化だった。そうなると、その瞬間を体験するさまざまな状況が忘れられなくなる。一九三九年の開戦。四五年一月の故郷の町からの避難。六八年のワルシャワ条約機構軍のチェコスロヴァキア進駐。[13]——当時すでに老人だったら、わたしは、歴史は願い下げにしたい、孫たちはもっと平和な世紀に送り出してやりたいと思ったであろう。

憶えている。信じられない出来事を映すテレビの画面に催眠術をかけられて、わたしは、他所の部屋にいるように感じていた。そのとき、立て続けに、二つの疑問が心に浮かんできた。これは第三次大戦の始まりだろうか。これは、終焉の始まりなのだろうか。そんなことを考え始めると、クタクタになった。わたしは、原稿を荷造りしたが、その後、長時間、タクシーを待たねばならなかった。タクシーは日常的な渋滞で動けなかったのだった。車内のラジオからは、興奮して取り乱したリポーターの声が聞こえてきた。運転手は落ち着いた感じの男性だったが、ラジオのニュースを聴いて、驚くと同時に同情していた。わたしはそれを見てホッとした。そのときから、ニュースの声が、主張や疑念や疑問となってわたしにつきまとい離れなくなっている。それらはさまざまな答えをひねり出してきた。しかし、そのどれもわたしには満足できるものではない。――まだ記憶に残っている。そうして非現実的な状態でタクシーに乗っていると、アメリカ人の知人や友人の顔が思い浮かんできた。同時に、ずっと車窓から外を眺めながら、わたしは、別の眼で、わたしの町の家や通りや広場を見ていた。それらは、いつなんどき盲目的な怒りの破壊の標的になるかもしれないのだった。

もう十時になる。新聞を置いて、キッチンを整理し、洗濯機から洗濯物を取り出して浴室に掛ける。こうした家事のすべてが、日常という織物を作り上げ、そして、まとまって時代という織物を作っている。家事は、わたしのいわば〈本来の〉仕事の妨げとなり、毎日わたしの邪魔をする。しかし、歳をとるにつれて、家事は日ごと新たに満足を与えてくれるようになる。大切な日常。わたしは、ベッドを整えた後で、その端に座り、ドクトロウの本をパラパラめくり、興味をそそる箇所を探す。ついにある文章に眼がとまる。わたしは読む。〈作家は、自分が生きた生の真の一貫性[14]は再現しえないのである〉。これ以上は望むべくもない、直接的で簡潔な表現だ。そうだ、早速、この文をメモしておこう。きびしい満足感。患者が医者から絶望的な診断を聞いたときもこうなのだろうか。わたしは、長いあいだ知らずに生きてきたのかもしれない。そう自分に言い聞かせているあいだに、わたしの頭のコンピューターが熱くなっている。どのくらい、知らなかったのだろうか。答えられない。思うに、たいていの知見は、時の経過に合わせて、少しずつまとめられてあなたに届いている。それは巧妙な、心的自己防衛システムの作戦である。そうすれば、一撃で、書く能力を破壊されずにすむのである。

しかし、あの九月十一日、帰宅すると、ゲルトがテレビの前にいるのが眼に入った。ツインタワーが何度も倒壊していた。すぐにわかった。これで書くことはしばらく中断させられるだろう。わたしは、書き物机の前の回転椅子に座り、ゆっくりと部屋のなかを見回してみた。見慣れた本、家具、写真、そして機器類、それらを見ると、この部屋は永遠に続くかのようだった。しかし、他にまだ大切なものが何かあるだろうか。一枚のはがきが眼についた。モノクロ写真。それはいま眼の前の原稿台の上にある。ニューヨークのブレヒト[15]が写っている。テラスに座り、葉巻を吸いながら、空を見上げている。背後には、ニューヨークの尖塔がそびえ立っている——比較的控えめなこれらの尖塔は、一九四六年にルート・ベルラウがこの写真を撮ったときに、すでに建っていた。例えば、エンパイア・ステート・ビルディング。憶えている。わたしは、彼らはそれでやめにすることはできなかったのだろうか、と考えたのだった。彼らはバベルの塔の寓話を思わなかったのか。わたしたち人類の思い上がりをみて怒った、聖書の神の逆鱗に触れるとは考えなかったのか。あるいは、ブレヒトの初期の詩[16]の一節を考えなかったのか。そこにはこう書かれている。〈おれたちは、ふけばとぶような世代だが／住んでいるのは誰もが認める丈夫な家／（造ったのはおれたちだ、マンハッタン島ののっぽのビルも／大西洋を支えるすらっとしたアンテナも）。／これらの町で残るのは、きっと、巷を吹き抜ける風だろう。〉

ブレヒト、そしてその他の多くのドイツ人亡命者たち――数年前に、わたしはニューヨークで、まだ存命の数名のユダヤ人の老女の住居を訪問できた――、思うに、彼らはみな、亡命者の町ニューヨークがなければ生き残れなかっただろう。ニューヨークは、これらのドイツ人たちも受け入れ、まさに未曾有の蛮行への退行に取りつかれていた同郷の殺人者たちから彼らを救ったのである。

電話。〈旧ユダヤ人孤児養護施設協会〉[17]の、つまりわれわれの協会の、秘書C[18]からだ。わたしたちは協会の名前を短縮してそう呼んでいるのである。話の内容は、〈聖母訪問会〉病院のロビーに掛けられている展示〈パンコー地区のユダヤ人の生活〉についてである。展示の一部に、スプレーで、ナチスの標語や鉤十字が吹きつけられました。すでに刑事が来ています…。そうか、ここもそうなのか。病院は、最短距離で、わが家から百メートルも離れていない。まるでペストだ。病原菌が、わたしたちの、美しい、汚れのない、豊かな世界を腐食し、内部から汚染している。思うに、ここでもそういうことが問題視されることはきわめてまれであり、問題視する場合でも専門家だけである。どうしてなのだろうか。

　あれから十六日が過ぎた。あのときの攻撃目標はわたしたちの文明そのものであったといわれているが、わたしには、どうして、あの二つの高層ビルが、直接、わたしたちの文明の空虚な中心地に倒壊したように思われたのだろうか。誰もが、わたしたちの文明とは何であるかを知っているかのようである。辞書に手を伸ばす。なるほど、十六世紀以来、〈市民的(ビュルガーリヒ)〉という語は〈ツィヴィール〉という語でも言い表されているのである。なんと〈市民(ツィヴィリスト)〉という語はゲーテの造語なのだ。そして〈文明(ツィヴィリザツィオーン)〉は〈道徳的洗練〉や〈礼節〉に関連している。つまり、文明は、ギリシア哲学、一神教の宗教、啓蒙主義の理性思考…と続く〈野蛮を越えた人間社会の発展段階〉を意味しているのである。もしもそれらすべてが、『経済的テロル』[19]の影響下で、西洋における影響力を失い、わたしたちの心中の幻想(キマエラ)としてしか生き続けられないとしたら、どうなるだろうか。人間は、そのたびに、強く、この、わたしたちの文明の衰退を感じてきたのではないのか。そして、それについて話し合う必要性をますます強く感じてきたのではないのか。〈このままではいけない〉。そのたびに頻繁にこの言葉を思い浮かべることはなかったのだろうか。もしそう考えたとしたら、映画やテレビの制作者たちは、地球上の、あるいは地球外のモンスターがこの一見すばらしくみえる文明を――それまで――想像もつかなかった壊滅状態に追い込む映画を作って、大金を稼ぐことはできなかったのではないか。

　やめよう、もうやめにしよう。そう自分に言い聞かせる。日常の些事に眼を向けるのだ。出版社は新しい本[20]の表紙カバーの下図を見たいと言っていたのではないか。そうだった、見たいと言っていた。そう考えて、電話をかけ、二、三言葉を交わす——なるほど、彼らも〈現状〉を同じように見ているのか。じゃあ、だめだ、彼らと話しても本当に楽しいという気分にはなりそうにない。そこで、ミュンヘンに送付する手紙を書き上げ、そこに、新しい本の表紙カバーのヴァリエーションを三つ同封する。

そして、ともかく郵便局にいくことになるわけなので、あわせて、長いあいだ先延ばしにしてきたF教授宛の手紙も書き、アードルフ・ドレーゼン[21]の死に関する詳細な状況を伝える。教授はある期間ドレーゼンの担当医だったのである。今年はあまりにも多くの友人たちが死んでいく。さながら、未知なる否定の力が、ますます多くの人間から、わずかに残った、生きるために必要なエネルギーを奪い取っていくかのようである。いまこそ、わたしたちにはドレーゼンが、とくに、彼の徹底的な分析能力が必要だったのに。彼ならけっして許さなかっただろう。そして、根底から、この戦争に反対する理由を説明していたことだろう。

うれしい手紙。返事を書かねばならない。ニュルンベルクのドイツ文学教授の女性からあるアンソロジーのための寄稿[22]を依頼される。彼女は、その本で、パブロ・ネルーダ[23]の『疑念の書』からとった〈青色が誕生したとき、歓声をあげたのは誰だ〉という詩行のためにさまざまな人の言葉を集めようというのである。——わたしは喜んで原稿を書こうと思う。結末をどう書くか、それはもうわかっている。結末はこう書かれるだろう。青い惑星、地球が誕生したとき、その様子を見て歓声をあげたのは誰か。それは地球の外にいた者だったにちがいない。

　続いて事務的な仕事を片付ける。マリーア・ゾマー[24]がわたしのためにある劇場と結ぼうとしている契約条件について彼女と話し合う。いつもそうだ。彼女の想定内容は、明確で、よく考え抜かれている。同意するしかない。わたしとしては、彼女を信頼して任せるだけである。とはいえ、わたしは、以前の仕事をもっと広く活用し、若い人々の問いかけに耳を傾けるために、もっと時間と注意を割かねばならない。彼らは、もはや、わたしたちが知り合った人々のことを知らず、また、わたしたちが関係した出来事の背景をほとんど知らないのである。わたしには、歴史は、しばしば、わたしたちの人生が渦を巻いて流れ込む漏斗のように見えてくる。再会の見込みはない。まるで、恐竜になったような感じである。

　突然ラッパの合図が鳴り響く。窓の外を見る。隣家の敷地に分譲型マンションが建てられることになっていて、そのために、土地が掘り返されている。メガフォンの声が、近所の住人たちに、外に出ずに、家の窓を開けてくださいと呼びかけている。これから爆破作業に入ります。庭仕事中のわが家の管理人がわたしたちに大声で叫ぶ。第二次大戦の不発弾が見つかったのです。予想が当たったな、とゲルトは言う。あの土地は一九四五年から放置されていたからね。かけがえのないビオトープだよ。ここには爆薬が眠っているにちがいないと思っていたんだ。わたしたちは窓を開ける。爆破技師のラッパが三度鳴る。わたしは、念のために、玄関の間の椅子に座る。控えめな爆発音の後に、またラッパの音。警報解除。数名の作業員が爆破でできた小さな穴のところに行く。わたしは奇妙な優越感を禁じえない。かつてわたしたちが見た爆弾跡は、まったく別のものだった。いまでもあのシーンは容易に思い出すことができる。一九四五年四月。メクレンブルクの街道を移動するわたしたちの隊列。低空飛行の飛行機。アメリカの国章。コックピットの、白いシミのようなパイロットの顔。草原に飛散した爆片。標的を狙う機関銃の火花。そして農夫、彼はその後わたしの横の側溝で死んでいた。いや、だめだ。それを体験した者としては爆弾を使用する戦争には賛成できない。戦争に伴う〈付随的損害〉から眼をそらすことはできない。確信する。目的は手段を正当化しないのだ。だから、どうしても、爆弾は自国の反論の声をかき消している、あるいはかき消そうとしているのだ、と考えてしまうのである。どんな場合でも、まずは反論の声をかき消すこと。噂では、すでに、文法規則を重んじなかった女性教師たちを規制し始めているという。ずいぶん早いわね。そう思う。もしかしたら、わたしたちの気をそらすために娯楽社会が用いてきた任意の表現のなかにこそ、既成の制度では解決できない本当の問題が現れてくるのかもしれない。不安だ。

今日という日には、無理にでも最低数行は原稿を書かねばならないと思う。それこそが本来は毎日の中心的な仕事のはずなのである。[25]作家は、自分が生きた生の真の一貫性を再現できないのです、そうですね、ドクトロウさん。つまり、逆に言えば、この、すべてを自分の支配下に埋没させる商品社会においては、書くことはもはや自己実験としての意味しか持っていないのです。それは、自分自身を切り開き、解剖し、細分化した人物標本を作成し、さらすことしかできません。書くことは、時代遅れの構想なのです。書くことは、書くというこの時間のかかる仕事がなぜ自分の周りに克服しがたい障害を構築するのか、その理由の説明なのです。しかし、今日の課題はもっと簡単な練習の一つである。サンタモニカ二番街の雑貨店〈ウールワース〉での一場面。わたしは長い厚紙に包まれた電灯を買い、アパートの食卓にそれをねじ止めして、仕事用の灯りとして使おうと思っている。さて、話は、レジの前で並んでいるときに話しかけてきた比較的若い黒人男性のことである。彼のスラングは聞き取りにくい。彼は、菓子が入った小さな袋をわたしの手に押しつけて、支払いをお願いします、と言う。彼は、わたしにドル札を渡たす。わたしは最初受け取りたくなかったが、しかし彼はしつこく要求する。すぐトイレに行きたいのです。彼は大股歩きで店を出る。いつものように、未熟な店員による会計と包装はいつ終わるとも知れず、ひどく時間がかかる。わたしは、そのあいだ、ずっと待っている。男性は戻ってこない。うまくかつがれたのだ。突然、彼がわたしの後ろに立っている。ここにいましたか（ヒアー・ユー・アー）。ホッとする。わたしは、彼に、小さな袋とつり銭を渡す。さっきまではみずぼらしかった、その若者は、すっかり変わってしまったように、微笑み、顔を輝かせている。ありがとうございます（サンキュー・ヴェリー・マッチ）、マダム。心のこもった別れの言葉。どうやら、それはテストで、わたしはそのテストに合格したらしかった。そういう話である。

　キッチンのラジオ。ニュース解説者が〈われわれに賛成しない人は、われわれの敵に賛成しているということになる〉というアメリカ大統領の発言は、本当に残念だが、この時代にあっては正しい意見だと言う。たぶん彼は知らないのだろう。いったん抑圧された批判的思考は、〈この時代〉が過去のものになったとしても、簡単にはまたスイッチ・オンにはできないのである。――Cが来て、数通の手紙を見せる。彼女と、彼女の親戚や知人が、連邦政府の議員たちに宛てて送った手紙で、連邦国防軍の分担兵力をアフガニスタン戦争に送らないように懇願する内容のものである。これ以上はできません、と彼女は言う。

郵便受けには、いつものように、展示会や他のイベントの招待状がたくさん入っている。余りにも多すぎて、結局、わたしは家に留まることになる。ユニセフからの手紙。毎月の寄付金は端数を切り上げユーロに切り替えてほしいという。

友人E[26]が昨日の『ターゲスシュピーゲル』紙の切り抜きを送ってくる。それには〈臆病な思考〉という見出しが付いている。そして、中央の欄には、手配書のように、〈臆病な思考〉の罪をきせられた知識人たちの写真が上下左右に並べられている。〈芸術家と知識人は反アメリカ主義的ルサンチマンに逃避している。〉そこには、立派な人たちの名前と、この文脈とは無関係の文章が引用されている。ただ、民衆の怒りの声を彼らに届かせるための、彼らの住所と電話番号の記載はない。――わたしたちは顔を見合わせる。コメントはない。

わたしはサラダ用ドレッシングを作り、ゲルトは、テレビのレシピにならった料理で、パスタにホウレンソウを混ぜて、その上に、サーモンのチーズクリームソースをかける。食事中、十月のベルリン市議会選挙で、どの政党や候補者にチャンスがあるのかを議論する。現在すでに、世論調査は、東ベルリンと西ベルリンでは有権者の態度が根本的に違うと予想、東側はPDS（民主社会党）が最多で三六パーセント、西側はCDUが同程度の得票数であると考えている——この町はまたしても引き裂かれている。十一年前、誰がこの状況を予想しただろうか…。だが、ここでも事態は同様で、理由はほとんど調査されず、たいてい、恩知らずの東の有権者が理解しがたい郷愁に陥っているのだ、と決めつけられている。しかし、観測によれば、〈九月十一日の事件〉の印象のおかげで、東西のドイツ人は〈互いに親密さを増した〉ようだという。つまり、共通の敵に対する反感は、ドイツ統一の問題を解消する手立てになるということらしい。ありそうにない話だ。

疲れた。横になる。もう一度ドクトロウの本を手に取る。この本はどうしても手放せない。そこには、ニューヨークの改革派ラビ、サラ・グルーエン[27]が、アッパー・ウェスト・サイドにある彼女の小さな教会の関係者に話した言葉が載っている——彼女は彼らとともに、モーセへの十戒石盤の譲渡を含む、〈人間によって書かれた聖書〉について研究している。〈ここでわたしが知覚したこと、ここでわたしが気がついたこと、それは、この執筆者たちは、人間の生が倫理的にいかに測り知れないかを知っていたのではないか、という印象です…。十戒を創出し、それによって彼らなりに文明に一つの構造を与えたこれら聖書の頭脳は…倫理的に形成された人生を生きる可能性を創造したのです。〉文明に一つの構造を与える…。この文には何か慰めになるものがある。わたしは眠り込む前にそう考える。その後、わたしはまたしても一種の迷宮に迷い込む。人気のないさまざまな部屋が入り組んでいる。たぶん、半地下だったと思う。見知らぬ女性たちが行ったり来たりしている。しかし、わたしには判っている。世界の破滅が目前に迫っていて、それを阻止せねばならないのだ。わたしたちは、どうすべきか教え合う。いずれにせよ、なめらかな壁の一つに埋め込まれた、ほとんど眼に見えない単純な装置を監視し続けねばならない。できればわたしの眼で。わたしは、一度、外に出る。そのときに、ある比較的若い女性に伝える。世界の破滅が始まりそうになったら、指の爪で小さな車輪を回さなければいけません。ちなみに、それは、わたしの眼覚まし時計の設定装置によく似ている。そうして外に出る。そして、出るとすぐに気づく。〈世界の破滅〉が近づいているのだ。急いで部屋に戻る。すると、さっきの若い女性が、車輪の前に座っていて、指を高く上げている。まずい。彼女は爪が折れていて、車輪を回すことができなかったのだ。もう手遅れである。

へえ、とゲルトは言う。思い込みもいいところだね。わたしたちは、ベランダのコーヒーテーブルにカバーを掛ける。ハルバーシュタット〔ザクセン＝アンハルト州中部の町〕からB夫妻[28]が来るのだ。外はさらに暗くなり、雨が降ってきていた。ヘルムートは、彼の抱えている問題について、私たちと話したいという。彼の昔の教師ハンス・シュトゥッベ[29]に対する告発がなされたのである。彼は有名な遺伝学者で、戦後、ザクセン＝アンハルト州ガータースレーベンの文化植物学研究所を創建した。わたしたちはその研究所をよく知っており、そこで教授に会ったこともある。彼は東ドイツの遺伝学に多大な業績を残した人物で、勇気があり、後天的な遺伝的性質に関するルイセンコ[30]の似非理論を一蹴した。わたしは、当時、彼について比較的長いポートレート[31]を書いている。その彼が、いまになって突然、西側の資料を根拠に、戦時中にソ連からの種子の略奪に加担したとの批判を受けているのだ。ヘルムートによれば、できるかぎり資料を調べたが、批判は根拠のないものであるという。彼は迷っている。来年、シュトゥッツベの生誕百年の記念パーティーで、それを問題にすべきだろうか。それとも――シュトゥッツベの学問的業績と〈学者の自由と責任〉の問題に対する立場を踏まえて――新しい研究成果に基づき、つい最近まではタブー視されていた、生命発生のプロセスに遺伝学者が介入する権利はあるのか、いやそれどころか、遺伝学者にはそうした義務があるのではないかという問題を提起した方がいいのだろうか。――専門知識に欠けているので有益な助言はできないが、わたしは、どちらかといえば、後者の案に賛成である。わたちたちは、シュトゥッツベを称えるコロキウムが開催されることになったら、またガータースレーベンに行くと約束する。わたしはまたそこで朗読することになるだろう。あれはいったい何十年前だったろうか。わたしたちは、昔、遺伝学と政治に関して、活発に、批判的に議論したのだった。いまとは別の人生だった。

　珍しいものを見つけたと言って、ヘルムートは、ロマン派に関するペーター・ハックスの新しいエッセー[32]を数ページコピーして持ってきていた。そこで、ハックスは、八九年秋の東ドイツの〈反革命〉について論じ、反革命は〈すくなくとも二つのソ連諜報機関と、おそらく彼らに従属していた東ドイツのシュタージ勢力によって始められ、それを世間に呼びかけたのは、芸術家たちだった…〉と主張している。〈労働者も農民も経済指導者もドイツ社会主義統一党（ＳＥＤ）国家の廃棄に参与〉していなかったというのである。ハックスによれば、作家たちは、彼らなりに、とくにわたしは『どこにも居場所はない』によって、傍若無人にドイツロマン主義を宣伝し、そのことによって反革命を準備した。作家たちは、すでに七六年に、ビーアマン[33]の市民権剥奪に対する抵抗によってその端緒を開こうとした。しかし〈東ドイツ政府は、当時はまだ譲る気はなく、その問題をそのままで納めてしまった〉のである、という。

――いやはや、脱帽である。この問題もいずれ考えてみなければならない。

マヤコフスキーの会の文学ワークショップへ出発、討論会[34]に参加する。途中、雨が本降りになる。入り口の左右にはランプが灯されている。この建物を見ると憂鬱になる。今日はここでの最後の討論会なのである。十二月には文学ワークショップが移転することになっており、それに伴い、わたしたちも退去しなければならない――一九三三年以前にはユダヤ人が所有していたその建物は現在はユダヤ人補償請求会議[35]の管理下にある。売却が予定されているが、ベルリン市当局はその金額を支払えそうにない。十年ほど前から、わたしたちは月に一度ここに集まっていた。参加者はしだいに増えている。その多くをわたしはよく知っており、彼らも互いに知り合いで、雰囲気はなごやかである。わたしたちは小さなグループに分かれていつもの席につく。今日は普段よりも混雑している。どうやら、みんなで話し合いたい気持ちが強いようだ――それには、〈ローマとアメリカ――それぞれの時代の唯一の世界大国〉、この、三ヶ月前に決まったテーマが極端に爆発的であることも与かっていると思われる。

ペータ・ベンダー[36]が報告者になり、概略を述べる。この、二千年を隔てて別々に生じた二つの国家権力は――半島のような、あるいは孤島のような地理的状況を利用して――自国が不死身であるという感情を持ち続け、孤立主義に至りました。その後、彼らは何回かの戦争を通じて、世界進出を強制され、ますます権力を拡大し、ついに、それぞれの時代の唯一の大国になることを余儀なくされたのです。やがて、そのうちの一国ローマは、強大な権力と内政の無力化が原因で崩壊します。ローマ帝国と（非公式な）アメリカ帝国の間には似て非なる点が多くありますが、その一つは、アメリカが不死身になるために発達させた完璧な武力です。もっとも、その武力は、いずれにせよ今回の事件で、カッターナイフを持った、自らの死を恐れぬ十九名の男たちによって無化されました。かつて文明は現代文明ほど脆弱ではありませんでした。アメリカは二百年間孤島の安全性を保っていましたが、その状況はたった数時間で終焉しました。アメリカがこの衝撃をいかに消化するのか、それは、わたしたち全員にとって、生存を左右しかねない意味を持っているのです。

議論はいつものように活発であり、ふだんよりも真剣であった。まず、一般的に言われているように、本当に、九月十一日以後の世界はそれ以前とは違う世界なのかという問題が執拗に話し合われる。この新しい挑発との対決は、暴力には暴力を、という古い規範で行われており、わたしたちの行動は、あっという間に、旧態依然たる状態に戻ってしまったというのである。しかし、それに対して、他にどのような選択肢がありますか、テロリストに他の言語は通じますか、との反論がでる。わたしはその質問を待っていた。わたしは、間違った選択肢のはざまに立たされ、後戻りもできず、間違った選択しかできないときの感情をよく知っている。正確すぎるほどによく知っている。それは、社会が根本的な危機にあるたしかな兆しなのです、とわたしは言う。このサインを見逃さないこと、無視しないことがとても重要なのです。しかし、政治体制と経済体制を動かして盲点を知覚させる社会的な力は、すなわち、傲慢、自己確信に、そして、もちろん間違って理解された利害や関心によって作り出されて、現実を見たり認識したりすることを妨げている盲点に気づかせる社会的な力は、どこにあるのだろうか。現にわたしたちは、みな、現在の不公正な世界秩序から恩恵をこうむっており、その〈秩序〉に苦しむ人々の安寧にも配慮しさえすれば、生き長らえることができるのである。

発言者が変わり、論点があれこれと入れ替わるあいだ、わたしは自問する。今日、部外者がここに居合わせていたら、参加者の誰が東の出身か、誰が西の出身か――数年前のように――区別できるだろうか。わたしたちのテーマはさまざまに変化してきた。最初は、東西統一の転換点の問題性、続いて、西ドイツの制度の構造、そして最近では、ますます頻繁に、わたしたち全員に関係する身近な問題。わたしは、本来、このサークルはもう目的を果たした、と考えている。しかし、長年使用した会場から移転する機会にこのサークルを終わらせてはどうかと提案すると、言い出すタイミングが悪く、すぐに反対意見が出る。このサークルは、会員同士が親密であり、他所ではみられないような率直な議論がなされるので、今後も存続させたい、と言うのである。わたしたちは、その判断は次の会に下すことにする。

深夜のニュースで、内務大臣の最初の安全保障法案が連邦参議院で採択されたことを知る。いつものように興奮と疲労で眠り込めず、ベッドのなかでドクトロウの本を読む。彼の本は、今日一日、わたしの忠実なる同伴者だった。驚くべき箇所がある。ただ、それは彼自身の言葉ではなく、ルートヴィヒ・ヴィトゲンシュタイン[37]の言葉である。それは、どこに隠れたとしても、必ず見つけ出して、ヨーロッパ人の傲慢癖の息の根を止めずにはおかない言葉である。〈わたしは、自分の死後に、この言葉を遺しておきたい。ヨーロッパは世界の膿である。そしてあなたたちはアメリカで、ヨーロッパが与えてくれる最高のものを受け取り、災難から逃れたつもりで、陰で口笛を吹いている。神に飽きたあなたたちの思考は、力をあわせて宗教的な人物像を造り出しているが、それらは、ヨーロッパの聖職者が近東や古典古代の幻想世界から造った模像なのである。あなたたちのすべての社会的摩擦は、ヨーロッパの商人の、他者を奴隷化する植民地主義的経済システムの遺産である。あなたたちのすべての形而上学的問題はあなたたちのためにヨーロッパの知識人が作り出したものである。いまや、あなたたちは大西洋を越えて進み、ヨーロッパの政治家たちが扇動する二度の大戦に突入した。あなたたちは、それによって、あなたたちの共和国に、ハドリアヌス[38]の時代以来変らずわれわれの町を

火の海にする、軍事主義的国家思考を確立したのである。〉

たしか、インゲボルク・バッハマン[39]はこう言っていた。〈猶予された時間が／いま水平線に見えてくる。／…さらに過酷な日々が始まろうとしている。〉まさにヴィットゲンシュタインの弟子である。

二〇〇二年九月二十七日金曜日

ベルリン、およびヴォゼリーン

今日は、予報は晴れだったが、曇ってきそうだ。起きる前に、二、三ページ、ミヒャエル・ユルクス[40]のグラス[41]伝に眼を通す。この章には、最初の妻と別れ、シュレーター夫人[42]との関係が挫折した後の個人的な葛藤が書かれている。それはグラスがウーテ[43]やイングリート・クリューガー[44]と懇意になっていく時期で、その後、クリューガーとのあいだには娘ネーレを授かっている。もちろん、そのすべては、部外者にとってはおもしろいが——わたしたちは、長いあいだ、ネーレはヴォルフ・ビーアマンの子供だと思っていた——、しかし、ウーテにとっては、またおそらくイングリート・クリューガーにとっても、心の痛む出来事だっただろう。伝記を書いたユルクスは、どうやら、この特殊ケースでは事情通振りをさらけ出す気で、そのためには文章に品位が欠けてもかまわないと考えているようである。

いつもの朝の儀式を終えて新聞[45]を読む。選挙から五日たった。選挙の夜は、早朝になってようやく赤緑連合[46]の勝利が決した。大見出し。ＳＰＤ、医師カルテルを打破する意向。——

クラーク米陸軍大将[47]語る、国連に対するアメリカの圧力は正しい〈アメリカはいかなる犠牲を払ってもイラクで戦争を始めるのかという問題と、シュレーダーの戦争参加拒否は、ともに、選挙に決定的な影響を及ぼした。〉——イラク＝アルカイダ関連、証拠不十分。——アメリカ、選挙戦の争点はサダム・フセイン[48]。——ヴェスターヴェレ[49]、メレマン[50]と断絶。——近東で新たにテロ、死者八名。——シュトレーベレ[51]、直接議席[52]獲得——彼を援助したSPD党員二名は党除名の見通し。——株式市場が潰えるときには——新しい市場は閉じられるべき。——PDS、連邦議会から去る。〈自己を放棄する者だけが負けた。〉[53]——デン・ハーグのミロシェヴィッチ[54]裁判、大量殺人で起訴。——イスラエル、ハマスへミサイル攻撃。——検察庁、マックス・シュトラウス[55]を脱税容疑で起訴。——文芸欄。国民的キッチュへの憧れ。——新しいロシアにおける文学と政治の緊張関係。——衝撃による星の誕生。恒星の形成過程の説明で対立する二理論。——ベルリン欄。自転車の男性、追い越そうとして数名の女性を負傷。——旅行カバンで学ぶドイツ語。[56]ベルリン市教育大臣ベーガー[57]、全日制託児所と学校の改革を準備。——警察、人質を救出——そして、身代金は取り返せず。——日曜日のマラソン、四万八千人が参加予定。——公務員、近く終業時間が早まる見込み。——蛾の幼虫に食べられた栗の木の葉を堆肥に。——市営プールで文学夜会。ヤーナ[58]も彼女の本を朗読する予定。他にも、さまざまな情報。——経済面。〈詐欺師、道楽者、卑劣漢〉という見出しで〈新しい市場の低迷〉を象徴する経営者四人のイラスト。——ここには、もちろん、一面に登場する政治家たちの行動を操作する、本当に重要なニュースがある。
洗濯機を回し、部屋を片付け、食器を洗い、そのあいだ、ラジオを聴く。環境税あるいはその継続が、赤〔SPD〕と緑〔緑の党〕の間での連立交渉の際の争点になっている。座談会。テーマは、ドイツの生徒の知識水準に関する学習到達度調査（PISA）のあまりにもひどい結果を受けて、いかに補習授業をすべきかということ。――オリンダ〔カリフォルニア州オークランド北東の町〕のトゥーバッハ夫妻[59]が十一月にドイツに来たときに会いたいと言ってくる。彼らにファックスを送る。

残り一時間半、六五年の〈一年に一日〉の日について書く。第十一回中央委員会総会とそれに対するわたしの反応が記された当時の日記を使って補足しなければならない。当時どう感じていたか、それは完全に消失しているが、わたしの認識は当時すでになんとラディカルだったことか。驚く。そのように辛辣で偏見のない見方をしていたのに、なぜその後も東ドイツに残ったのか、読者はきっと疑問に思うだろう。居住地を移すことは難しかった――それにしては、わたしの人生は多くの引っ越しを伴っているようだ――が、それは別にして、アチラ側に新しい可能性はない、当時はそういう認識――あるいは見解――だった。『どこにも居場所はない』[60]――これが、当時から現在まで、わたしの基本的感情だった。今日、見方は変わっただろうか。たしかに、当時、西ドイツを批判的に見すぎていたのではないか。そんなことは絶対にないと思う。たしかに、今日、社会福祉国家によって抑制された当時の資本主義は今日的な肉食型資本主義[61]とは別のものだった、と言われるが、しかし、資本主義の〈本質〉は変ってはいない。違いがあるとすれば、現在では、その本質を、抑制なく、あからさまに現しうるようになっているということだけである。

長年の日々を記したこの本にどのようなタイトルを付けたらいいか、ゲルトと話し合う。わたしは、〈時間軸（ツァイトアクセン）〉はどうかしら、と言う。ゲルトは、それなら、その下に〈一年に一日〉と書かねばならないし、それに、表紙には、副題で、四十年間の記述であることも書いておかなければならなくなるな、と言う。——また、ひそかに、この本は出版すべきだろうか、と迷い始める。早くも、軽蔑と不快感で一杯の批判が眼に見えてくる。しかし、いまは、まず原稿を印刷可能にすることである。来春までに。それから先はそのときのことである。

急いで食事をとる。パスタ、ハム、オリーブオイル、チーズ、サラダ。

横になって『フライターク』紙の小さな記事を読む。あまり眠れない。ゲルトはいつもより早く起きて、アントン[62]とエラ・エフトゥシェンコ[63]を迎えに行く。そのあいだに、郵便物を調べる。いつものように、ほとんどが展示会や他のイベントへの招待状だ。一昨日オーバーシェーネヴァイデ文化センターで行われた朗読会の契約書が含まれている（わたしは『砂漠を行く』[64]を朗読した。その後のディスカッションでは、またもや、〈わが国のために〉[65]というスローガンを含めて、もっぱら一九八九年頃のことが話題になった。ヘルツベルク夫人[66]は、開会の挨拶のときに、わたしの、いわゆるシュタージ非公式協力者（IM）としての活動についても言及した。わたしは、当時人々は何も行動できなかった、それで、いまでも変らずに慰謝と確認を探し求めているのだ、と感じた）。契約書を送って来た連邦政治教育本部の女性——もちろん西側の女性だ——は、同封の手紙に、わたしも、東ドイツにいたとしたら、どのように行動していたかわかりません、と書いていた（一種の慰めの言葉である。わたしには耐えがたいが、しかし、善意の言葉ではある）。——ヴィスマル〔メクレンブルク＝フォアポンメルン州北部の町〕出身のペター[67]という女性からの手紙。ヴィスマルには、若いときにランツベルクの高等学校上級課程で英語と地理学の教師をしていた、現在百歳ほどになるツェルントさんという女性が暮らしている。わたしもその学校に通っていた。彼女はときどきパウクシュ博士から、作文の授業で〈あのクリスタ〉に最高点を出してもいいでしょうか、と訊かれたそうだ…。記憶はあいまいだ。やや年配の女性の姿が思い浮かぶ。彼女には、たぶん、地理の授業を受けていたと思う。手紙の主は、何らかのかたちで彼女に挨拶してくれないかという。しかし、彼女はほとんど眼が見えなくなっているので、本は適当ではないだろう。この、当時（わたしには）すでに年輩に見えていた女性がまだ生きている。それは、想像するにいささか不気味である。

　十四時三十五分。ヴォゼリーンへ出発。ティンカとマルティーン[68]のお祝いのためである。彼女は四十六歳、彼は五十四歳、二人の年齢の合計が百歳になる。金曜日の午後で道路は混雑している。人々はすでに、街から田舎の別荘へ、あるいはさらに遠方へと向かっているのだ。トラックも多く走っている。ときどき車の流れがゆっくりになるが、渋滞はしない。わたしの後ろにいるエラが、ウクライナにはいま見えている車外の風景と同じような広く開けた平地がありません、と言う。ウクライナでは、小さく区分けされた土地がすべて賃貸されて、菜園として利用されています。食糧の供給状態が悪く、お金もないので、できるだけ自分たちで食糧を用意しなければならないのです。彼女はユダヤ人で、（七年前からだったろうか）ベルリンで暮らしている。まずはティンカの〈東西ヨーロッパ女性ネットワーク（ＯＷＥＮ）〉[69]に参加、現在は、自分の代理店（あるいはそのような会社）を開き、移民女性たちに助言したり、補習授業をしたりしている。娘はカナダのトロントで暮らしている。しかし、孫は土地になじめず、彼女のところに来ていたが、その後、父親のいるハリコフ〔ウクライナ北東部の町〕で一年間暮らし、現在はトロントに帰っている。環境には以前より上手に順応している。エラはもともと物理の教師だった。

車の中でときどき少し眠る。アントンはずっとヘッドホーンをかけていて、話しかけることができない。髪を後ろに束ねると、ヘレーネ[70]にそっくりだ。それには何度も驚かされた。アントンは、二日前、十八歳になった――つまり、あらゆる意味で大人になった。考えられない。最初は曇り空だったが、ヴィットシュトック〔ブランデンブルク州北西の町〕を越えて北へ向かうにつれて雲が切れてくる。「メクレンブルクはすばらしい天気だわ」と声が出る。わたしたちは、ハンブルク方面出口直前の最後のパーキングエリアで休憩をとる。がっかりだ。まずいカサカサのケーキに、薄いコーヒー。

ヴォゼリーン到着。予定されている大勢の客の一番手である。ティンカ、マルティーン、ヘレーネ、ティーモ[71]、オーラフ[72]からなる先遣部隊は、一階に、ティーモが、病院の事務局長をしている父親の小さなトラックで運んできたテーブルとプラスチックの椅子を並べて、そこを食堂兼応接間にしていた。わたしの部屋にはゲルトのベッドが運ばれていたが、その他はそのままだった。いい逃げ場所である。準備している人たちの雰囲気は良い。合言葉は〈緊張するな〉。ティンカは洗髪後のブロンドの髪をボサボサにしたままである。ヘレーネはパーティーの幹事で〈すべてを一手に握って〉おり、ティーモは無条件でそれを支えている。二人は、まるで昔から一緒にいるみたいだ。マルティーンはその場にぴったりである。——ティーモはホテル〈アードロン〉のウエーターの仕事について話す。ぼくは燕尾服に押し込まれ、すぐに、盛大なディナーの席で、ほとんど指示を受けずに給仕をしなければなりませんでした。腕に載せた皿は、保温カバーが掛かっていると、ひどく重いんですよ。翌日は筋肉痛になりました。ぼくの三、四日後に働き始めたウエーターは、最初の仕事のときに、女性客のスーツに皿をひっくりかえしてしまったのに、きちんと拭き取らなかったんですよ…。彼は、これからコンピューター教育講座の補習を受け、その後は、希望している仕事を学ぶために、デザイン会社の実習生として始めるつもりだと言う。

徐々に客が集まってくる。多くは車だ——下の草地に駐車車輌が増えている——。中にはオーラフがギュストロー［メクレンブルク＝フォアポンメルン州中央部の町］から連れてきた人もいる。ウータ[73]が来る。彼女は、ポツダムから来たオーラフの恋人で、美しくて生活力があり、ポツダムでワイン販売店を経営するとともに大きなパーティーにケータリング・サービスを行っている。いま、彼女はメクレンブルクに引っ越すことを考えている。そうすれば、やっとオーラフと一緒に暮らすことができて、週末だけの夫婦生活を送る必要がなくなるだろう（というのも、売却に応じてくれそうな買い手が銀行からクレジットを得られないために、オーラフは繁盛しているオリーヴ販売店を売却できず、その結果、北ドイツへ向けて市場を拡大しているのである）。ウータは、おいしいチーズの作り方を学び、その後メクレンブルクでチーズ作りの仕事をするために、一年間フランスへ行こうと思っている、と言う。どうして、この国の人たちは、本当においしいチーズに関心がないのでしょうね。――二人は食事で客をもてなす係りだ。彼らは、翌日ずっとキッチンで働くことになるだろう。食材を切り、料理を作り、形を整える――極上の前菜はたっぷりあり、カボチャスープはとてもおいしい。そのため、本来予定されていたメインディッシュ――キノコのリゾット――はなしになった。わたしたちは、そのためにキノコを持ってきて、きれいに洗い、それを切っていたのに。

しかし、今日はまだ前夜祭である。ティンカは前夜祭用に、大きな鍋で、ギリシャ風チキンスープを作ってきていた。すでに到着して大きな部屋にいた人たちが、後で、それを飲むことになるだろう。わたしは、マルティーンの親戚のグループの中に座っている――わたしたちは、もちろん、最年長である。彼の妹のトーニ[74]と彼女の夫はブレーメンから、そして、死んだ兄ハンス[75]の未亡人インゲ[76]はロストックから来た（わたしは、後に、インゲの悲しみと、彼女の、ひどく迷惑な隣人の話を聞かされることになる）。ルートヴィヒ[77]はヴェルニゲローデ［ザクセン＝アンハルト州西部の町］の市長で、わたしは、たちまち、来年四月に朗読会を約束させられる。イーヴォ[78]は、ハレから来た義理の兄で、年金生活の耳鼻咽喉科医だ。ハイディ[79]は、マルティーンの姉で、わたしと意見が合う。愛情豊かで、温かく、飾らない人柄である。わたしたちは、昨年はどう過ごしたのか（わたしが夏に罹ったいろいろな病気のことも含めて）を話し合う。彼女は、母親が死んだ後の家の改築、息子の家族の同居、そして、もう一人の息子との諍い等々について話す。

玄関で〈政治家たち〉の小さなグループがしばらく立ち話をしている。中心はハンス・ミッセルヴィッツ[80]である。彼は、ＳＰＤから派遣され、労働組合員たちとの会合に参加していたので、遅れて来た。「経済を方向転換するつもりです」という言葉が聞こえてくる。わたしはそれに興味を引かれて、どの方向へだろうか、と考える。――ラフォンテーヌ[81]の方向です、という声。最近四年間のネオリベラル路線はもう続けていられません。――シュレーダーもそう思っているのですか。――きっとそう思っていますよ。――周りにはティンカとマルティーンの友人たちがいる。多くは平和運動サークルのメンバーで、社会民主党か緑の党の党員である。彼らは、一様に、シュトレーベレが大きな賭けに出て成功したことを歓迎する。彼は、フリードリヒスハインの選挙区で、緑の党の候補者にならずに直接議席を獲得した。つまり、彼は、緑の党にとっては好ましくない人物なのである。（彼は直接議席をあるＰＤＳの候補者から奪い取り、それによって大きな政治的成果をあげた。もしも、そのＰＤＳ党員がＰＤＳのトップから三番目の党員として連邦議会に入ったならば、力関係が変わり、赤緑連合はもはや連立できず、すべての政党が大連立を組むことになったであろう。ちなみに、その場合、大連立はギュンター・ガウス[82]を推していたと思われる。）選挙の夜をどう過ごしたか、話はまだまだ続く。しかし、気がつけば、あの夜の記憶はあっという間に新しい出来事に覆い尽くされ始めている。

わたしたちは、近所の友人たちともっと小さなグループを作って座る。アンドレーア[83]は、ローテン文化資料館のための資金調達がうまくいっている話をする。カローラ[84]は陶芸家だ。そして、もう一人の陶芸家カトリーン[85]は、一年前に、わたしたちの隣の、今も昔も住む人のない小さな家半分を購入した。そこは水がない。ランゲ牧師[86]に禁じられて、墓地から水を汲むことができないのだ。カトリーンは、信じられないくらいに力を尽くして、けなげにも、少しずつ家を建て直し、そして同時に、自分で造った窯で美しい陶器を焼き、あちこちの市場に出している。彼女は、市場で場所を申請するときに遭遇する、想像を絶する官僚主義の話をする。そこでは、ありとある申請書と証明書をすべて提出し、そのために多額の費用が支払わねばならない。すべてが現実の一片である。ヴォゼリーンに来なければこんな話は何ひとつ耳にすることはなさそうである。

夜遅く、かなり疲れた様子で、比較的若い女性が到着する（わたしにとっては、四十歳程度ならば、いつでも〈比較的若い〉女性である）。ヴォゼリーンへの入り口が見つからなかったので、迷ってシュテルンベルクまで行き、その後、さらに一時間、かなり暗くなった道を走り回った、と言う。向かいに住む新しい隣人の男性が、彼女が二つの質問に——あなたは何をなさっているのですか——絵を描いています——良い絵ですか、それとも悪い絵ですか——答えた後で、道順を教えてくれた。それは、いまここに定住している環境デザイナーの男だったと思われる。そして最後の客はビルギート・シェーネ[87]だ。会うのは二十年振りである。彼女は、すべての予想に反して——彼女はもとより才能は豊かで、独自なひらめきを示していたが、自己主張のできない人だと思われていた——舞台装置係りとしてすばらしい作品をつくっている。彼女は、〈屋根裏劇場〉[88]で、支配人が、明らかに左がかった彼女たちの、舞台情景の一部を取り外してしまった、と怒った調子で言う。できるものなら、彼女は、そのことで市長に苦情を言いたいと思っている。そして、当時はまだ小さかった息子の話をする。彼は重い喘息だったが、ホメオパシー療法で治ったという。彼は、いまプレンツラウアー・ベルク［パンコー地区］のシェアハウスに家賃免除で暮らしており、自分専用の部屋でたくさんの粘土の人形を製作している。すばらしいと評判なのだが、彼はそれを商品化する意思はない。彼は、現代の金銭社会と関係を持つ気はなく、つましい暮らしに自足している。他の同居者たちは彼を彼等の〈ソーシャル・ケース〉とみなし、一緒に彼の困難な生活を乗り切るのが自分たちの課題だと思っていると言う。

ケルンのバルバラ・ブール[89]と会うのも久しぶりだ。テーゲル空港［ベルリン北部の空港］に到着し、誰かにベルリンから連れてきてもらったのである。以前、彼女がわたしの短編小説をWDR［西部ドイツ放送］のために映画化しようとしたことがあり、それ以来の関係である。次には、『オイレンシュピーゲル』の初上映が失敗に終わった後、ハノーファーで出会った。ティンカが彼女と連絡し続けていた。十歳くらいの娘レオニー[90]を連れている。レオニーは、すぐに他の少女と仲良くなり、家や外の風景がすっかり好きになる。そして、翌日、悲し気に別れていく。ときおり、二十人くらいの子供たちが草地で遊んでいるのが見える。いまハンブルクで牧師をしている、グライフスヴァルト［メクレンブルク＝フォアポンメルン州北東部の町］のトーマス・ヨイトナー[91]は息子を連れてきていて、二人で、打楽器、ハーモニカ、クラリネットで編成した独自のバンドを作っている。（彼らは、翌日の午後遅くに、ティンカとマルティーンの――ミッセルヴィッツ夫婦、マリーナ・バイアー[92]、ゲルハルト・ライン[93]を中心とする――友人たちのグループが家の前で宗教劇を演ずるとき、上演開始の音楽を演奏することになっている。その劇は、聖カタリーナと聖マルティーンが聖なる地位にとどまるべきか、それとも地上に引き戻されるべきかに裁定を下す、という内容である。）

ティンカの最初の恋人ラリー[94]は大きな黒い犬ヴィリーを連れて来る。彼らのあいだには愛情と依存の関係が保たれている。彼は、プレゼントに、自分で色を塗った小さな色紙を持ってきていて、わたしに、障害者施設の仕事について語る。仕事はかなりきつい。しかし、彼は、月に一度、ワークショップで家族布置[95]活動に参加しているが、それはとてもすぐれた療法だと考えている。

真夜中まで話し合う。そうやって、ティンカの誕生日が来るのを待とうというのである。時計が十二時を打つと、イーヴォが、緑色のクレープペーパーを貼り付けた大きな盆を持って、部屋に入ってくる。盆の周縁にはロウソクが灯されている。ボール箱の中には、ビスケットを生地に焼き上げられ、チョコレート・コーティングされた〈100〉という数字が見える。――わたしたちは、ティンカにはアンサンブルを、マルティーンには亜麻シャツを、さらに、二人にローマでの延長週末旅行をプレゼントする。マルティーンはティンカに透明な石の付いた美しいネックレスを贈る。他にもたくさんのプレゼント。背後にはティーモとアントンによるBGM。もちろん、シャンパンが注がれ、あらためて、気分が盛り上がる。しかし、その頃には、みな疲れてきており、一時前にベッドに入る。

二〇〇三年九月二十七日土曜日

ベルリン

十一時。新聞を読み、キッチンの整理。その後、横になり眠ってしまいたいというほとんど抗しがたい衝動にかられる。しかし、なんとか我慢した。洗濯物を掛けねばならず、汗だくになる。どうやら、悪性の風邪がまだ治っていないらしい。ずっと、咳が続いている。奇妙なことに、咳は、昨日の午後、テレビのマイシュベルガーの番組[96]に出演していた三十分間は完全に止まっていた。そして、マイクを切ると、すぐにまたぶり返したのだった。

さて、今日は、四十一年間の〈一年に一日〉を記した本が刊行されてから、最初の〈一年に一日〉の日である。本は比較的成功しそうである、つまり、いまのところ売れ行きがいい。もちろん、わたしには成功したとは思えない。とくに、売れているからという理由では、成功に思えない。抵抗感がある。逆に、昨夜、トイレに行きたくなった時、こうして記述を続けていくことによって、日記の純粋さが失われてしまっているのではないだろうか、という疑問がまた浮かんできた。なにしろ、日記を世間の眼にさらしてしまったのだ。そうでもあり、そうでもない、とわたしは思う。いまや、〈世間〉が肩越しにわたしの秘密を見ている、という意味では世間の眼にさらしていると言えるが、いま書いているこの原稿は隠してしまい、いわゆる続編としては公刊しないと決意をした、という意味ではさらしていないのである。

二日前とは違って、また眠り込むことができた。二日前は、芸術アカデミーで刊行記念会があり、自分が思っていたよりも、感情を高ぶらせ、神経を使ってしまった。死ぬほど疲れていたが、眼の奥を流れる映像を止めることができなかった。両側の扉が開かれた巨大な講堂、七百人の人々、終わることのない喝采。クラブルームで招待者たちと一緒になる。何人かが、さあ、いまからは〈楽しんで〉くださいよ、と言ってくれた。それが難しいのだ。わたしはいつも、場違いなパーティーにいるのではないだろうかと自問してしまうのである…。今日は違う、今日はわたしにとって一番好ましい形で進むだろう。わたしは自分にそう言い聞かせる。締め切りもないし、義務もない。頭のなかで、ベストセラーを出してランダムハウス社に対抗したいという出版社に求められて応じた、インタビューの数々を数え上げる。『シュピーゲル』誌、『ターゲスシュピーゲル』誌、WDR、『ベルゼンブラット』誌[97]、RBB〔ベルリン＝ブランデンブルク・ラジオ放送局〕、マイシュベルガー――わたしの現況からすると、多い、多すぎる。いつも同じ質問と公表用にアレンジされた回答、それをみると、もう自分が空っぽになったように感じる。さらに、〈ドイツ統一の日〉にベルリーナー・アンサンブルで朗読会があり、さらに、ありがたくないことに、書籍見本市がある。そのあいだずっとゲルトが耐えられるか心配だ。彼は、前々回のアーレンスホープの日[98]にめまいの発作を起こしてから、まだ快復していない——彼とは違って、わたしは、軽い風邪は別にして、すっきりした気分になって帰宅した…。

今朝、眼が覚めたとき、ゲルトには、今日が九月二十七日であることを黙っていた（彼はいまのところまだ気づいていない）。彼は、ウルリヒ・ディーツェル[99]の日記を読んでいた。ディーツェルは、晩年の、東ドイツ芸術アカデミーの理事長としての経験を語っている。本当におもしろいね、と彼は言う。ディーツェルはヘルムリーン[100]と深い関係があったんだよ。わたしは、ナイトテーブルの上の、山積みの中から一番上の本——ヴォルフガング・ビューシャー[101]の『ベルリンからモスクワへ——徒歩の旅』——を手にする。その結果、めったにないことだが、マリーニナ[102]の推理小説（『アナスタシアの第八の事件』）は最後まで読むのはやめにする。あまりにも作為的で杓子定規で、実に退屈なのだ。反対に、このジャーナリストのモスクワ歩行記は——ときには文体がいささか文学的にすぎる場合もあるが——おもしろく読める。例えば、ポーランドのある侯爵夫人の逸話がそうだが、彼の話は感動的で、ほとんど信じられないほどである。わたしは、彼がランツベルク［クリスタ・ヴォルフの生地］を通過してくれないかと願っていたが、彼はシュヴェリーンを通る北ルートを選んでいた。それは、一九四五年に、父が捕虜移送で逆方向に歩いた道である…。[103]ビューシャーは、死体で肥えたゼーロウ高地の大地[104]について語っている。そういえば、〈故郷を追われた人々の会〉のリーダー、シュタインバッハ夫人[105]がわたしの前にザンドラ・マイシュベルガーの番組に出ていて、ゲストブックに感傷的な詩を書き込んでいた。彼女は、何としても、ベルリンに難民記念碑を建てたいという――いかにも政治的意図がみえみえで、思慮を欠いていると思う。マイシュベルガーが言っている。彼女は、例えばあなたのように、故郷を追われたわけではないのですよ。戦時中は、ドイツのポーランド駐留軍本部の将校の娘だったのです。

八時、ゲルトが起きる。わたしは彼に触れたくなって、ちょっとこっちへ来て、カールラーデ、と言う。わたしたちは〈カールラーデ〉という語の由来を知らない。たしか、チューリンゲン地方の方言だ。わたしたちは、以前、よく互いにそう呼び合ったものだった。ゲルトは九時まで寝たらどうだと言う。しかし、それは無理だ。シャワーを浴び、服を着て、洗濯物を洗濯機に入れる。『ベルリーナー・ツァイトゥング』紙の大見出し。〈連邦首相、威信を失う〉――つまり、強い圧力を受けたにもかかわらず、SPDの代議士六名が国会で保険制度に反対したという話である。〈CDU/CSU連合、首相失脚の好機を逸する〉。ラジオのニュースでは、SPD離党者たちは釈明を求められるだろうという。それどころか、彼らは、議席を手放すように提案されているらしい。基本法には、国会議員は自己の良心にのみ従う[106]、と記されているのではなかったろうか。――シュタージの東ドイツ殺人部隊は裏切り者を国外で殺したという。――マンフレート・クルーク[107]は、『マガツィーン』誌の長いインタビューで、自分の八面六臂の行動について述べている。――昨夜の、〈西地区劇場〉でのミュージカル『レ・

ミゼラブル』[108]上演は、まさに、社会的な事件であった。観劇に来た著名人の長いリスト。（わたしたちも招待されていたが、もちろん行かなかった。わたしは、いつでも足を運べるようなイベントにはまず行かないことにしている。）――明日は、また三万五千人が参加するベルリン・マラソンだ――参加者のなかにフォルカー・シュレンドルフ[109]がいる。――ユルゲン・ハーバーマス[110]と社会運動家の学生たちがフランクフルトでアドルノ[111]会議を開催している。

昨日は、いつまでも終わらないすばらしい夏を締めくくる、おそらく最後の、本当に暑い夏日だった。今日は、咳が出るので、外出しないつもりだ。しかし、外を見ると、相変わらず良い天気である。もっとも、窓を開けるとすぐに気づくように、風は強くなってきている。木々は、まだほとんど紅葉せず、青々としている。また一夏が過ぎて行く。あと何回経験できるだろうか――いつも、同時にそんな疑問が思い浮かぶが、わたしたちは、それを口に出すことはない。

ゲルトが日課になっている買い物から帰ってくる。わたしはコンピューターの前にいる。そこで何をしているんだ。――今日は九月二十七日よ。――ああそうか――わかったよ、と彼は言う。それなら、最近やったことを順番に並べればいいだろ。ミュラー＝シュタール[112]に関する一件も忘れずに書いておけよ。

〈一件〉とは、ゲルトが共同責任者になっているアマーリエンパルク＝ギャラリーとサーベドラ書店[113]のいささかお高くとまった企画のことである。ギャラリーでは、ミュラー＝シュタールの絵画とグラフィックアートが展示されており、十月二日に、彼はここで朗読会を開くことになっている――もちろん、会場は教会を使う。というのも、パンコーには、彼にふさわしいだけの広さのある空間がないからである。ところで、彼とは何日も連絡が取れなかったが、昨日、電話が来た。わたしが出て、彼に、みなが、ぜひ伺っておきたいことがあるそうです、朗読は説教壇で立ってなさいますか、それとも演壇で座ってなさいますか、と質問した。彼は座って話したいと答え、その上で、わたしをある話題に引き込んで、こう言った。わたしたちは、残念ながら、ロサンゼルスで会えなかったですね。あのときは、そっとあなたを激励したかったのです。当時ドイツでは、あなたに対して、誤った恥知らずなキャンペーンが張られていましたからね。――まあ、あんなものですよ。――その後、彼はゲルトに電話をして、謝礼の値上げを要求した――ギュンター・グラスだって、結局はもっともらっていましたよね。もちろん、書店や協会にはお金はない。今日、サーベドラさんは彼に、グラスはそれほどお金をもらっておらず、それどころか、報酬を書店に寄付してくれたと伝えて、彼を納得させることができた。さぞかし、アルミーン・ミュラー＝シュタールは声を落としたことだろう。――ああ、みごとな女性だ…。

ゲルトは、スープ用の野菜を買ってきていて、それを、わたしが飲みたかったポテトスープを作るために火にかけ、それから、自分の買い物を取り出した。彼は『フランクフルター・アルゲマイネ・ツァイトゥング』紙を買ってきていた。わたしの本の書評が載っていることを期待していたのだろう。わたしは、掲載されていないことを願った。幸い、書評は載っていなかった。予定外の時に書評に急襲されることがないと、いつもうれしくなる。できれば、今後、書評は一切読みたくはない。たしかに、これまで好意的なものは何篇かはあったが、しかし、ゲルトは、『リテラトゥーレン』誌のマイアー＝ゴーザウ[114]の書評は黙って脇に置いて、このテキストは陰険だよ、と言った。まさにその彼女だった。芸術アカデミーの朗読会の後、彼女はわたしに話しかけてきて、こう言ったのである。これまで長い年月が過ぎ、そのあいだにいろいろなことがあったけれど（彼女はいつもわたしの本を酷評していた）、わたしは、今度こそあなたに言いたいの、この新しい本はとてもすばらしいものだと思うわ…。

　ああ、そんなことはすべてどうでもいい（わたしは自分にそう言い聞かせる）。重要なのは、今年わたしは、大渦に巻き込まれ、外へはじき出されてしまったということである。わたしはもはや、中心を喪失し、執筆意欲を駆り立てるテーマを持っていない。そこへ、その空虚感へ、外部の出来事がすべて流れ込んでくる。最近、すべてから逃れ、世界のために姿を消す作家について書く計画を思いついた――きっかけは、ゲルトにその願望的物語を話して聞かせたことであった。彼は、きみにはそんなことはできないよ、でも、それを書くことならできるかな、と言った。わたしはこう思う。その作家は男性でなければならないだろう。彼は、消耗しきって、人を愛せないばかりではなく、野心と嫉妬以外は、何も感じなくなっているのだ。職業的畸形化の話である…。

今日は、子供たちと孫たちの話は聞けないだろう。アネッテとホンツァ[115]はシシリア島に行っている。ティンカは、彼女の誕生日の明日、バルセロナに行く。利発で活動的なヘレーネはフリードリヒ＝エーベルト財団の実習だ。アントンにはアビトゥーアの模擬試験の準備がある。どうやら、大学で進化生物学を学びたいらしい。ベニ[116]は、最近、ひどくシックな服装で朗読会に現れた。スーツにベストとネクタイ。古着で、よく見ると、それ相応によれていた。しかし、それはそれとして、彼は、今後何をしたいのか、まだわかっていないようである。ヤーナとフランク[117]はもう一人前のジャーナリストで、すでに、仕事の渦とそのルールにいささか巻き込まれすぎている。そして、マルティーンは、真の仕事仲間に成長し、わたしの本〔前作『一年に一日』〕の装丁を担当して、特に挿絵のコラージュを作ってくれた。彼は、ゲルトが体調を崩して車を運転できなかったとき、わたしたちをアーレンスホープまで迎えに来てくれたこともある。

それにしても、何のインスピレーションもないこのような文章を書き連ねて、いったい何の意味があるというのだろうか。ここには心がこもっていない…。

しかし、続けよう。昼直前――いま、ちょうどベルが鳴り――若い女性がやって来る。プファルツ〔ドイツ中西部の地方〕のミュラーさんの娘[118]である。ミュラーさんは、医師で、毎年、他のグループの人たちと一緒に文化的行事を開いている。一度わたしたちも参加し、彼とともにアルザスへ行って、初めてフラムクーヘン〔ピザに似た、アルザスの名物料理〕を食べた。彼は、しばしば、プファルツ・ワイン二本を送ってくる。今回は娘のバベッテがそれを持ってきてくれた。彼女は二十代半ばの、感じの良い、はつらつとした、飾らない女性で、フリードリヒスハイン病院の一般医師である。ええ、そうなんですよ、と彼女は言う。わたしたちは働かされすぎです。でも、もっとひどいのは堅苦しい階級組織です。年輩の医師はわたしたちとコミュニケーションをとりませんし、患者の病気の経過について議論することもありません。せいぜい、ときどき、昔は、われわれ年輩の医師は最近の若い医師よりもっと働いたもんだ、という話を聞かされるくらいです。わたしは彼女に『身体はどこに?』を贈り、彼女の願いを容れて、母親のために、出版したばかりのその本にサインをした。

そのあいだに、郵便物が届いていた。招待状が数通。しかしすぐに段ボール箱に入れる。INKOTA[119]の顧問会議に参加してほしいという。来年はケルンの文学フェスティバルの幹事になるよう求められる。〈それは無理だ——フェスティバルの日はちょうどわたしの七十五歳の誕生日である〉。ある作家が処女作を送ってくる。わたしの短編小説『カッサンドラ』の〈続きを想像した〉ものだという。エレン・ヤニングスとイェルク・ヤニングス[120]からの二通の手紙。友情に感動する。彼らは芸術アカデミーの朗読会に一緒に参加していた。その時の印象を綴っている。次は、わたしの自筆サインが欲しいという手紙——最近多い。——わたしの住所はきっと何かの名簿に掲載されているのだろう。サイン収集マニアは、当然ながら、たいていはわたしの本は一行も読んでいないが、名簿はボロボロになるまで読むのである。わたしはそのような場合に備えて、〈ヴォルフ夫人は朗読会以外では本にサインしません〉と書いた紙を用意している。なぜか、こんなふうにまでしてサインを欲しがる人には腹が立つ。

ひどく疲れている。咳が出る。手当たりしだいにのどの痛みに効きそうな飴をなめる。〈腰にきている〉。しかし、ベッドで寝ているのも正しいとはいえないだろう。ポテトスープがおいしい。もちろん、この料理を作ると、いつもわたしたちはフリードリヒ・シュロッターベックを思い出す。ああ、多くの人たちがもういないのだ。わたしは、心のなかで、死者たちが列をなして通り過ぎて行く姿を思い浮かべることができる。ハンリヒ・ベル[121]、アンナ・ゼーガース[122]、シュロッターベック夫妻[123]、マックス・フリッシュ[124]、コペレフ夫妻[125]、オートル・アイヒャー[126]、インゲ・アイヒャー＝ショル、エフィム・エトキント[127]、アードルフ・ドレーゼン、トーマス・ブラッシュ[128]。〈なんというすばらしい人間たちか（ホワット・ア・シード）〉。彼らとの出会いはなんと刺激にあふれていたことか。何よりも人間性に富む人たちだった。これは記憶の美化だろうか。人間性の実体は、今日ではもう、本当に消失してしまっているのだろうか。

横になる。やれやれ、やっとだ。モスクワ歩行記をミンスクに入る前まで読み、眠る。眼覚めたとき、わたしたちは二人とも起き上がる気にならず、それぞれに読みかけの本を読んでいる。ぼくには、きみがどうなってしまったのかわからないんだ、とゲルトが言う。アーレンスホープでは体調は回復していたよね。でも、また元の木阿弥だ。きみは、きっと、雲の上を歩いているんだね。――〈わたしがどうなってしまったのか〉、彼は正確に知っているのだ。そして、わたしもそれは知っている。しかし、それについてあれこれ言おうとは思わない。そこで、気力を奮い起こして、起き上がり、紅茶を淹れ、バウムクーヘンを持って〈大部屋〉に行く。焼きたてはおいしいね、とゲルトは言う。テレビでは、生クリームをたっぷり載せたシュヴァルツヴェルダー・キルシュトルテ［シュヴァルツヴァルト地方のサクランボのケーキ］の作り方をやっている。その後は、病院を舞台にしたドラマシリーズ。ハックスと恋人関係にあったカーリン・グレゴーレク[129]が、心臓病のわがままな侯爵夫人を演じている。彼女は、医長に籠絡されており、若い侯爵が若い女執事と結婚しようとすると、それに反対する。――わたしたちが暮らしているのはどこの国なのでしょうね。そうは言いながらも、わたちたちはその答えは知っている。わたしたちは、福祉費削減を進めている国、そして反動化が進行している国に住んでいるのである。市民的な自由は、再びブルジョワ的な〈自由〉に入れ替わってしまった。実際、失業者が四百万もいる理由をあれこれ詮索するよりも、侯爵夫人と一緒になって使用人の躾の悪さを嘆いている方が、気楽である。

この原稿を推敲しているうちに、もう五時半である。今日は――カーリン・キーヴス[130]から電話で、わたしたちに、ミュラー＝シュタール展のチケットをもう少し引き受けてくれますか、と訊いてくるが――表面的には何事も起きていない。こんな日にこそ、心の声に耳を傾けてみなければならないと思う。この最後の本は本当にわたしの最後の本になるのだろうか。なにしろ、世間と摩擦が生じる場合でも、それらはわたしの心の奥まで迫ってこないし、それゆえに、創作意欲を駆り立てる火花にもならないのである。現状を思えば、答えははっきりしている。小説『身体はどこに?』は余韻の一つだったのだ。このテーマからはもはやほとんど何も生まれてこない。ときどき考える。直接的な転換期、あの調査委員会の出来事[131]、これらすべてについて、わたしはまだきちんと整理していない。しかし、この問題でも、個々の資料をまとめることを可能にするアイディアは浮かんでこない。一人の男が死ぬ、そして、それによって彼の葛藤が終わるという話はどうなったのか。たぶん、待たなければならないのだ。そのあいだは、新しい本のために手探りするしかないのだろう。アンナ・ゼーガースとの往復書簡[132]、シャルロッテ・ヴォルフとの往復書簡[133]——それらはすべて新しくはない。手持ちの資料の整理である。やらなければならないのはわかっているが、やる気が出ない。『天使たちの街』[134]はどうだろうか。すでに遠い存在にみえる。もう一度新しい眼で見直さなければならない。実りのない時間。〈雲の上を歩いている〉のだろうか。そうかしらね、あなた。

仕事場のコンピューターの周辺に陽射しが忍び込んでくる。電話。本にサインをして欲しいので、週末に伺いたいとのこと。断る。もううんざりだ。七時過ぎ、わたしたちは夕食を作り始める。——市場で買ったすばらしいヤマドリタケに細いヌードル。おいしい白ワイン。そうして——フリーダーのいつもの台詞を借りれば〈舌鼓を打つくらいに満足して〉——食事をとっていると、ヘレーネから電話。いやな知らせよ。『一年に一日』を読んでいて、気がついたのだけれども、〈二〇〇〇年〉の註釈のタイトルが〈一九九九年〉になっていて、〈二〇〇〇年〉のタイトルがないのよ。びっくりする。ゲルトはすぐに調べる。そして、〈一九九九年〉の註釈がなく、〈二〇〇〇年〉の註釈が、間違って〈一九九九年〉の方へ移ってしまっているのを確認する。わたしたちはマルティーンに電話をして、第二版で校正できるか訊いてみる。月曜日になったら、すぐに出版者と話し合わねばならない。マルティーンは、さらに、読んでいて気がついた、二、三の間違いを伝える。言い間違い、あるいは聞き間違いが数カ所あった。わたしは、そのうちの一つ——ケルン大聖堂をなぞらえるときに、〈石筍（せきじゅん）〉ではなく〈鍾乳石〉という語を使っている箇所[135]——は、そのままにしておこうと思う。マルティーンは言う。ティンカとぼくは、彼女の誕生日が始まる真夜中の零時にはまだ起きています。真夜中にまた電話したくなっても、大丈夫ですよ…。

　わたしは、そんなに長いあいだ起きていられない。推理ドラマ。若いルーマニア人女性が誘拐され、記憶喪失になるが、最後に助け出され、故郷に送り届けられることになる。二、三分、ドイツ・テレビ大賞の授与式のニュースを見る。テレビ関係者が一堂に集められていて、近親者だけの交歓会のような閉鎖的な印象だった。スポーツ関係は二、三の断片的ニュース。古い東ドイツのテレビドラマ『検事の告発』[136]の比較的長い断片映像。そこに、若き日の役者たち、営林署員役のロルフ・ホッペ[137]、彼の〈裏切られた〉妻役のリシー・テンペルホーフ[138]、そして、彼の愛人役のアンゲーリカ・ヴァラー[139]がいた。ああ、なるほど。映像には、東ドイツ時代へのノスタルジーではなく、むしろ、明るさが表れていた。すべては過去だった。

ベッドに入らなければならない。ティンカに電話。彼女は、トランクの荷造りをしながら、映画を見ている。わたしたちもその映画を探すが、しかしその後、暴力シーンが出てきそうなのでテレビを消す。良いフライトを、とわたしは言う。まだ、誕生日おめでとう、とは言えない。わたしたちは、来週の日曜に、誕生日が近い家族の誕生日をひとまとめにして親類縁者で祝うために、ブランチをとる予定である。場所は、ヘレーネが見つけることになっている。

ベッドではさらに数ページ旅行記を読む。旅は、まだ、白ロシア［ベラルーシの古称］――ルカシェンコ[140]の国――の内部を動いている。この国の人々は、もはや、状況が改善されうるとは思っていないという。これ以上はむりだ。寝なければ。しかし、奇妙な動物に夢を破られ、残念ながら、真夜中に眼が覚めてしまう。しばらく待つが、もう一度眠り込むのは難しそうだ。今度は、どうしてもマイシュベルガーとの対談が思い出され、心のなかで繰り返される。しゃべりすぎたのではないだろうか、間違ったことを言ったのではないか、自分をさらけだしてしまったのではないか。疑問が消えない。テレビ放映を見なくてもいいのなら、ありがたいのだが。しかし、ゲルトは許さないだろう。発言や放送内容は、すべて、すぐに忘れられてしまうわよ。今夜、そんなことを悩んでも無意味だわ。わたしは自分にそう言い聞かせる。わたしは、いつも、そんなふうに他人の意見に振り回されてきたのだろうか。少なくなったわよ、と自分に言い聞かせる。以前よりははるかに少なくなったわ。しかし、それにしても…。

まもなく四時。結局、ファウスタン［精神安定剤］を呑むことになる。薬の効き目は、期待していたよりもゆっくりで、弱い。七時半にまた眼が覚める。ちゃんと寝られたかどうかわからない。本のなかの旅行者はロシア国境に近づいている。今日は九月二十八日だ。

二〇〇四年九月二十七日月曜日

ベルリン

夜中の二時半、夢の中で眼が覚める。わたしたち、ゲルト〈彼かどうかはっきりはしない〉とわたしは、庭のようなところを歩き回っている。わたしたちは、これから自分たちが〈連れ去られる〉ことを知っている。理由と目的地は語られていない。そこには、わたしたちを〈連れ去る〉人々の姿はない。しかし、わたしたちを待っているのは良くないことである。ものすごく心配だ。〈他の人たち〉に、つまり子供たちに、わたしたちのいる場所をどう伝えればいいのだろうか。一つの可能性を思いつく。彼らのためにフラワー・アレンジメントを残しておけばいいのだ。彼らはそれを見て、事態を察するだろう。わたしたちは、地面に二つの丸い穴を掘る。一方には、ボリュームたっぷりの真っ黄色の花束を入れ、もう一方には、コバルトブルーの花を入れることにする。理由は不明だが、その配色が情報を伝えてくれるはずである。しかし、青い花はない。わたしたちは、フロックスのような、くすんだ藤色の花を見つける。わたしは、それを一輪摘み、そして、それが目的を満たすかどうか調べてみる。そこで夢が中断する。夢は非常に色鮮やかだった。

トイレに行く。二度目に眠り込む前に、いくつかのことが頭のなかを通り抜けて行く。できれば空にしておきたいのに。最初はやはりまた孫のベニのこと、彼の病気は今年の大きな心配事だ。心を込めて彼に励ましの想いを送る。彼のことを考えるときにはいつもそうするのだ。自己防衛から、そして御幣担ぎから、悲観論は禁止している。――その結果、ほとんど滑稽な話だが、わたしの心房細動が再発し、そのために、以前から計画し綿密に準備していた療養が始められなくなる。早い話が、今夜は、日曜日の汽車の旅の後で、ベルヒテスガーデン［バイエルン州南東部の町］の療養所で過ごすはずだった。わたしたちは療養所に行けなかった。しかし、奇妙なことに、あまりそれを残念には思わなかった。わたしは、ほとんどホッとし、突然に休みたくなって、ああ、これから二週間、仕事の締め切りもなしで独りで家にいたい、と感じていた。すると、ゲルトが、少なくともぼくは落ち着いて仕事ができるわけだな、と言った。（彼の言う仕事とは、カールフリードリヒ・クラウス[141]の伝記の準備のことである）。ある日の午前、わたしたちはすべての予定をキャンセルした。どうやら、ほとんど金銭的な損失はなかった。――最後にもう一つ、目前に迫ったわたしの出版社変更問題が心に浮かんできた。わたしたちは、土曜日にレストラン〈オリーヴェンバウム〉でトーマス・シュパル[142]と検討した声明文を本当に公表すべきだろうか。疑問が残る。ズールカンプ社との契約条件はまだ確定していないのだ。公表したら、ランダムハウス社のクラウス・エック[143]はもっと依怙地になるのではないか。――もう一度眠れそうにはなかった。しかし、やがて、どうやら眠り込むことができた。

五時半にまた眼を覚ます。今度は本当の眼覚めである。少し経ってから、ナイトテーブルの上にあったギュンター・ガウスの本に手を伸ばした。『さまざまな矛盾――ある保守系左派の回想』。ゲルトも読書を始めている。最新刊のアウクシュタイン[144]伝だ。わたしはヴェーナー[145]の章である。あらためて感じた。ここがこの本のハイライトである。昨冬の、マリーア・ゾマー家の夜のことが生き生きと眼に浮かんできた。あの夜、ガウスは、わたしたちの前でこの章を朗読した。わたしたちは心から彼を称賛したが、あれはよかったと思う。彼にはそれが切実に必要だったのである。こうして再読してみても、この章には、矛盾だらけで気むずかしい、一人の人間への思い入れが感動的に書かれていると思われた。気高く、上品で、良い意味で文学的――他の大部分の章はそうではない――である。作者の、ヴェーナーに対する親近感が率直に語られており、(他の大部分の章と同様に)忌憚のない感情表現がなされている。ガウスを喪った悲しみがまた心に浮かんできた。彼は、友人として、また、ときには扱いにくい雄弁な対話相手として、賛同者にして敵対者として、旧西ドイツの事情を誰よりも上手に理解させてくれる語り手として、かけがえのない人物である。ちなみに、この本も同じで――わたしたちがしばしば彼に接して得られた体験を再確認させてくれる。彼は、旧西ドイツでは、ときどき〈偉大なる道化師ザンパノ[146]〉振りを発揮していたが、統一による転換後には、もはやそのように振る舞えなくなり、ひどく苦しんでいた。ところどころ、彼の虚栄心が、くじけることなく、ほぼそのままに見えてくるところがある。わたしたちは、彼が語る逸話の多くはすでに知っていた。しかし、彼が面識があっただけではなく、一部、助言もしていた大物たちの名前が挙げられているのを見ると、転換前、彼がどれだけ重要な人物だったか思い知らされる。もしかすると、彼は彼らを実際以上に過大評価しているのかもしれない――しかし、それはそれでいいではないか。――朝、眠った後にあらためてベッドのなかで読んだ最後の数章には、政治的な陰謀に関する発言が多すぎる気がする――しかも、彼が関与していないことについても語られている。彼は、『シュピーゲル』誌の編集長として、わたしの感覚では、アチラ側の状況や係争をあまりにも詳細に叙述しすぎている。そんなことはすぐに忘れ去られてしまうだろう。その後に、彼がヴィリー・ブラント[147]から連邦首相官房に招聘されて、東ドイツにおける最初の常駐西ドイツ代表になる章が続くが、この章が中断されているのはつらい。この二章が予定どおり執筆されていれば、疑いなく、この本のハイライトになったであろう。そして、東側で、少なからぬ読者を獲得していたと想像される。しかし、この本の現状をみれば、それが現実化していたかどうかは疑わしい。

さて、そろそろ起床後の日課である（それとなく、一夜のうちに心房細動が消えていないかどうか、調べてみるが、しかし、確かめられない。脈拍に触れるだけではわからないのだ）。シャワー、等々。イノヘプ注射［深部静脈血栓症の治療・予防薬］。これは自分で打たなければならない。続いて、ファリトロム〔抗凝固薬〕の錠剤。やがて、それが効いてきて、血液凝固検査数値が二以上になる――結局、それだけのことである。わたしは、またやせたいと思っている。そこで、パンは、自然食品店の野菜ペーストを塗って一切れ。紅茶は一杯。いろいろな呑み薬。ラジオを聴く。ＳＰＤ書記長ベネター[148]へのインタビュー。話題は、昨日のノルトライン＝ヴエストファーレン州地方選挙の結果のこと。（投票率がわずかに五〇パーセントを超えただけのこの選挙の）得票数は、ＣＤＵが七パーセント減、そして、ＳＰＤはともかく二パーセント強の減少にとどまったが、いずれにせよ、連邦共和国史上最悪の選挙結果だった。ニュースキャスターが苦労して水を向けるが、ベネターは、どうしてもこの結果に関して遺憾の意を表わそうとはせず、逆に、ミュンテフェリング[149]が提唱する方向転換こそ社会民主党員のためになるのだという認識を唱えようとしている。それは、以前、ＣＤＵのリュトガース[150]が、選挙で敗北したにもかかわらず勝利宣言したときと同じだ。この二人は救いようがない。そう思う。

Ｃ[151]のために、わたしたちは療養には行きませんでした、とのメモを置く。車でブーフ〔パンコー地区北部〕方面へ。曇り、ときどきにわか雨。温度計は十三度を示している。ゲルトは、採血に行かねばならないので、食事はとっていない。ベルリン方面行きのアウトバーンはわたしたちの側よりも交通量が多い。わたしたちは、東ドイツ時代の最後に有力者たちのために建てられた病院の前にさしかかる。ゲルトは、一度、めまいの発作で、ここの耳鼻科に行ったことがあるのを思い出す。（ところで、彼は今日が〈一年に一日〉の日だと気づいていない。わたしにはそれがとてもうれしい。彼が気づいていたら、何も書けないかもしれない。）——これまでどれほどブーフ行きのこの道を走ったことだろう。これまでどれほどこの門を抜けて古い病棟が占める敷地へ向かったことだろう。駐車場はいつものようにいっぱいだ。ゲルトは他に駐車場を探す。そのあいだに、わたしは二人分の受付をすませる。彼はチップカードを忘れたが、それは問題ない。チップカードはすでにこの三ヶ月間に一度読み込まれていた。わたしは内科を通り——わたしは何度もそこで治療を受けた——隣の病棟〈134a〉の四階の検査室へ行かねばならない。かわいらしい助手の女性が左の耳たぶから採血する。最初はうまくいかないが、彼女はそれをユーモラスに説明する。わたしのプロトロンビン時間［血液凝固時間］は金曜の時よりも十分の一——一・二五秒——だけ高い。でも、薬の効果が現われるのは早くとも三日後になります。これから頻繁にお会いすることになりますね。そういうことか。どうやら、わたしはもうそういう思考に馴れてしまっているようである。

ゲルトは一階の待合室で座っている。採血はすでに終えている。わたしは心電図検査室の前に座る。彼は、わたしがファリトロムを呑みやすいように、自動販売機からカプチーノを二つ引き出す。しかし、それは泡立っていて、親切はしそこないに終わる。心電図係の看護婦は親しげにわたしを迎え入れて、ああ、あなたですね、先日、心電図を拝見しました、と言う。彼女としては、その時はもちろんわたしに何も言えなかったのだ。彼女はわたしをケーブルにつなぎ、装置を動かす。ああ、まだありますね。——自然に消えることもあるのですか。——

自然治癒することはあります。しかし、まれですね。

ホームート博士[152]の診察室の前で待つ。およそ十一時になっていた。わたしたちは、通路の折りたたみ椅子に座っている。そのために、患者たちはわたしたちの前を通り過ぎて行かねばならない。ほとんどの患者は中年か老人で、見かけは良いとは言えそうにない。女性たちは、たいていずんぐりしている。太っているといっていいほどである。——わたしもそうだ。おまけに服装が合っていない。そして、老夫婦たち。——彼らは互いにも、そしてそもそも人生にも退屈しているようだが、しかし、ほとんど子供同士のような依存関係を作り上げてきているのが感じられる。わたしたちは他の人々にどう見えているのだろうか。

ホームート博士は、まず、心電図にちらっとだけ眼をやり、次にプロトロンビン時間の検査結果を見る。それから、いくぶん時間をかけて、二〇〇二年の古い検査結果を確認する。当時、わたしは何週間も心房細動を発症していて、電気ショックで症状を止めていた。あなたは、当時はファリトロムで間に合っていたようですね。——彼はわたしの血液型を知りたいと言う。資料に書かれていないのです。彼は、壁の図表のモデルで、わたしのケースでは何が〈細動〉しているかを説明する。命の危険はありません。病気との共存は可能です。——共存ですか、とわたしは言う。共生ではないのですね。——彼はニヤリとする。いえいえ、共生もできます。コルニュー教授[153]をご存知ですか。東ドイツに移住して来たフランスの共産主義者で、マルクス[154]とマルクス主義の研究者です。彼はこの病院の常連患者で、最期の二十年は心房細動を患っていました。とても活動的な人で、九十三歳まで健在でした。もちろん、あなたの場合、心臓機能は制限されており、心臓を酷使してはいけませんが、しかし、これからも仕事は十分に期待できますよ。心電図の曲線は美学的にほんとうに美しいですね、と言うと、そうですね、と彼は応じる。不規則であることを除けば、そういえるでしょうね。彼は、山と山のあいだで心拍が不規則になっているのを示してくれる――あるときは四つ、あるときは三つ、あるときは二つ。これは脈拍を取ればわかりますが、本来の細動は脈拍ではわかりません。薬が処方される。次回の診察は木曜日である。

外の空気は湿気を含み、気持ちがいい。ゲルトが車を取ってくるあいだ、胸一杯にその空気を吸い込む。そして、彼にコルニュー教授のことを話す。ゲルトは、きみは何を食べたい、と訊く。野菜。わたしたちはスーパー〈カイザース〉へ行くことにする。野菜とパンを買う。他に、わたしは、赤身のステーキ二枚、カッテージチーズ、低脂肪バター、等々を買うつもり。全部でたったの五十七ユーロ――自然食品店だったらもっと高かっただろうね、とゲルト。家に帰り、ゆっくりと階段を上がる。ほんとうだ、心臓機能が縮小している。

そうこうするあいだに十二時になる。郵便物には、いつものように、展示会や他のイベントの招待状が半ダースあるいは一ダース入っている。大半の紙類は、たちまち、廊下の戸棚下の紙くず箱行きになる。ライプツィヒの書籍見本市の招待状。二〇〇五年の見本市で、ピエール・ラドヴァーニ[155]の、母アンナ・ゼーガース回想録を紹介してほしいという。――あなたはこの見本市のために力を尽くしてくれたのですから。先週も、三年かけて書籍出版取引協会がライプツィヒ見本市から国民文学賞を取り返し、それを別の形態でフランクフルトに移したのを受けて[156]、『ライプツィガー・フォルクスツァイトゥング』紙に無愛想で悲しい声明を寄稿したばかりである。ここからは先取りして書いておく（すでに九月二十八日になっている）。夕方、偶然に、書籍出版『ベルゼンブラット』誌の最新版を読んだが、〈取引協会は過去三年間ライプツィヒのパートナーたちと共催したドイツ文学賞を取り止めたが、それは政治的にも解釈された。クリスタ・ヴォルフは東西対立の溝の深さについて語った〉と書かれていた。そうではない。わたしは、ドイツ社会の、（何よりも、漂流する東西ドイツの、経済的な、そしてとくに精神的な分裂を特徴とする）現状に対する、政治的無神経について語ったのである。

他の郵便物。十一月に〈ベルリーナー・アンサンブル〉で行われる、ケルテース・イムレ[157]の七十五歳の誕生パーティーへの招待。ある女性が一冊の本を送ってくる。彼女は、その本にサインするだけではなく、彼女が選んだ文言を書き添えてほしいと言う。このような遠慮会釈もない郵便物にはいつもあらためて腹が立つ。芸術アカデミーから十月の年次大会の案内。今回は出席しない。年に一度で十分である。

ちょっと心配になって、アネッテに電話。週末、家にいたとき、ベニの具合はどうだった。先週末と違って、そんなに悪くなかったわよ、とアネッテは言う。

次に、〈治療師〉に電話。先日、心房細動が見つかったときに治療してくれた女性である。

柔らかなマットレスの上に寝て、眼を閉じる。彼女は、その横に胡坐に座り、寝ている人の身体の上に、両手で図形を描き、両手から発するエネルギー波を、念を込めて、念じた箇所に伝える。所要時間は約四十五分。先日、彼女はわたしに言った。あなたの心臓に働きかけましたとても集中的な治療で、両手が痛くなりました。それほど効果的にエネルギーが作用したのです。心臓を正しくマッサージしましたところ、萎縮した箇所がみられました。痙攣のような症状もあります。しかし、今日は、彼女に、残念ながら、心房細動はおさまらなかったと言わなければならない。わたしたちは、新しい診察日を決める。

〈治療師〉は四十歳。きれいな人ではないが、ほっそりとしていて魅力的な女性である。〈天賦の才〉は、彼女がある特異な病気にかかっていたとき、瞑想中に現れた。彼女は、自分の身体で〈天賦の才〉を試し、独力でそれを発展させた。わたしたちの周囲には、物質ではないですが、たしかに実在しているものがたくさんあります。物理学でさえ、それを解明しつつあるではありませんか——たしかに大部分は物質ですが、しかし、それらはエネルギーという形態をとることが可能なのです。彼女はある種の再生を信じている。わたしには、しばしば、クライアントのなかに、彼らの現在の生命から生じたものではない現象が見えてくるのです。彼女は、学校医学を認めないわけではない。しかし、それは、彼女にとって、長期治療としてはあまりにも粗雑にみえるのである。わたしは、自分がどこからエネルギー伝送の才能を得ているのかわかりません。彼女はそう言っている。

わたしは、これまで、いつもそのような現象に魅了されてきた。それは、そもそも、ワンドリー氏[158]がわたしの堅信礼[159]で読心術や催眠術がどのようなものであるのかを話してくれたときからである。〈治療師〉は、わたしの心臓治療には三、四回かかると言う。

留守中にCが来ていた。彼女は、わたしたちが予定どおりに療養に行ったものと思って、わが家の花の世話に来たのである。近況を尋ねる。彼女は数ヶ月で夫と別居した。出会って数週間で結婚したが、すぐに彼は〈暴力的な詐欺師〉の本性を現した。いまや彼とのスピード離婚を考えていて、しょっちゅう警察に相談している。彼は住居をめちゃくちゃに壊し、しかも引っ越そうとしない。結婚直後に彼と共通の銀行口座を開設していて、いま困っている、等々。彼女は、運良く見つけた新居について話をする。そこは美しいアパートで、家賃は高くなく、場所はわたしたちの家から遠くない。

マリーア・ゾマーに電話。久しく連絡をとっていなかった。彼女の名前はわたしのリストの一番上にある。わたしがすでに考えていたように、彼女は多忙で厄介な時間を体験していた。彼女が担当した最初の作家の一人、リヒャルト・ハイ[160]が死んだのだ。彼女は、最期の数週間、しばしば彼を訪問し、その後、弔辞を述べねばならなかった。あれはほんとうに辛かったです、と彼女は言う。(ゲルトは、昼食のときに、すぐに百科事典を開いて、ハイが書いた本のタイトルを探す。わたしたちはどのタイトルも知らない。おそらく、彼は、死ななくても、すでに生前に世間から忘れ去られていたようである…。)わたしたちは、互いに、近々会わなければなりませんね、と言う。電話で連絡をとりましょう。うれしい。ようやく彼女と連絡がとれた。

昼食。フランス料理のレシピ本のとおりにマデラソースで焼いたステーキと、それに添えた、蒸したミックス野菜――すばらしい料理だ。キッチンのラジオからはいつものように驚くべきニュースが聞こえてくる。またしても、イラクではアメリカ軍の空爆による死者。どうなるのかしら、とほとんど習慣的に言うと、ゲルトは、アメリカ人たちはきっとイラクで新しいベトナムを体験することになるのさ、と答える。ニュースによれば、人質たちが数名、安否不明である。彼らは、〈蜂起〉集団あるいは犯罪集団によって誘拐されたのだ。しかし、他の多くの人質の場合と同様に、殺害に関する資料的確証はまだない。フランス人ジャーナリスト二名、援助機関のイタリア人ボランティア二名、ビデオでトニー・ブレア[161]に何らかの救済策を求めたイギリス人一名。関係国の元首たちは厳しい態度をとり続けている。犯人たちと交渉してはならない。さもなくば、〈人質狩りが始まる〉ことになる。わたしとしては、そういう気の毒な人間たちの家族の立場に身を置きたくはないと思う。すでにテレビで人質たちの斬首のシーンを見せられている。内政では、レポーターたちが、昨日のノルトライン＝ヴェストファーレン州選挙で自分の党は勝利したと熱弁を揮う各党党首の論法を笑いものにしている。

かかりつけの女医、ライヒ博士[162]の診療所から電話。どうやら、先日、事故後の診察を受けた際の、診察料が未払いになっているらしい。消防隊員が連れて行ってくれた病院の救急センターで十ユーロを支払いました、とわたしは言う。――ああ、そうですか。では、他に処方がないかどうか問い合わせてみます。あいにく、四半期の中間で係が交代するんです。――その後の連絡。間違いでした、大丈夫、OKです。二重払いをなさる必要はありません。

ようやく昼寝。毎日、昼寝の欲求がとても強い。今日まだ読むことができなかった『ベルリーナー・ツァイトゥング』紙を持ってベッドに入る。見出し。CDUとSPDの損失。――ハノーファー、連邦文化大臣会議から離脱。――百貨店〈カールシュタット・クヴェレ〉、売却交渉開始か。コンツェルンは赤字に沈み、再編により何千もの職場を削減予定。――オーストリア最後の皇帝、列福される。――三面。この度逮捕された〈企業家〉のニュース。ノイルピン［ブランデンブルク州北部の町］全域を支配するマフィア一味のボスであったとの嫌疑。――イスラエル諜報部、シリアで最も有名なハマスのリーダーの一人を殺害。――ザクセン州とブランデンブルク州の最近の選挙における極右政党躍進の解説。――クレメント経済相[163]、二〇一九年までに東西の生活水準の均質化を期待。――アンカラ、拷問とリンチを禁止。――イタリア政府、安保理ポストを狙うドイツを批判。――フロリダとハイチ、ハリケーンの被害甚大。――『ビルト』紙日曜版が口火を切る。旧正書法を復活せよ。（くすぶり続ける長期的問題。新正書法は高くつく愚行か。）――フランス、フランソワーズ・サガン[164]追悼。――フェラーリ[165]、就任後二十六日でASローマ［イタリアのサッカークラブ］監督辞任。――トーマス・ブルスイヒ[166]、新しい転換期小説『光り輝いて』を完成。（夕方、ゲルトが、この小説に関する『フライターク』紙の肯定的な書評を読んでくれる。そこでは、また、彼の処女作『われらは英雄』でわたしが笑いものにされたことが触れられている。わたしはその本は読んでいない。アネッテとホンツァは彼と親しいらしいし、ヤーナとフランクも彼と仲が良い。ゲルトはそれが不愉快だと言う。それはそうね、とわたしは応じる。誰かがわたしたちの子供のうちの誰か一人について、彼がわたしについて書いたように書いたとしたら、わたしなら、その人との関係を続けないわ。しかし、作家としては、彼はわたしよりも次の世代に近いのである。それはよく理解できる。だったら、彼らがわたしに気を使わなければならない理由はないのである。）

　ドイツとポーランドは、両国の市民による第二次大戦の損害賠償請求を拒否するために、共同研究チームの創設を計画している。――わたしには、最も重要なニュースの一つである。国外追放者の代理になり、返還請求や損害賠償請求を行う〈プロイセン信託公社〉の尽力には驚嘆した。先日、レストラン〈ボルヒァルト〉でトラガイザー[167]と食事――お別れ食事会――をしたとき、わたしは、彼の、事の経緯に関する法律的な見方や、冷遇され続ける〈国外追放者〉としての持続感に共感した。経済格差が西側よりもはるかに少ない東ドイツでは、そういう事例はまれではなかっただろうか。破滅もそうだが、追放の影響は、多くの人々に、とくに中年の人々に、疑問の余地なくトラウマとして残っており、そしてまた、そのことは認めるべきなのである。わたしがかなり長期に渡って試みてきたように、歴史的な関係性や必要性を理解しても、それでこの問題がすべて埋め合わせられるわけではない。しかし、わたしとしては、個人的利益を期待するあまりに、非常に重要な、ポーランドとのそれなりに正常な関係を疑問視することは、理解できないし、理解しようとも思わない。

十六時過ぎまで眠る。昼寝は大好きである。

コーヒー。何も付けないフィリンヒェン［堅パンの一種］を二、三枚。ゲルトに、ようやく、今日が〈一年に一日〉の日であると伝える。ああ、そうだったか、と彼は言い、その後すぐに、わたしが今日という日に体験すること、そして、書き記しうることを考え始める。

それから、ようやく、この日記の記述を始める。そうだ、ここできちっとメモしておこう。わたしはこの二、三時間書き続けている。つまり、家事に続いて休みなく書いているのである。それなのに、当初わたしを悩ませていた左腕の腱鞘炎の痛みは、和らいでいる――どうやら、ノートパソコンで長文を書いた夏が終わって、いまはまた、使い慣れたふつうのコンピューターに順応してきているようである。

七時少し前に、冒頭の数ページをプリントアウトする。プリントをし始めると、わたしのプリンターは、すぐに大量の用紙を吸い込んで詰まってしまう。最近よくあるのだ。救済処置をしたが、結局、一ページだけが残ってしまう。しかし、それはプリンターの機械の中にしっかり食い込んでいるので、引き出そうとすると破けてしまい、最終的に、すべて修復できなくなるおそれがある。わたしは、あっさり、すべてをそのままにし、コンピューターをシャットダウンして、テレビの前に座る（翌朝、引っかかっていたページは問題なく引き出すことができる）。

長寿ドラマ『大都市警察』[168]。わたしたちはもう夕食をとっている。見張り役の警官の一人が、よりによって、着任十年目の記念日に危険な誘拐犯の手におちる。ゲルトは、チキンブイヨンの残りで、低脂肪のタイ風スープを作った。ココナッツミルク、レモングラス、生姜を加え、すばらしくおいしい。小グラスで赤ワインを一杯飲む——アルコールはたしかにカロリーが高いが、しかし他面では、少量を楽しむのは健康にも良い…。

ニュース。ブランデンブルク州に、またもや赤黒連合誕生の見通し。——イラクでは、アメリカ軍の空爆により少なくとも十五名が死亡。車爆弾により米国護衛兵三名死亡。時とともに、そのようなニュースを聴いても、わたしたちは何も語りあわず、コメントも付けなくなっている。ときどき意識する。——いつも基本的感情として心のなかにあることだが——今度の戦争も、イスラエルとパレスチナのあいだの紛争も、私たちの方へ不可避的に近づいて来る運命的破滅の一部なのである。それに対する防衛手段は誰も知らない。たとえ知っていたとしても、すべての関与者の絶望的な狂信的状態をみれば、その防衛手段を用いることはできそうにないと思う。

続いて、一九九八年ドーミニク・グラーフ[169]演出の『あなたの最良の年』を見る。〈家族ドラマ〉で、月並みな表現、支離滅裂な内容、余計な演出にあふれている。ただ、マルティーナ・ゲデックは、最近演じたブリギッテ・ライマン役[170]よりも騙された未亡人の役の方がずっと合っている。それから、『今日のニュース』に続いて、マイケル・ダグラス[171]主演のアメリカのスリラー映画『完璧な殺人』〔邦題は『ダイヤルM』〕を見る。すぐに、以前一度見たことに気づく。しかし、ストーリーが〈どういう展開だったのか〉思い出せない。とにかく意外な展開で、完璧な出来だ。――テレビを見ながら、最新の『フライターク』紙をパラパラめくる。新しいドイツの社会的対立（〈富裕は受け継がれる、貧困もまた〉）、とくに東西間の、より先鋭化しつつある分裂が主要テーマである。その根拠は、まさに、東側に広がる貧困、そしてハルツ第Ⅳ法[172]に予測されているとおりの事態である。つまり、問題は、資金は東側へ継続的に送られているが、しかしこれまでも、現在も、期待された効果がないことに関して西側が抱く不満である（東西の銀行家、エドガー・モスト[173]が辛抱強く説明するように、資金の一部は西側に還流しており、一部は投入の仕方が間違っていたのである）。そして、何よりも文化的差異である。文化的差異は、どうしても、なくなりそうにない。その原因はとりわけ財産に対する諸関係の相違にある。ところで、『フライターク』紙に、ロータル・ビスキー[174]へのインタビューが載っている。彼の属するPDSはブランデンブルク州で第二政党になったが、しかし、それでも、プラツェック[175]はCDUのシェーンボーム[176]との提携を謀って憚らないのだという。さらに、啓発的な小記事『コール[177]とケーラー[178]』。ブランデンブルク州の選挙戦で、コールは、秘密裡に準備した上で、〈CDU〉の応援のためにシュトラウスベルクに登場したが、そのとき、ドイツ統一時に首相だった彼は、〈花盛りの国土〉という言葉は、転換期の昂揚状態のなかでのみ使ったのでした、と言い、さらに、〈西側でもそうでして、産業界のリーダーの中にも、東ドイツの企業を発展させることに関心がない人もいたのです〉と語ったという。コールによれば、コンツェルンの指導者たちの中には、その代わりに、旧東ドイツ地域の千七百万人の住人に消費者としてしか関心を持たない人が多かった。東ドイツ住民の生産能力は必要でなかった。生産能力は過剰なほどにあったのである。記事によれば、新しい連邦大統領ケーラーは、コールの財務省次官として、すべてを知り尽くし、ほとんどすべての仕事に加わっていた。そして、彼は、すべての生活環境は必ずしも均一ではないという過酷な至上命令のために、憲法に記された現実を無視するのである。

事情がどうであれ、九〇年代の初めに、東西の生活環境の調整には一世代はかかると考えた人々は、そのために嘲笑され、ののしられたが、今日では、救いようのない楽観主義者であったことが明らかになっている。この展開をみても、大部分の政治家は平然としているが、わたしにはただただ驚きである。彼等は、この展開に含まれている危険を前にして、恐れを感じないのだろうか。危険は、ブランデンブルク州とザクセン州の選挙における右派の勝利に明確に告知されているではないか。また、東が指弾されることになる。――しかし、不満の理由は分析されるだろうか。いや、ないだろう。東でも、西でも、それはまずありえない。

『夜のニュース』で二、三のニュースを見る。自問せずにはいられない。わたしは、こうした惨状に毎日は直面したくないと思っているのに、どうしてまた見てしまうのだろうか。真夜中の零時。ベッドで、かなり長い時間、バルバラ・ホーニヒマン[179]の、母親に関する本『わが人生の一章』の冒頭を読む。感動する。ゲルトは、すでに読み終えていて、こう言う。この本は、ぼくたちが、当時、いかにさまざまに異なった東ドイツを体験していたか、それを証明している。——そして、それはまた、過去が死んでいないことの証明なんだ。

二〇〇五年九月二十七日火曜日

ベルリン

真夜中。わたしたちはまだテレビの前に座り、ホーホフート[180]の戯曲を基にしたコスタ＝ガヴラス[181]の映画『神の代理人』を見ている。集中して見ている。ちょうど真夜中ころ、画面をアウシュヴィッツから空で戻ってくる一台の貨物列車が走っている。ゲルシュタイン[182]が、自分の知った恐ろしい事実について聞いてもらおうと闘っている。彼の周囲の者たちだけではなく、ローマ教皇やアメリカ大使も、今日からみるとまったく理解しえない口実を用いている。誰もが、自分なりの〈立派な〉理由があって、ゲルシュタインが伝える情報を信じない。もしくは、いずれにしても世間に公表しようとしない。ゲルシュタインは親衛大隊指導者まで昇進して、〈ツィクロンB〉［ホロコーストで用いられた毒薬］投入の責任者になる。ささやかなサボタージュや引き伸ばしならできるだろう。しかし、彼にしても、それ以上は無理である。一方、若いイエズス会士リカルドはあえてユダヤの星を服に付けて、アウシュヴィッツ移送に同乗する。ゲルシュタインの話はもちろんアメリカ人たちには信じてもらえず、彼は独房で首を吊るのである。——繰り返し心のなかに浮かんでくる疑問。〈最悪の事態を回避する〉ために、どの程度まで犯罪的システムのなかに留まることが許されるのだろうか。最終的に自己犠牲に至るとしたら、どの程度まで、自分の絶対的価値基準に従うべきなのだろうか。あらためて顕在化してくるのは、迫害と強制収容所の場面における表現の問題である。カヴラスはおそらく可能なかぎり〈見事に〉やったのだろう。しかし、わたしはいつも、これは本当でない、やりきれないと感じる。思うに、そのような〈素材〉は本来ドキュメンタリーでなければ映像化できないのだろう。ゲルシュタインが暮らす国ドイツには、陰鬱な雰囲気が漂っている。まさに地獄である。かつてはわたしもそういう場所で暮らしていた。いま、思い返せば、幼年時代には、たくさんの明るい思い出が刻み込まれている。その思い出は、その後、幼年時代には持っていなかった知識によって暗い影を投げかけられることになった。思うに、たいていのドイツ人は〈明るい〉思い出を奪われたくなくて、生涯にわたり、それが暗い思い出にならないように努めてきたのである。[183]ユダヤ人には、本来、ドイツ人との共生などもはや考えられないのだ。あらためてそう思う。

一時過ぎにベッドに入る。ゲルトはヴェルナー・ミッテンツヴァイ[184]の『薄明』を再読している。わたしも読んだことはあるが、また、まったくと言っていいほど忘れてしまった。いまではすべての本がそうだ。いやになってしまう。どうして本を読み続けるのかしら、と言うと、ゲルトは、いつも何かが引っかかっているからだよ、と答える。もしかすると、そのようなテキストについては的を射た回答かもしれない。後に読んだ『ゲヒルン・ウント・ガイスト』誌[185]の一篇もその一つである。テーマは神経学者たちがかかえている問題である。つまり、被験者が、自発的に研究目的の検査を受けたときに、脳に異常が認められるケースである。告知すべきだろうか。医者を介入させるべきだろうか。この問題に関してはすでに学術会議が開かれているという。――比較的最近の経験から、わたしには問題がよく理解できる。内臓の超音波検査のときだった。医者が言った。リンパ節に異常がみられます。血管が走るべきところに血管がありません。他の画像検査で調べるしかないですね。もしかすると何でもないかもしれませんし、場合によっては、悪性腫瘍の可能性も排除できません。――彼はこうして、四週間のあいだ、わたしを不安にさせたが、次の検査で疑念は追い払われた。医者の話を聞いた後、わたしは、イライラして、皮膚の黒いシミにも暗澹たる疑念を抱いた。しかし、苛立ちを抑えて、皮膚科の女医のもとを訪れ、おかげで、不安は完全になくなった。それは、死の思いにつねにつきまとわれていた頃のことだった。――一時半に灯りを消す。

夜、トイレに行く。『ツァイト』紙のインタビューのことを考えて、また眠り込めそうにない。いろいろな表現が頭のなかをかけめぐる。わたしの主張は批判に耐えるだろうか。話を広げすぎたのではないだろうか。わたしの考え方やわたし自身をさらけだしすぎなかっただろうか。全体的に政治色が強すぎたのではないだろうか。彼ら（シュテファン・レーベルト[186]とブルーノ・カンマーテーンス[187]）は、冒頭で、何が何でも、選挙の行方に関するわたしの考えを聞き出そうとした。わたしは、選挙結果にはこの国が現在おかれている状態が忠実に反映されると思います、王手をかけられているのです、結局、この社会は危機的状況にあると思うのです、そう話した。

夜になると疑問が湧いてくる。こんな場合はいつもそうである。わたしはインタビューを受ける必要があったのだろうか。隠れ蓑から出る必要があっただろうか。――前日、レーベルトはこんなことを言っていた。あなたはご自身のさまざまな生の地平を集めることで、驚くべき処世術を身につけたのですね。わたしは驚いた。終わりからみると、第三者には、そんなふうにみえるのだろうか。もしかすると、わたしの東ドイツ時代の仕事を知らないから、そんなことが言えるのではないだろうか。

夢から覚める。こんな夢だった。わたしは、クルト・シュテルンのために、証言を求められている。東ドイツ時代の状況にちがいない。わたしにわかっている。そこにいるのはクルト・シュテルンである。しかし、彼の頭部は風変わりなとんがり帽子で覆い隠されている。わたしは自問する。どうしてクルト・シュテルンのために証言しなければならないのだろうか。彼は信頼のおける古き同志である。むしろ、立場は逆のはずではないか。そんな感情を抱きながら眼を覚ます。近いうちに、クルト・シュテルンの日記[188]のために前書きを書かねばならない。フランスでの戦争が始まった最初の数ヶ月、つまり、彼が他の多くのドイツ人や反ファシストとともに抑留されていた時期に執筆された日記である。もしかすると、あの夢は、いつも〈時代の証言者〉になるように求められることへのわたしの不快感を表しているのかもしれない。わたしたちは、ともに、時代の証言者であり、特定の出来事を体験し、特定の人物を知っていた。わたしは、証言者にはなりたくはないが、しかし、事実そのものは否定できない。

今朝はあと一時間ほど寝ていたかった。しかし、うまく眠られず、八時に起きる。今日もまたいい天気になりそうだ。もう、一週間以上、すばらしい晩夏の気候が続いている。他方、アメリカの南海岸では、ハリケーン〈カトリーナ〉に続いて、ハリケーン〈リタ〉が町を壊滅させている。——しかし、ラジオによれば、心配するほどひどいものではないらしい。フォルクスワーゲン社は、新しいRV車は、ポルトガルではなく、やはりドイツで製造することに合意したという。経営責任者はその件を持ち出して労働組合を脅迫し、その結果、労働組合は譲歩したらしい。しかし、サムスン社はドイツで従業員の大量解雇を行おうとしている。その後に、〈緑の党〉のベルベル・ヘーン[189]が、ヨシュカ・フィッシャー[190]の政界引退に関する件と、〈緑の党〉の四人が議長に立候補した件について所見を述べる。ニューオーリンズでは、洪水が収まった地域の住民の町への立ち入りが許可される。株式市場は、フォルクスワーゲン社とポルシェ社の業務提携に反応して、ポルシェ社の株を下げた。

朝食の前に、ゲルトと短い言葉を交わす。卵の黄身が一つと卵白二つでスクランブルエッグを作ってもいいかな。わたしは、黄身が少ないわ、と言う。彼は、ばっちりだよ、じゃあ、作るぞ、と応じる。わたしは、それをおかずに薄切りの黒パンを食べる。それに、すりおろしリンゴとフレーク。いつものとおりに手に一杯の錠剤。紅茶。

新聞の一面に、二人の警察官に連れ出されるアメリカ人女性の写真が載っている。ホワイトハウスの前で、抗議の座り込みを行ったのである。息子がイラクで殺されたのだ。〈駆け引きなしに告発する女〉という見出しの左下の段には、マリアンネ・ビルトラー[191]の写真。彼女は、戦い（選挙戦）に熱狂しすぎて、幾分いいかげんな〈計算〉をし、国会議員が二人から五十人以上に増えた左翼の連邦議会政党のなかにはかつての非公式シュタージ協力者（ＩＭ）が大勢含まれているだろう、と言ったのである。その後、彼女は発言を訂正しなければならなかった。新聞によると、彼女を〈復讐の天使〉とみる人もいるが、しかし、他の人たちにとってはうるさい告発家である。彼女は、本来ならデリケートなデータをもっとデリケートに扱える人で、反感を暴走させないはずなのだが、と思う。大見出し。大連立のための青写真――選挙の結果、各党とも過半数に届かず、大連立へ。――ポルシェ社、フォルクスワーゲン社株の二〇パーセントを取得。――ＳＰＤの前市会議員、ヴィリー・ブラントをスパイか。――ＣＤＵ／ＣＳＵ連合、メルケル[192]が首相になることを条件に、ＳＰＤと大連立について対話の意向。――ポーランド、選挙で急速に右傾化。――アメリカ南東部、ハリケーン〈リタ〉で壊滅的被害。――以上は、新聞の政治欄からだけの見出しである。他の欄はまだ見ていない。

ホンツァから電話。前夜、彼の留守番電話に伝言を入れておいたのである。彼は、ついに出版にこぎつけた本（『煙突』）のゲラの校正中で、校正係の校正原稿をチェックしていると言う。疲労困憊しているのでドイツ語で書いているので、彼には簡単ではないのである。たしかに、彼はドイツ語を見事に操るが、しかし、いつも感情にピッタリ合った正しい答えが得られるわけではない。わたしは、彼と、ファックスで送ってくれたページについて話し合う。そして、それだけではなく、誤植も見つけた。彼は、〈das Pflaster〉とすべきところを〈der Pflaster〉と書いている。[193]

家事をもう少し。窓からゲルトのいる下の方を見ると、彼は、管理人のVさん[194]と一緒にいて、活発に言葉を交わしている。そんな二人の様子を見て、いいなと思う。彼女は黒犬を連れている。犬は赤い綱をぐいぐい引っ張っている。生い茂った緑の屋根を通して、陽射しが彼女の横顔を照らしている。この瞬間が大事なものに思え、その様子を記憶しておきたいと思う。（後で、数日後にある建築家が階下に引っ越してくると聞かされる。彼は、さらに、いままで老人ホームがあった地階をオフィスとして借りていた。上の階の空室には若い芸術家夫妻がやって来るらしい。したがって、この家にはまた空き部屋がなくなりそうである。）

机に座り、メイン・カレンダーに最近の出来事を追記する。わたしには大事なことだ。そして、また気づく。毎日きちんとメモをとらないと、三日前のことをもう忘れてしまっている。

次に、コンピューターを立ち上げて、この原稿の執筆を始める。二週間前にヴォゼリーンからトランクを持ってきた。本当なら、その中から、そろそろ『天使たちの街』の原稿を取り出さねばならない。そのあいだ、執筆は休み。実りのない中断だった。原因は、今年前半のさまざまな病気や障害である。いま手元にある原稿については、ゲルトからも丁重で厳しい批評を受けた。わたしはヴォゼリーンで体調が回復した（それまで膝の関節症が進行して麻痺を引き起こしていた）が、テキストに対する新しい接点が得られるまで待たねばならなかったのである。そのうちに、心のなかで、小説の素材が機能し始めた。わたしとしては、新しい色調、つまり、もっと泰然たる語り方を見つけ出したいと思う。どうやら、長い時間を費やして、いま手元にある何百ページもの原稿を書いてきたのは、そのためだったようである。ここベルリンにいたときは執筆の邪魔ばかりだった。通院、郵便物、とくに、『ツァイト』紙のインタビューはひどく時間がかかった。いつも同じ経験の繰り返しだった。大量に書き直さなければならない。あいまいな表現の多くはそのままにしてはおけない。そして、もっといい着想が浮かぶのは後になってからである。原稿のための時間をそうやってつぶしている。バカげている。

若い女性から電話――電話はとらないわけにはいかない――、彼女は、あなたのサイン入りの古い本が水に落ちてしまいましたので、また一冊取り寄せました、つきましては、サインをしていただきたいので、お宅へ送ってもよろしいでしょうか、と言う。わたしは、サインのために突然本を送ってくる慣習が大嫌いだ。この、感じの良さそうな若い女性は、少なくともそう訊いてくるだけまだましである。わたしは、彼女を慰め、マールバッハ［シュトゥットガルト近郊の町、シラーの生地でドイツ文学資料館がある］で朗読会があることを伝える。彼女は、シュトゥットガルトに住んでいるので、マールバッハならとても都合がいいだろう。

ゲルトが市場から戻ってくる。彼は、いい香りの、新鮮なミントの大きな花束を振っている。いつものハーブ店で、他の新鮮なハーブと一緒に買ってきたのである――ぼくが行くと、ハーブ売りはいつも喜ぶんだよ。ジャガイモ売りの女性もね。ゲルトは、彼女の店で他の野菜も買ってきていた――ジャガイモしか買わないなんてできないよ、それに、野菜を買うために他のスタンドへは行けないしな。――わたしは、そんなことはないわ、行けるわよ、と言う。――彼は、行けないよ、と言う。――わたしは言う。あなたは紳士的な客なのよね。彼は、すぐに、昼食のためにミネストラ「イタリアの野菜スープ」を作り始め、しゃっきっとした、ニンニク漬けのキュウリのピクルスを手渡す。わたしはテーブルに座り、市場から買ってきた、豪華な食材を眺めまわす。すばらしい。キュウリを食べる。幸福だ。これ以上の幸福は望めそうもない。

そこにティンカからも電話。驚いた。自宅にいるという。クリミアから帰ってきたのだ。彼女とOWENの女友達は、クリミアで、世界のいろいろな国から来た女性たちのためにセミナーを開いた。セミナーは、意見がぶつかりあって骨が折れたけど、でも、だからこそ、いままでで一番良かったかもしれないわね、と彼女は言う。彼女は、明日の午後に、マルティーンと一緒に〈わが家に立ち寄る〉つもりだという。その後、また電話。アントンも付いて行きたいって、狙いはケーキですって。彼らは、明日、あるグループと一緒に、イスラエルへ行く。彼女は、友人リーディア[195]のためにわたしの本を二冊持っていくつもりで、「お母さんがその本に何かいい言葉を書き込んでくれたら、彼女はきっと喜んでくれるんじゃないかしら」と言う。わたしたちは、もう少しくだらない会話を交わした後で、互いに、もう仕事をしなければならないから、ばかげた話をする時間はないわね、と言って、電話を切る。

また机に座っていると、ハーナウ［ヘッセン州南部の町］のウラ・ベルケヴィッチ[196]から電話。わたしに電話をかけずに、九月二十七日を終わらせたくないと言う。彼女は〈一年に一日〉の世界に参加したいのだ。わたしたちは、彼女が小さい魔女なのか、それとも大きい魔女なのかを論じ合う。彼女は〈小さい魔女〉[197]だと主張する。わたしたちは親交がある。彼女がヴォゼリーンの家を訪ねてきてから親交が深まった。そのとき、彼女はわたし——わたしたち——に心を開いてこんな話をしてくれた。わたしは、出版社から数日間余裕をもらいました。二、三の、延期になっている講演会の原稿を書くためです。それに、明日は死んだウンゼルト[198]の誕生日ですから。いつも考えるのですが、誕生日は他の日と同じ一日であることに変わりありませんが、やはり幾分違う一日ですよね。そういう話だった。明日、彼女に電話しようと思う。

ミネストラはおいしい。ゲルトは、すばらしいイタリア料理のレシピ本どおりに、特別に、ニンニクたっぷりのいい匂いのソースを作り、スープにかける。次に、パルメザンチーズ。さらに、彼は〈飲み物〉が必要だという。カンパリ・ソーダだ。ゲルトは、楽しそうに料理を作り、わたしが感激すると喜ぶ。どんなふうにお礼を言えばいいかしら、とわたしは言う。あなたが好きよ。——お互いさまだよ。彼はそっけなく応える。

彼に三つの質問をぶつける。それらは、午前中にファックスで届いたもので、パリの週刊誌『クリエ・アンテルナシオナル』が、創刊十五周年に際して、十五名の〈著名人〉に示した質問である。

1．ここ十五年間で、あなたにとって世界中で最も重要な出来事は何でしたか。（期間は二〇〇一年九月十一日を除いて——一九九〇年十一月から今日までということか。）

2．ここ十五年間で、あなた個人にとって最も重要な出来事は何でしたか。

3．今後数年間で、あなたにとって最も重要な出来事は何だと思いますか。

ゲルトは、最初の質問に対しては、九月十一日と答えたいと言う。しかし、その一日は明確に除外されている。ベルリンの壁の崩壊は対象期間外である。もしかすると、イラク戦争が最も重要な出来事かもしれない。それとも、ドイツがその戦争に参戦していないという事実だろうか。いずれにせよ、〈キリスト教〉文化とイスラムの対立関係に関連することがその答えになるだろう。しかし、個々の出来事を挙げるのは難しい——わたしの個人的な生活においてもそうだ——もしかすると、昨年、ベニが病気になり、いま回復傾向にある（そう期待している）ことだろうか。九〇年代初めの、わたしに対する批判的キャンペーンも〈重要〉だった。しかし、いまとなってはそれは遠い過去の出来事である。わたしには、もはや重要なものには思えない。

『一年に一日』のなかでも、わたしは個々の出来事よりもむしろ、さまざまな出来事やその発展に言及するだろう。それで、未来はどうなるだろうか。わたしは、貧富の差が拡大すると思う――個々の国の内部で。そして国家間では、貧しい国と豊かな国のあいだで。違法入国の難民との争い、そして国内で増加する貧民層との対立、それらはその序曲に過ぎない。――わたしたちは、プラス面での〈最も重要な出来事〉を探してみる。しかし、見つからない。わたしの人生で変わらぬ最重要事は、ゲルトと子供たち、そして孫たちがいるということだ。――三つの質問は、一日中わたしの心のなかでくすぶり続ける。わたしは、きっと、雑誌に回答を出さないだろう。

三十分間横になることができ、熟睡する。それから、起きて、外出の準備。留守番電話に着信通知。わたしは折り返し電話をする。彼は不在なので、四時過ぎに電話を下さい、と伝言を入れる。カンマーテーンスだ。彼は、〈ちょっとだけ〉お訊きしたいことがあります、と言う。ステッキをついて外出――もはやステッキをつかずに歩けない。いや、ステッキをついても歩行は難しくなってきている。カヴァリーア通りまでは短い道のりだが、それでも困難である。わたしはそうした障害や苦痛と闘っている。しかし、そのたびに思う。今年はいろいろ苦痛を経験したが、これだけはいっこうに改善していない。ホンツァが出迎えてくれる。それから、アネッテも。アネッテはゆったりとくつろいだ様子だ。二人は、外で陽射しを浴びてテーブルにつけるイタリア料理店に食事に行きたいと言う。ホンツァは、彼の本の表紙の下絵を持ってきている。一人の人物――彼――が煙突の上に立っている図柄――わたしは気に入る。彼は、ある文の時制的表現に関して質問したいと言う。しかし、その答えは先延ばしにせざるをえない——その文を手に取って見てみなければならないからだ。ホンツァは言う。チェコ語の文法では特定の時間表現はありません。だから、ドイツ語で時間表現しようと思うと自信がなくなるのです。

美容師が二冊の雑誌を置いてくれている。彼女がわたしの足をケアしているあいだ、わたしは『フロインディン』誌［ミュンヘンの隔週刊の女性誌］にざっと眼を通す。美容師は、休暇で訪れたシュラウベタール［ブランデンブルク州東部オーデル＝シュプレー郡の町］について話す。彼女の一家は河岸にバンガローを持っていた——きっと東ドイツ時代のバンガローを改修したものなのでしょうね、キャンプ場にいるような匂いがしました、と彼女は言う。また行きます。今度の休暇は、週末の延長にすぎませんでした。というのも、息子も連れて行きたかったのですが、そのときは、学校に行かなければならなかったのです。でも、少なくとも二、三日は、息子を他の環境へ連れて行きたいと思いましてね。息子は、その前の週に、夜のパンコー地区で右翼グループに襲われたのです。息子は黒ずくめの〈メタルバンド〉のメンバーですが、でも息子たちは暴力は振るいません。相手のグループは暴力化しており、メンバーの少女たちを蹴りつけ始めました。息子は警察に連絡しまして、そして、警察は、すぐに数名の右翼を逮捕しました。いま、連中は、いたるところで、警察に通報した人物を探し回っています。息子は、十月に法廷で証言しなければなりません。Gさん[199]は、息子が右翼のブラックリストに名前が載り、復讐の対象になることを恐れている。すべては、わたしたちの静かなパンコー地区で起きた出来事なのである。実に恐ろしい。

　手にした『フロインディン』誌の記事のなかに、そのときどきの、人間の特定の感情と行動を司る、ホルモンなどの作用物質の対応表がある。例えば〈浮気〉。わたしたちの身体が要求するのは他の身体ではなく、他の身体と持続的な関係を持つときに身体に分泌される、作用物質ＰＡ200である。神経科学は、多幸症における脳の活動と作用物質の発見を通して、繰り返し人間の行動責任を抑制しているが、わたしたちがいま存在しているそのような局面では、その伝達物質が欠如すると浮気をせずにはいられなくなる。他の人間が恋しいからではないのである。（わたしは、このように書きながら、自分がいかにも時代錯誤の偽善者に思えてくる。）

　会話は選挙の話題に移る。ここ数日、よく美容師から、黒［ＣＤＵ／ＣＳＵ］と黄色［ＦＤＰ］が過半数をとれなかったので、うれしいという話を聞く。つまり彼女は、暗に、緑の党に投票したと告げているのである。だって、緑の党はここ数年いくつか良いことをしましたし、なにしろ環境問題はわたしたちにとって緊急の課題ですから。選挙後の党首討論会で首相が登場したとき、首相はすっかりリラックスしていましたよね。首相はきっと〈判っていた〉のですよ、と彼女は言う。しかし、ご覧のとおりで、すべての政治家にとって重要なのは自分自身の権力なのです。わたしはもうよく憶えていないが、話題はその後スポーツに移り、わたしたちは〈さもしさ〉を克服するのがいかに難しいかについて話し合う。Ｇさんの家には、もうすぐ理学療法士の女性が来る。Gさんにピラティス[201]を教えるつもりなのだ。Gさんは彼女に、わたしが同じトレーニングができるように、わたしのところにも来てくれるかどうか聞いてくれるという。そんなことでもしないと、わたしは、なかなかトレーニングする気を起こさないからである。

いつものように足のマッサージ。気持ちがいい。その後、エステルームへ移動。(一番良い枕と寝やすい姿勢について少し経験を話し合ってから)ベッドの上に寝かされる。快適だ。最も大事なマッサージを始めるための準備手当。顔と首への入念なマッサージ。その後、リラックスして寝ているあいだに、さまざまなイメージや考えが頭をよぎる。あらためて、はっきりと頭に刻み込む。今年は、いくつかの、簡単ではない手術を克服した——心房細動に対するカルジオバージョン[電気ショックによる不整脈治療]、ペースメーカーのインプラント、そして、高血圧症の発作。うれしい。ありがたい。もちろん、いまでもまだ、不快な膝の痛みは残っている。うたた寝して、起こされる。服を着て、支払いを済ませ、外に出る。また痛みをこらえながら、家路につく。約十分、これ以上は歩きたくない。

『ツァイト』紙からのファックスが待っている。編集がコンラート・ヴォルフ[202]に関する寄稿を短縮してしまったために、重要な箇所が削除されている。ブルーノ・カンマーテーンスと長電話。わたしは、自分の短縮化案を作り、それをハンブルクへファックスする。提案は受け容れられる。それやこれやで全部で一時間以上かかる。

ホンツァからファックス。彼の本からの文章。時制表現に関する疑問である。わたしは、留守番電話に、文章は正しいと伝える。

テーブルの上には郵便物。ケムニッツ［ザクセン州南西部の町、東ドイツ時代はカールマルクスシュタット］から、カールフリードリヒ・クラウス展の、分厚い、すばらしいカタログ[203]。わたしは、そこに短い文を寄稿しているが、美術館の館長は添え状でその文章をひどく賞めてくれている。――ゾーニャ・ヒルツィンガー[204]からの手紙。彼女は、わたしたちの提案によって、イエーナでカロリーネ賞[205]を受賞した。あらためて感謝の念を表し、謝辞を同封している。謝辞はいい内容である。――コート・ダジュールからはがき。シュー・シュテルン[206]だ。彼女はドイツの強制収容所で姉と生き別れになっており、かつてわたしに、ジャンヌ・シュテルン[207]というのはわたしの姉ではないでしょうか、と訊いてきたのである。あいにく、わたしはそれを否定しなければならなかった。わたしは彼女に本を送っておいたが、はがきはそれに対する礼状である。――招待状がいくつか。芸術アカデミーの催し――一部はパリ広場［ベルリンのミッテ地区］のそばの新しい建物へ移動。残念ながら、そこは機能的に不十分と判明する。市政府官房から祝賀会への招待状。国立歌劇場からはオペラ『サロメ』上演の招待状。わたしはどれにも行かないだろう。膝の痛みのため、そのような、本来なら喜んで行く催し物も避けねばならないのだ。例えば、わたしは絵画の前に立っていられず、そのため、展覧会から遠ざかっている。たしかに、もう一度手術を受けなくてもいいように、鎮痛治療専門医の力添えで回復を試みるつもりだが――しかし、ときには、現状で満足しなければならないとも思うのである。階段を上がるのはいつも一種の挑戦である。怖い。今後、階段に昇降機を取り付けさせねばならないだろう。子供たちは四階か五階に暮らしており、わたしはもう彼らを訪問できない。

六時から七時のあいだの小一時間、もう一度この原稿の前に座ることができる。その後、ゲルトから声がかかり、夕食のテーブルにつく。新鮮なミントとラム酒から作られたカクテルが出ている。とてもおいしい。ゲルトの自慢の前菜。彼自身が大好きな料理だ。そして、鯖のスモーク。食事と食後の数時間はいつも楽しみだ――純粋な消費の時間。テレビのニュースは、大連立へ向けた交渉に進展はないというが、しかし、大連立の成立へと進んでいることは一般の認めるところである。ニュース解説者たちの予想では、シュレーダーは――もしかするとアンゲラ・メルケルも――退陣しなければならなくなるかもしれない。いままでのところ、この二政党はどちらが連邦首相を取るかにこだわっている。近東のガザ解放地区では、撤退したイスラエル軍が、ロケット弾による攻撃を受けたために、また爆撃を行っている。[208]明後日、テインカとマルティーンは、あるグループと一緒にイスラエルへ行く予定である…。

サスペンスドラマ。わたしたちは、醜悪で暴力的すぎる、等々と言いながら、そのドラマを見ている（この日記は二日後に書いており、内容はもう忘れてしまった。それに、老人らしく、テレビを見ながらよく眠り込んでしまう）。その後で、大人気のトークショーの一つ『国籍はドイツ、生活感情は東側』。シュテルツツル氏[209]の演出で、四人の出演者が対談していた。

ドイツ統一に懐疑的な本を書いたイェンス・ビスキー[210]、『グッバイ・レーニン！』[211]の出演以来、東ドイツ問題の専門家のようになったカトリーン・ザース[212]、西側出身だが、ジャーナリストとして東側について報告する女性レリン[213]、そして、ロータル・デメジエール[214]。とてもおもしろかった。ドイツ人の〈メンタル面の〉統一の問題が依然として未解決である実態が如実に現れていた――見ながら自問。この問題はどのように〈解決〉すればいいのだろうか。事態の進行につれて、いまでは、統一の過程で〈過ち〉を犯していたという意見が認められてきている。つまり、西ドイツ人と東ドイツ人はかつて互いにわかり合っていたことはなかったし、またいまでもほとんどわかり合っていないというのである。シュタージ調書の乱用に関しても言及された。カトリーン・ザースは、わたしはすぐにそれを読もうと思いました、と発言。一番わたしを監視していたのは親友の女性だったのです、そのことはけっして忘れられません し、彼女を赦すこともできません。デメジエールは言った。わたしは、いつか将来、東側出身の人には、今日その人物がみせているのと同様の態度で接していこうと思っています。主な論調は、いつかまた、東ドイツ人たちはしだいに自己意識を持つようになるだろうということだった。東ドイツ人の自己意識は、統一の過程で、西ドイツ人が優位に立ったために排除されたのだった。しかし、どうだろう。もしも十五年前に、十五年後にそのようなディスカッションが行われるだろうと予言した人がいたとして、その場合、みな、その言葉を信じただろうか。いや、きっと頭をかかえ込んでいただろう。わたしはそう思う。

ベッドで、もう少しマキューアン[215]の小説『土曜日』を読む。この本はいま評価が高い。特定の一日を記述した作品で、ジェームズ・ジョイス[216]やヴァージニア・ウルフ[217]と比較されている。それはそれとして、——この本に描かれているのはイギリス中流階級上層の神経外科医の一日である。どうやらマキューアンは、主人公の（回想のなかでの）人生だけではなく、二〇〇一年九月十一日以降の、中央ヨーロッパの教養人における現代の政治的意識と世界像を描写しようとしているらしい。しかし、かなりの部分にこじつけや計算がみられ、自然な記述ではない。つまり、わたしが読んでいるのは、主人公ヘンリーの、前日に行った手術の詳細な記憶なのである。作家は、情報を集め、手術に関して、専門的な医学用語まで使って表現している。その点では、もちろん見事だし、感嘆すべきである——しかしながら、同時に、そこまでする必要はあるのかとも考える。ところで、その一日は、ロンドンで、目前に迫ったイラク戦争に反対する最大のデモが行われた日である。主人公はイラク戦争には期待感を覚えている。なぜなら、この戦争は、殺人と拷問を繰り返すサダムを排除するための戦いだからである。思い返すと、かつてイラクの壊滅的な状況を目前にして、わたしはそれに明確に反対し、反戦行動をとっていた。いま、イラク戦争が迫っていた時、わたしたちは、正しい判断ができていたと言えるだろうか。それとも、状況は、当時も、わたしたちが正義と不正を判別できないくらいに壊滅的だったのだろうか。今日、わたしたちの世界はそうした状況にあるのだろうか。これで、わたしの眼から見て十五年後に最も重要な出来事は何であるのか、という疑問に対する答えになっているだろうか。しかし、そのときには、わたしはもうこの世にはいないだろう。

未来のビジョンを考えるときにはしばしばそう考える。

すぐに眠りにつく。

二〇〇六年九月二十七日水曜日

ベルリン

真夜中を二分過ぎた。ベッドに横になって『フランクフルター・アルゲマイネ』紙に載ったディートマル・ダート[218]の評論『醒めた韻文で書かれたサイエンスフィクション』の最後の文章を読んでいる。文芸批評家で詩人のウィリアム・エンプソン[219]について書かれたものである。わたしは彼について聞いたことがなかったが、ダートは、この、一九〇六年生まれの、おそらく八〇年代に亡くなった男性についてもちろん造詣が深く、巧みに書いている（それは、また、今年の夏に彼の最近のSF『ディラク』を二度読んで以来、彼の書くものに期待していたことである）。その、いわばわたしの一日の始まりを告げた最後の文章は次のように書かれている。〈語りえぬものについては、沈黙しなくてはならない〉――この、よく引用されるヴィトゲンシュタインの『論理哲学論考』の最後の文章について、エンプソンはこう書いている。〈この文章は文脈のなかで孤立しているが、その孤立性こそ、われわれ世代の弱さそのものなのである。ロメオが書かれなかった、そんなことがありうるだろうか。歌やソネットは語

ることのできないものなのではないか。哲学が規定できないものを開示するのが芸術である。〉
すぐに寝る訓練をする。とても疲れているのに、すぐには眠れない。心の眼の前を、ラインガウ〔ライン川北部の地域〕にいた数日間のいろいろな光景が通り過ぎていく。とくに、オペラ『どこにも居場所はない』[220]の上演シーンがいくつか眼の前に迫ってくる。それはマインツ音楽大学が主催したオペラで、若い女流舞台監督が、グンダとベッティーネ、ザヴィニイとヴェーデキントのペアを、衣装をとっかえひっかえして——ブレンターノハウスを使った今回は観客のあいだを通って——舞台に登場させていた。ある時はふざけながら、ある時は意味もなくエロチックに。一方、クライストはいくぶん精神薄弱に見え、ギュンデローデは愛情問題に巻き込まれている。上演中ずっとホネカー[221]の写真が舞台にかかっていた。そして、一度など、哀れなクライストは突然頭に東ドイツの国旗を巻かねばならなかった。他のシーンではそれほどかかわりを持たない、クライストとギュンデローデの二人は、最後に小舟のような棺に乗って舞台を去ることになるが、そのとき、ギュンデローデはふさふさのフリルがついたビキニを身に着けていた。結局、二人は死体袋に入れられて、なんの役も持たない、二人の掃除婦によって舞台の上を引きずられていった。ベッティーネは、ほとんど一貫して、超ミニのディルンドル〔南ドイツの女性用民族衣装〕を身に着けていた。——後に、偶然わたしはこの上演についての評論を知った。そして次のような意見に納得した。〈この舞台上の社会は三つの時代を走り抜けようというものだった。作品が演じられる一八〇四年、作品が書かれた一九七七年、そして現在の二〇〇六年である。そして、その結果は、ごたまぜの駄作だった。〉——音楽はもちろん知性的に感じられた。クライストにそっくりで、同じくどもり持ちのこの若い音楽家は才能があるだけではなく、自分のやりたいことを熟知しているようにみえた。（そのうちにいくつかの批評が届いた。それらは、みな、演出に関しては本質的におだやかで、好意的なものばかりだった——ひょっとするとわれわれは、原作を知っているがために、間違った期待をしているのだろうか。）

五時に眼が覚める。初めてである。かなり長い夢の一場面を思い出す。わたしの向かいには感じのいい年下の女性が立っている。脇には金属製の深なべを一つ抱えている。魚や肉を入れてオーブンで焼くことができそうな代物だ。彼女は「マイェフスキーです」と言う。どうやら彼女の名前らしい。わたしも〈スキー〉で終わるポーランド系の名前を持っているんですよ、とわたしは言う。しばらくたって、また寝てしまう。七時に眼覚めたときには、残念ながら、その長い夢を忘れてしまっている。ただ年下の男性の顔だけが眼に浮かんでくる。わたしたちは、わが家で、彼にたっぷりごちそうすることになっている。彼について憶えているのはそれだけだ。（夢の中のこの女性と男性は、いま、この日記を書いている、翌日の午後になっても、まだ、わたしの眼の前に浮かんでいる。）

七時半に起床。いつもより早い。髪に触ってみて、明朝まで洗髪を延ばすことにする。シャワー等々、毎朝の日課。今日はもう痛み止めの膏薬は出来ているか、カレンダーで確認する。

いや、まだだ。できるのは木曜日だ。――そういえば、毎日の始まりにしようと決めたことがあった。それはヴォゼリーンにいた頃、眼が覚めたときに、落ち込んでいたり、不安な気分になることが多くなって始めた習慣である。「大丈夫。今日という新しい一日が始まるわ。なんてうれしいのだろう。」心から何度も自分にそう言い聞かせるのだ。――ところで、暑い晩夏の一時期が過ぎて、いくぶん涼しい日が、いずれにしても曇りがちの日が多くなってきたようだ。悪くはない。

朝食。まず、いつものように、錠剤を七つ。そのほかに、マグネシウム、ビタミン、ミドリイガイ［関節痛に効くといわれるサプリメント］（狂っている）。オートフレーク入りスープ。ビーバー夫人[222]がやって来る。先週以来の彼女の身の回りの出来事、手術を受けた彼女の娘やその女友達のこと、そして彼女が購入した農家の話。今日は、彼女とおしゃべりをしている暇がない。

ニュース。ドイツオペラ座の総監督キルステン・ハルムス[223]によるモーツァルト[224]のオペラ『イドメネオ』の上演中止をめぐり激しい論争。彼女は州刑事局から警告を受けていた。ノイエンフェルス[225]演出のこのオペラの最終場では、プロメテウス、イエス、ブッダ、ムハンマドの切り落とされた首が舞台上に持ち込まれる。昨年、デンマークの新聞に諷刺画[226]が掲載され、法王が（不運な）引用[227]をした後で、イスラム教徒は大規模な抗議を行った。人々は、その苦い経験をした後なので、イスラム教徒の敵対行動を恐れていたのである――恐怖したのはハルムス夫人だけではないし、彼女が最初というわけでもない。――いまや、それと名乗り出る者はもちろんいない。劇場監督に〈匿名の警告〉についての情報を与えた州政府内務大臣ケルティング[228]は、もちろん、オペラの上演中止とはかかわりがない。詳細な情報を知ったベルリン市長ヴォーヴェライト[229]は、中止は誤りであると言う。あらゆる芸術家は芸術の自由を求めて声を上げている。しかし、たぶんハルムス夫人に、オペラが上演されても何も起こらないという保証を与えられる者はいなかっただろう。彼女は臆病だと非難されている。わたしたちは、彼女が恐れを抱くのも当然な国に住んでおり、現に、イスラム教徒はすでにそのような力を行使しているのだ。実に恐ろしい。――偶然にも、今日、連邦内務大臣ショイブレ[230]が招集したイスラム会議が始まる。そこではこの事件も議題に上がることになっている。

ゲルトが郵便物を持ってくる。朗読会への招待状。行かないつもり。招待状に対してはほとんどそう対応している。〈ランズ・エンド〉[231]のカタログ。〈ロンゴ・マイ〉[232]の新聞。関節炎の薬の宣伝。あからさまにすばらしい効能をうたっている。その誘惑に負けてしまうかもしれない。それというのも、わたしは、相変わらず、再び痛みを感じることなく歩行することを可能にしてくれる薬の発見を諦めきれないからだ。しかし、説明を読むと、甲状腺に問題のある方はこの薬を使用してはいけません、と書かれている。――反極右団体『顔を見せよ』[233]からの手紙。会費未納の連絡である。

わたしたちは、土曜日に、フランクフルト・アム・マインのベルント・ホンチク博士[234]と妻のクラウディアのところで朝食をとったが、彼は、その時のわたしの質問を思い出してそれについて書いてきた。彼の妻がシステム心理学の研究に関して語り、大切なのは主に積極的思考であると述べたとき、わたしは、このシステム心理学療法の考え方によれば、悲劇は存在しないのでしょうかと尋ねたのである。わたしたちはいまでもそのことについてもっと話したいと思っております、とホンチク博士は書いている。（あの日の午前、何時頃だったか、話題は死への期待に及んだ。クラウディア・ホンチクは言った。高齢の人々は、眼前に迫った死に直面しながらも、通りに走り出て叫び声をあげることはありません。本当に不思議ですよね。わたしはただ彼女に同意するしかなかった。わたしもそのように感じます。〈爺婆の待合室〉にいる気持ちです。）彼は、ズールカンプ社で編集している〈人間医学〉シリーズについて触れて、わたしの本『身体はどこに?』もぜひ加えたいと言う。（それが適切なのかどうか、わたしにはわからない。）ゲルトとわたしは、本来ならホンツァの『煙突』[235]がこのシリーズにはまさにぴったりだろうから、それをホンチクに送ろうということで意見が一致する。ボーヴェンシェン[236]の『老いる』もいいだろう——ただ、クラウディア・ホンチクも多発性硬化症を患っているので、わたしはこれまで躊躇していた。（ホンチクは言う。〈彼女が朝早くに起きるときの様子を見ていると、いつも胸が張り裂けそうになります。〉）

ある教授から手紙。読むと思い出される。わたしたちがグライフスヴァルト［メクレンブルク＝フォアポンメルン州北東部の町］のホテル〈クローンプリンツ〉で——ヴォルフガング・ケッペン[237]のための夜会の翌日——朝食をとっていたときに、教授は、『一年に一日』にサインをしてほしいと言ってきたのである。今日の手紙で、彼は、わたしが無愛想な態度を取らなかったことに感謝の念を述べ、自己紹介をしたいという。彼は医者で、定年退職後に故郷の町に戻った。わたしは家族同士のように手紙を書かせていただきます。といいますのも、『一年に一日』を読むと、読者は家族の一員になってしまうからなのです。あなたは、〈この数十年来、専制的な体制が自由と独裁のはざまに残した狭い尾根の上で何とかバランスを保とう〉と努めていらっしゃいました。わたしはそれに最も感銘を受けました。ユートピアは、〈人間がみな持っている本性を誤認しているがゆえに、機能できない〉のですね。〈何であれ、われわれに備わった社会的で道徳的で高貴なものを手に入れようとすれば、努力して、欲求に支配されたわたしたちの本性に対抗しなければならない〉わけです。その点でフロイト[238]はたぶん正しかったのでしょう。ホテル〈クローンプリンツ〉で、わたしは、思わず、あなたはわたしにとってこの数十年間ずっと新たな東ドイツへの希望を体現してきた方なのです、そう言ってしまいました。——もちろんわたしは憶えていない。そうだったとしても、それを喜んでいいのかわからない……。あなたは老いと、死や死にゆく過程と、闘ってきました。それがわたしの心の琴線に触れてくるのです。〈不可避のものは、どんな時でも生の喜びを奪い取ることはできません。その不可避のものを熟知すること、それこそが、わたしにとって最後の不安を眼の前にしても本当の自由を与えてくれるものなのです。〉彼は、それと同じ内容をわたしの日記のなかに再認識したと信じている。——しかし、わたしにはわからない。いずれにしても、今年の夏がわたしに教えてくれたのは、自分がまったく不安から解放されていず、死はわたしにとって恐怖であり続けているということだ…。彼はさらに複数の患者に触れて、〈ガン〉を宣告されたときに彼らが示すさまざまな反応をについて詳しく書いている。彼によれば、わたしは〈最期の出来事〉と向き合うことで〈多くのことを学んだ〉のである…。そうだろうか、わたしにはわからない。――長い、すばらしい手紙だ。

昼寝。いつもの伝でとても疲れている。二人とも昼はとても疲れている。ここ二、三日と比べて、今日は、横になってもあまり頭がくらくらしないようである。いつものようにゲルトはすぐに眠り込むが、わたしはまだ『ベルリーナー・ツァイトゥング』紙を読んでいる。見出し。オペラ上演中止に全国で非難の声――劇場監督ひとりが矢面に。――フランス人はたくさんの子供を持ちたがる。――ムハンマドと芸術の自由。――〈危険が起こりうるかもしれないという〉情報は来場者から匿名で。――フランツィスカ・アイヒシュテット＝ボーリヒ[239]は、現在最も著名な緑の党党員だ。――テロリストたちの権力感情を強めてしまった、これが、きっと、劇場監督に浴びせられる最もひどい非難だろう。――トニー・ブレアの辞任迫る。――健康保険予算切り詰め。――ＣＤＵ／ＣＳＵ、世論調査で支持率低迷。――ティーンエイジャー、低学歴ほど妊娠率高い。――納税者連盟、三百億ユーロの税金無駄遣いで省庁を非難。――諸団体、イスラム会議開催を非難。――国防大臣ユング[240]、十一月末に国防軍をコンゴから撤退させる意向。――ブルガリアとルーマニア、二〇〇七年にＥＵに加盟許可、ただし前例のない条件付きで。——ブラジル大統領ルーラ[241]再選濃厚。——アメリカの気象学者ウォーレス・ブロッカー[242]によれば地球温暖化による気象破壊回避の方法はただ一つ。〈わたしたちは妥当な費用で大気中の二酸化炭素を抽出しなければなりません。〉——音楽の授業は脳の発達を促進。——反ドーピング法についての議論、ドーピングそのものに対する戦いよりも白熱した展開。——宮殿の取り壊しが刑事事件に。——選挙後のベルリン。SPD州首脳、金曜日に今後の連立パートナーを決定（緑の党か、いままでどおりに左翼党か、勢力は均衡）。——ホテル一棟と新しいオフィス街——レーアター中央駅の市街地区再開発案、コンペティションにより決定。——オリヴァー・ストーン[243]の映画『世界貿易センター』、ドキュメンタリードラマと愛国主義者オペラの合成。——ネオナチ——自転車の二人、喫茶店の外で夕食中の人々を妨害。そのレポート。客たちのすぐそばを猛スピードで走り抜け、一人は大きなげっぷをし、もう一人は「ハイル・ヒトラー」と叫んだという。（二週間前の選挙ではNPD[244]がメクレンブルク＝フォアポンメルン州議会とベルリン市のいくつかの議会に進出した。）——ある心理学者がクイック・デート・メソッドを使って独身者のパートナー選びを調査。——ARD、テレビ映画『怒り』放映の長期延期について釈明——暴力的なトルコ人青年がドイツ人家庭を襲う場面が出てくるテレビ映画で、テレビ局上層部はドイツ在住のトルコ人の否定的反応を恐れたのだ。——ニューオーリンズ眼覚める（洪水から復興）、スーパードームでフットボールの試合再開。——新聞は、毎日、わたしたちの眼前に、わたしたちが加速度的に自己崩壊へ突進する狂気の世界に生きていることを提示している。それに気づくのはごく少数の人間だけで、わたしたちのようなその他大勢は、気づいても、すでに慣れてしまっている。本当に驚きである。

四十五分眠る。眼が覚めると、奇妙な夢の記憶がとても鮮明に、残っている。ゲルトと一緒に何の特徴もない部屋にいる。彼はコップを口に持っていき、何か飲もうとする。やがて、彼は飲むことができずに、ゆっくりと横に倒れていく。わたしは、恐怖を感じながらその動きを眼で追う。彼は崩れ落ちる。わたしは彼のところへ駆け寄り、助けを呼ぶ。そうだった、わたしたちはそもそも病院の中にいるのだった。医者も看護婦もいる。けれども、彼らはわたしには気づかず、傍を通り過ぎていく。看護師の介助でゲルトを持ち上げ、ストレッチャーに乗せ、部屋に運び、ベッドの上に寝かせることができる。その際も相変わらず助けを呼び続けるが、無駄である。それどころか、ある医師などは、たくさんの看護婦を従えて通り過ぎていく。なんだ、知っている医者じゃないか、わたしは「ヴァルダイアー博士[245]」と呼びかける——カールスホルスト［ベルリン中部の地区］のわたしの産婦人科医はそういう名前だった、五〇年代のことだ。医者は肩をすくめて走り去る。ゲルトの状態は相変わらず良くない。しかし、彼は眼覚め始め、気がつくと、彼の横には医者もいる。押しつぶされそうな不安が去っていく。——わたしはゲルトにこの夢の話をしない。なぜか、その理由はよくわからない。

まだ、ペーター・ビクセル[246]が一九八二年にフランクフルトで行った詩学講義の最後の章を読んでいる。彼が付けたタイトルは『生が書いた物語』という。文学は繰り返しである、彼はそう確信している。そして、その後、〈ノルディは作家である〉という文章で始まる物語を書き、それを証明する。〈この物語にはフィクションはありません。しかし、ほとんど真実には対応していません。実際の作家に触れれば、読者は、作家にとって重要なのは、単に内容だけではなく、省察や語りや語りの技法であるということを発見するでしょう。それとは逆に、流行作家は、ただ内容だけを仲介することによって、読者をだますのです。〉わたしは反対である。わたしは、書くときには、内容を重視したいと思っている。重視しすぎだろうか。

この問題とそれほどかけ離れていないのがケルテース・イムレ[247]の見解である。わたしは、着替えながら（今晩わたしたちはティンカのパーティに行く予定である）、ドイツ放送の書評番組で彼の主張を聴いている。彼は自分の最近の本『ドシエ・K』を取り上げ、この本の中では、書かれたものを生きられたものから区別し、引き離すことによって、いままで書いた自分の本を吟味しているのです、と語っている。いまやこの〈何が《真実》なのか〉という問題は、文学においては、謎に満ちた事象の一つなのである。ケルテースのように非常に几帳面な人物においては、その問題は、きっと念頭を去ることがないのだろう。さらに、彼が取り上げた病人小屋が、本当に、ブーヘンヴァルト［現チューリンゲン州東部、第二次大戦時にドイツ最大規模の強制収容所があった］に存在したのかどうか、彼は、それは誰にもわからないとまで言っているが、後に――それはノーベル賞受賞がきっかけだったと思う――彼と一緒にこの小屋に収容されていた男性が彼に話しかけ、「その小屋はありました」と確言したそうである。――わたしは、また、『天使たちの街』の草稿のことを思わずにいられない。不安だ。なかなかはかどらない。ひょっとしたら、単純に〈そこ〉にあるように見える素材が年ごとに変化していき、その最終的な形態を、つまりその〈真の〉形態をつかみ取れるかどうか、まったく確信が持てないからなのかもしれない。それはわたしが書こうとしている最後の最重要事なので、わたしは、自分に過大な要求をしているのだろう。実際にまだ時間が残っているのかどうか、それも知らずに、過度に時間をかけすぎているのだ。そして、若い人々が書いているものを見ると、しばしば疑問に襲われる。わたしの書くという行為は――書く行為の内容と内実は――どうして〈重要〉だと言えるのだろうか。

わたしたちはお茶を飲み、ケシの実入りのブレートヒエン［小型の丸パン］を半分ずつ、ゲルトお手製のマーマレードを付けて食べる。彼は、十一月に芸術アカデミーとわたしたちのギャラリーで開く予定の彼の展覧会の準備で大忙しだ。そろそろ十七時。この日初めて机に座る。ただし、ファッション誌からモデルの写真を切りとってボール紙に貼り付けるだけ。ティンカのために、そのモデルが着ているワンピース等を注文したのだが、まだ届いていないので、本物の代わりに持っていくつもりである。そのうちに、火にかけておいたジャガイモ（いわゆる〈小さな角(つの)〉[248]）が茹であがり、チューリンゲン風ポテトサラダを作るために皮をむき始める。ティンカのサプライズパーティーにはそれも持っていくつもりだ。（ゲルトは、この日だけではなく、すでに前日から忙しい。アカデミーの展覧会と同時開催するつもりの様々な朗読会に出てもらう約束を取り付けようと、〈彼の〉、プレンツラウアー・ベルク[249]の作家たちに次から次へと電話をかけている。猛烈に忙しく、彼は神経質になっている。）ゲルトがやってきて、サラダにタマネギ、酢、オイル、胡椒、ブイヨンを入れて混ぜる——やがて、まったく見事な大盛りが一皿できあがる。

数日前から延ばしてきた仕事がある。わたしは椅子に座り、ズールカンプ社との総合契約書に署名する。わたしの他には、ルフターハント社のゲオルク・ロイヒライン[250]とズールカンプ社のウラ・ベルケヴィッチ[251]が署名をしている。さて、これで出版社移籍は完了だ——この手続きは、ルフターハント社にとっては好ましいことではなかったが、わたしにとっては物質的なメリットはたぶんないものの、おそらく理念的な利点をもたらしてくれるだろう。わたしは巨大コンツェルンのランダムハウス社では書きたくないのである。ズールカンプ社の個々の部門がさまざまな本の再版に有利だという利点を利用できるし、そのうえ、個人的にも、ズールカンプ社の従業員たちとは——とくにウラ・ベルケヴィッチとは——友好的な関係にある。わたしたちは、彼女と、すぐに本当の友情をはぐくむことになった。

この〈一年に一日〉を仕上げるためにもう三日もかかっている。ドイツ工業規格のA４用紙二枚に記憶のメモを書き留めるにはもっと時間がかかりそうだ。エルケ・エルプ[252]から電話——彼女の番号も複雑で、聞いても憶えることができなかった——朗読会では協力したいという。彼女は自分の三叉神経痛について語り、指圧療法で克服するつもりだという。彼女はイルゼ・アイヒンガー[253]について書くように頼まれている。ところが、アイヒンガーの最新刊『信じられない旅』を知らないと言うので、その本を送る約束をする。

夜七時のテレビニュースを見る。モーツァルトのオペラは中止してはならなかったというのがニュース解説者たちの意見だ。偽善ぶりに腹が立つ。その後、建設大臣ティーフェンゼー[254]による再統一の状況についての最新の調査結果が報じられる。彼は運輸大臣兼任である。調査結果によれば、一九九三年以来、旧連邦州から二百億ユーロを超える資金がつぎ込まれたにもかかわらず、今後長期間にわたって、〈新連邦州〉が福祉や工業化等の面で旧連邦州に追いつくという展望はないという。これは想像を超える額で、何のコメントもなく報じられているが、西側の人々のあいだに、当然、無理解や嘲笑、それどころか怒りを呼び起こさざるを得ない額である。なんだ、東側は家計のやりくりができないのか、そう言われるだろう。この数百億のうちどれだけが西側の企業に回り、再び西に戻ってきたのか、それは、当然、究明されない（もちろん、インフラの再整備を行うのはたいてい西側の企業である）。そのうえ、再統一のプロセスの初期に——もちろん競争原理によって——まずは東の企業解体が行われた。今日では、西側のごみ処理業者がメクレンブルク＝フォアポンメルン州のわたしたちの地域のごみ処理業務をすべて〈支配〉している。その業者の息子は、かつての協同組合の、現在の有限会社の、耕地を買い取った、と言われている。親子二人は、わが家の近所の、修復された小さな城に住んでいる。農業労働者たちは三月から十月まで働き、その後は失業して、納税者のお金で生活する。雇い主は、村から来た人々を祭りに呼び、ビールをごちそうして丸め込む。村人たちは、いまでは、彼を〈いい人〉だと思っている。――

わたしの足をケアしてくれる女性が最近こんな話をしていた。「東ドイツの包装工場で機械を運転しながら働いていた時代が、わたしの人生の中で一番すばらしい時期でした。労働者のあいだには連帯感がありましたからね。――わたしがそれを西側の人間に話すと、でもね、我が儘は敵、ワガママは敵、と言うのです。」――今日、〈単純な〉人々は、以前シュタージに対して持っていた以上に失業に対して不安を抱いているのだが、西側の人はそうは考えないのである。彼らは、なんとか、隙のない抑圧国家のでっち上げに成功した。彼らにはそれが肝要なのだ。そうでなければ、統一を〈遂行〉したやり方は犯罪になってしまうだろう。今も昔も行われているCIAの犯罪について、映像や印刷物を通して現在伝えられていることは、すべて、この確信を揺るぎないものにさせる。ブッシュ氏[255]は、完全に意識的に、虚偽に基づいて、イラク戦争を始めたのであり、旧東ドイツの、ほとんど無力な上層部とは比べものにならないほど、はるかにたちの悪い犯罪者である。西側社会のたいていの人間には、どうやら、それがのみこめないらしい。ブッシュ氏は今後も、〈自由と民主主義〉という西側の価値を共有する共同体の、尊敬すべき指導者とみなされるであろう。とはいえ、彼は、グローバリゼーションを狙うコンツェルンの代表者たちの手に操られる人形以外の何ものでもないのである。

気がかりな報道。原発企業がドイツ最古の原発の稼働継続を申請したという。来年か再来年には稼働停止することになっていたはずである。これは、本来決定していた、ドイツ脱原発の終わりの始まりになるかもしれない。緑の党は声を上げている。――わたしは、原発を用いない電気を保証する、電力会社の申込用紙に記入する決心をする。〈ウーレンクルーク〉256の人たちが持ってきてくれたのだ。なぜ――原子力による――発電に賛成する人々がいるのだろうか。理解できない。放射能を出し続ける廃棄物の最終処分場の問題も、まだ、まったく解決していないではないか。

七時半過ぎにアネッテがやって来る。ホンツァは、背中に激痛があり、一緒ではない。彼は、しかし、午前中はポツダムの裁判所にいた。そこでは、すでに幾度か、もう十二年も続いている彼のアファレーシス療法［血液浄化療法の一つ］の治療費を健康保険が支払うべきかどうかという問題が審理されていた。裁判官は健康保険に支払いを命じる。二回目だ――ただし、保険が下りるのは次の四半期からで、さかのぼっては支払われない。最終的に健康保険がこの判決に従うかどうか、静観して待つほかはない。とにかく、アネッテとホンツァが今後は毎月四千ユーロを調達しなくてもよいとなれば、大きな安心だろう。アネッテが言うには、彼らはこの六年間、健康保険が支払ってくれなかったので、身内や友人たちの助けを借りて、およそ十万ユーロを治療に支出してきた――治療はホンツァにとっては生きるのに不可欠なものだが、この病気の患者は数が少なく、そのため、アファレーシス療法――血液浄化療法――の効果についての統計データがないという理由で、健康保険は認められていないのである。

飾りボタン付きの赤いリンネルのブラウスを着る。これまで一度も着たことがないブラウスである。外はとても暖かい。上着なしで歩けるので、薄いアノラックだけを羽織る。アネッテは、ティンカのために、大きくてきれいな皮のバッグを持っていく。それには仕事の書類も入るし、週末の身支度品もしまうことができる。とにかく、この日は彼女の五十回目の誕生日で、みんなで例年の誕生日よりも真剣に祝おうというのである。一緒にブルンネン通りまで車で行く。わたしは、なんとか、階段を三段上る。サプライズはうまくいった。マルティーンがこっそりパーティを計画していたなんて、ティンカはまったく予想していなかった。わたしたちは一番乗りだ。見ると、彼女は、新しく改装した部屋で、書類の山に囲まれてゆかに座っている。明日は目的地もわからない旅に出るので、その前に、もっと部屋を片付けておきたかったのだ。彼らは、ピナ・バウシュ[257]の上演を見にヴッパータール［ノルトライン＝ヴェストファーレン州西部の町］へ行くことになっているのだが、誰も彼女に目的地を漏らしてはいなかった。

わたしたちと一緒にマルギット[258]とマリンカ[259]が階段を上ってくる。それを見て、ティンカは、これから何が起こるのか、自分に内緒でマルティーンが何を計画しているのか、だんだんにわかってくる。マルティーンは、リビングに並べた作業台の上に、すばやく大きな二枚の板を渡す。長いテーブルができあがり、新しく到着した人たちが持参した食べ物をその上に置いていく。わたしたちはチューリンゲン風ポテトサラダとカスラー［豚のあばら肉の燻製を塩漬けにした料理〕。すぐにシャンパンが二本開けられる。アネッテはハム、マルギットはチーズの盛り合わせ、DARE[260]のティンカの〈上司〉のハネローレ[261]は、細かく切った牛ヒレとルーコラで作った前菜、ティンカとマルティーンの同居人のハイケ[262]は、ウソの口実を使って、ソルヤンカを作ってきた。後から、ルート・ミッセルヴィッツとハンス・ミッセルヴィッツが、かぼちゃスープを持ってやって来る。OWENのポーランド人の同僚ヨアンナ[263]はデザート。アンドレーアがヴォゼリーンからやって来る。歯科医師のユッタ・ザイデル[264]がいる。ウーテ・ゲーリッツァー[265]は去年二十八ポンド〔十八キロ〕やせたと言って、わたしに、彼女の食事療法士の住所を渡してくれる。わたしたちは、ヨアンナとハイケ以外は、ティンカの友人をみんな知っている。わたしたちと彼らとの関係も良好で、わたしはそれが嬉しい。とても豊かな気分である。——わたしたちは——ティンカのせいで少し遅れたが——タルノヴィッツ〔ポーランド南部の町〕のウータとオーラフに熱望していた赤ん坊、ルーカが、めでたく誕生したことを知り、大いに喜ぶ。みなで彼らに万歳をする。

それぞれがティンカといつどのように初めて出会ったのか、それをみんなで語り合おうということになる。それならもちろんわたしが一番目であり、わたしは、話を始める。ゲルトは本人がマーロウの病院に入院しており、わたしは一人きりだったので、友人のラヘル[266]に頼んで、来てもらっていた。しかし、夜中に陣痛が始まったとき、彼女は眠っていた。わたしはタクシーを呼び、ラヘルを起こし、出発して——ちょうどハンガリー動乱が起きたのと同じ時刻だった――カウルスドルフ［ベルリン西部の地区］の病院へ向かった。そこで寝椅子に移され、その上で何時間もがんばらねばならなかった。寝椅子は悲しくなるほど固かった。続いて、こんな話もした。ティンカの首にはもちろん（！）へその緒が巻き付いていた。彼女は午前十時頃（それとも十一時だったかしら）に生まれた。残念ながら、ティンカの時もアネッテの時も、正確な時刻は憶えていない。産婦人科医――まさにあのヴァルダイアー博士――が、「ああ、もう生まれたか、女の子だね」とホッとしたように言った。そしてわたしは、彼女を胸に抱かせてもらったとき、「はーい、カトリーンちゃん」と挨拶したのだった。――当時父親は、生まれるのが男の子ではないと聞くと、たいてい、病院には来なかったので、看護婦たちは電話で性別を言ってはならなかった。わたしたちはそんなことを話し合った。わたしたちの最初の記憶は、ゲルトが二、三日後にティンカと会ったときのことである。彼は、アネッテが生まれたときは「へんてこりんなお顔だね」と言ったのに、ティンカには〈鼻の王様〉みたいに鼻を横に広げて挨拶をしたのだった。アネッテは、妹に対するトラウマの始まりを思い出す。というのも、彼女は、百日咳にかかっていて、感染させてはいけないというので、長いあいだおばあちゃんのところに暮らさねばならなかったのである。その後、彼女は、わたしたちのところへ来てもいいことになって、そのときにようやく、庭で乳母車に乗ってマスクをしている小さな妹に会えたのだが、妹は、姉を見ると大声で泣き始めたのだった。――当時、無知からとはいえ、とくにアネッテに対しては、いろいろと間違った態度を取ってしまったことを思い返さずにはいられない。

マルティーンの場合。彼が初めてティンカと出会ったのは、写真家ヘルガ・パリース[267]の誕生日だった。彼はティンカを気に入った。しかし、そのとき、彼女はラリー[268]と一緒だった。彼らはその後また出会うことはなかったが、一年後、同じ機会に再会した。ティンカはベッドの端に腰を下ろして、自分の隣をトントンたたいて、ここに座るように彼を促した。彼女は、ためらっている彼の表情を見て、この人とだったら一緒にやっていけるかもしれない、そう思ったのである。しかし、彼にはまだ他の恋人がいた。彼女によると、一度は三人一緒だったこともあるという。

多くの人は、マルティーンや平和運動サークルを介してティンカと知り合った。ルートとハンスは、投票所で、投票に行かない理由を説明した後、いま何をしなければならないかを相談しようと思ってマルティーンを訪ねてきたが、そのとき、彼のところにティンカがいたのである——当時はもうこのブルンネン通りの家だった。ウーテはティンカに、一緒に政府——東ドイツ政府時代にはまだあった女性省——に参加しないかと声をかけられたのである。マリーナ[269]はそこの国家秘書でティンカは彼女の助手だった。マルギットの話は忘れてしまった。ヨアンナはOWENでの活動を志願し、ティンカの面接を受けた。始まるまでは非常に不安だったが、受けてみると、面接は、彼女にはとても都合よく進んだ。アンドレーアはベルリン・ミッテの〈新フォーラム〉の会でティンカとマルティーンに出会った。——このように、西側から来た人以外は、彼らは総じて、東ドイツの最後の数か月から数年のあいだに、批判的なサークルや集会、さらには地下活動グループで出会っていた。

わたしは彼らに、過ぎ去った青春を思い返すと懐かしいのかしら、と訊いてみる。全員が、いいえ、と答える。ユッタは「わたしはどのみち政治に行くつもりはなく、むしろ、いまやっていることをやりたいとずっと思っていました」と言う。アンドレーアもそうだと言う。ルートはちょうど一九八一年に牧師としてパンコー地区に来ていた。そのとき平和運動サークルの人たちが彼女に言ったのである。「見てください、いまこれがわたしたちの教会なのです。」

三十歳のときの彼らの時間は、わたしたちと違って、いや、わたしと違って、どれほど多様に、どれほど生き生きと経過していたことか。

真夜中にもう一本シャンパンを開け、グラスを合わせる。そういえば、ティンカとマルティーンの子供たちがこのパーティに来ていない。初めてだ。――ヘレーネは、数日前からロンドンの〈ロンドン・スクール・オブ・エコノミクス〉で勉強しているし、アントンは、環境保護活動家としてフェール島で夏季研修を行った後、ハンブルク近郊の、発音しにくい小さな村の、恋人のヤーナのところにいる。そして、これからベルリンに戻ってきて、ベルリン自由大学で（なんと）日本学を専攻するという。――わたしたちはその後一時間ほど一緒に座っていたが、またアネッテと、帰路につく。とても疲れていて、一時半にベッドに入る。ゲルトは、とにかく本当に楽しかったな、と言って、壁の方へ寝返りを打って眠り込む。わたしは、ジョージ・スタイナー[270]の本『なぜ思考は悲しみをもたらすのか』をパラパラめくり、シェリング[271]（『人間的自由の本質』、一八〇九年）から取ったモットーを読む。最後に、その言葉を引用しよう。

〈それこそが、すべての有限の生命に付随するが、しかし、けっして現実化することがなく、ただ永遠に克服の喜びだけをもたらすもの、悲哀である。それゆえに、憂鬱がさながら煙霧のように自然界全体を覆い、メランコリーがあらゆる生命の深部にまで根づいているのである。

人格のなかにのみ生命がある。そして、すべての人格は暗い曖昧な土台の上に築かれている。もちろん、その土台は、同時に、認識のいしずえでもなければならない。〉

二〇〇七年九月二十七日木曜日

ベルリン

いま十八時。これから、メモを頼りにこの日を再構成し始める。徐々にわかってくる。今日という日はある中心的なテーマに支配されている。そのテーマはすでに真夜中に提示されていた。わたしは、テレビで映画『ツヴィリング氏とツッカーマン夫人』[272]の一部を見ていた。以前見たことのあるドキュメンタリー映画だが、憶えていなかった。最近はどの本でもどの映画でもほとんどそうだ——それなら、いったい、なぜまだ見たり読んだりしようとするのだろうか。——ツヴィリング氏とツッカーマン夫人はチェルノヴィッツ[273]——ここにはかつてパウル・ツェラン[274]も住んでいた——に暮らしている。彼らは、強制収容所から帰郷した、生き残りユダヤ人である。カメラは一度、ユダヤ人たちの会合の様子を映し出す。ほとんどすべてが中高年である。古風な服装をした男たちの集団。女たちはそれほど多くはない。真剣な、内省的な顔には、希望は見られない。わたしはそう感じたが、しかし、彼らに言うつもりはない。彼らは、他の世界から、他の時代からやってきた人々である。町全体が上空から映し出される。東方の大地がはるかに広がっている。それを見て、後の世代の人たちは没落した文明を目前にしているような気がするだろう、と思った。

二人のうちツヴィリング氏は悲観論者である。二人には生徒たちがいて、彼らに授業をしている（二人は昔、先生だったのだろうか。わたしは耳が遠くなってきて、テレビの声がよく聞き取れず、わからなかった。最近そういうことが増えてきている）。

町の大きなユダヤ人墓地。所狭しと立ち並ぶ墓石。墓穴が掘り返されている。おおかた、物盗り目的の泥棒たちの仕業であろう。ツヴィリング家とツッカーマン家の墓も同様である。ツッカーマン夫人は、彼女の家族がゲットーへと追いやられた時のことを語る。彼女たちは豚小屋のような所に住まなければならず、わずか数週間のうちに、父親、母親、夫、そして息子が死んだ。彼女は発疹チフスにかかり、意識不明に陥ったが、生き残った。おそらく周りの人々が食べ物をくれたおかげだったろう。五十年前に、誰かがわたしに、いつかドイツ人があなたのところへやって来て、そのことについて彼らと話し合うことになるでしょう、と言ってくれていたら…、と彼女は言う。ある催し。彼女は美しいソプラノでイディッシュ語の歌を歌う。

学校の教室。ユダヤ人家庭の子供たちに、もはや宗教的な感情はない。祝日は祝われず、安息日にろうそくも灯されない。多くの子供たちは、みたところ、町を離れたいと思っているようだ。若い女性教師はそれをとても嘆いている。ここにあるのも、五〇年代のわたしたちの学校を思い起こさせる授業風景である。

十二時半になった。もっと映画を見ていたかったが、なにぶん長編であり、徐々にまぶたが下がってきた。ベッドに入る。新しいパジャマ。気に入っている。もう少し本を読む――あのテーマはまだ続いている――イスラエルの女流作家リッツィ・ドローン[275]の処女作『なぜあなたは戦争の前に来なかったのか』。この本もすでに一度読んでいるのだが、内容は忘れていた。わたしは、数日前に、彼女の二作目『美しきものの始まり』を読んだ。一作目は明らかに自伝的であり、彼女の母親ヘレーナについて書かれている。テルアビブの南地区での物語だ。そこはポーランド系移民の家族ばかりが暮らしており、家族のなかには、ヘレーナと同じく、強制収容所にいた者が少なくとも一人はいる。その経験が、彼らの現在の人生に影響を与え、人々の運命を変えてしまった。彼らはポーランドへの郷愁でほとんど憔悴しきっている。収容所体験による心情の破滅を子供たちへ伝えねばならないが、それが世代間の関係を阻害しているのである――彼女の非自伝的な二冊目の本はとくにその問題を描いている。わたしの心には、また、例の絶望的な感情がわき起こってくる――どうしたらこの感情を癒やせるのだろうか。せめてその手掛かりだけでもつかめるだろうか。状態はますます悪くなっていくようだ。しかし、そのような認識が、もしかすると――いや、間違いなく――状態〈回復〉への前提になるのだろう。そう考えるしかないのではないだろうか。わたしにはわからない。

夜中に起きなければならないときには、いつも、まずリッツィ・ドローンの本の一章を読み、それからまた寝る。ゲルトはちょうど、ロサンゼルスのドイツ系移民の運命について書かれた、グンプレヒト[276]の小冊子『ヤシの木の下の〈新しきワイマル〉』を読んでいる。――いまわたしが取りかかっている章［『天使たちの街』の一章と思われる］のために読んでもらっているのである。

八時に起床し、ゲルトより先に浴室へ行く。たいていは順番が逆だ。いつもの朝の身支度、すると、必ず浮かんでくる疑問がある。残れされた時間はあとどれくらいだろうか。あと何回同じことができるだろうか。ラジオからはこの日の最初のニュースが流れてくる。ビルマ[277]では、案の定、臨時政府が力づくで僧侶と多数の住民によるデモを排除し始めた。死者九人。すでにわかっていることだが、外側からは介入できず、反対派は自らの運命にゆだねられている。国連の決議は中国の拒否権にあって否決された。いまや制裁が必要なのはもちろんだが、権力者たちにとって重要なのは、権力維持なのである。それにしても、中国だけでも影響力を行使できるはずなのに。――国連でのメルケル首相の演説に対する反応。彼女は気候変動に対し対策を講じるよう主張している。全体として、傾聴すべき意見である。彼女はおそらく内政よりも外交に才能があるのだろう。

髪を洗う日なのだが、やめにして、数日前から着ている服を着る。なんといっても気楽が一番である。窓を開けて、新鮮な空気を入れる。空は曇っていて、いまにも雨が降りそうだ。まさに秋。緑色の木々があちこちで紅葉し始めている。根本にはすでに落ち葉が積もり、さらに、向かいのアマーリエン公園も落ち葉で埋め尽くされている。これがわたしのいつもの判断手順である。

朝食。ゲルトはグラス入りゆで卵を作ってくれた。わたしの好物だ。彼はもう座って新聞を広げている。わたしはすべての錠剤を包装やプラスチック容器から取り出す。基本は七錠、追加に二、三錠――関節痛には効かないし、やせることもないが、それでもわたしは新しい宣伝のチラシが家に送られてくるたびに、繰り返し新薬を注文してしまう。チラシは大量に送られてくる。

ゲルトは『ベルリーナー・ブラット』紙を読んでいる。今年は自転車の人が乗車中にすでに十三人も右折車両に轢かれて亡くなっている。本当に悪夢だよ。それに、ベルリンは最も車が盗まれる町だそうだ。最近は比較的古いモデルが盗られるみたいだよ。

いくつかの見出し。ビルマの抗議で死者。――発音記号で書かれた世界（ブッシュの演説原稿には発音記号が書き込まれている。さもないと彼は外国人の名前を発音できない。このことはインターネットを通じて世界中に拡散した。）――選挙前に風向き激変（ポーランド）。――CDU／CSU、郵便配達員の最低賃金に反対。――相続税改革遅れる。――エイズ、マラリア、結核対策に五十七億ユーロ支出。――イラン大統領、国連決議無視のかまえ。――離婚後の養育費支払いが期限付きになる可能性。――子供は四人に一人の割合で自分が病気だと感じる傾向。――教師不足深刻（ベルリン）。――青舌病[278]による動物園の危機。――世界的な異常気象の改善のためにタイヤをペチャンコに（環境活動家は車のタイヤから大量に空気を抜いている）。――ＮＰＤ、ラウエン〔ブランデンブルク州西部の村〕に来ず。――ハリウッドに対しザクセンハウゼンでの撮影禁止。――石器時代の農民が畑を灌漑。――関節の病気に効く塗り薬。（ある新薬。みたところ、関節炎のみに効き、残念ながら関節症には使用できないようだ。早い実用化が求められる。わたしの場合、いまでは歩行さえ躊躇するような状態だ。新しく付けた階段用リフトを使って、毎日階下へ降りてから少し歩くこともしない。）

文芸欄。ジョディ・フォスター[279]主演の新しい映画の評論。『ブレイブ・ワン』、ある殺人を目撃した女性の話だ。彼女は、みずから殺人を犯すことによって、自分の命を守らねばならなくなる――彼女は謎めいた人物として描かれている。――芸術アカデミー、オットー・ナーゲル[280]資料館設立。――心臓が凍りつく――ユーリア・フランク[281]の新しい小説『真昼の女』の書評（この小説は〈仮象の世界〉を作り出すであろうという）。――あらゆるものに距離。ペーター・メルゼブルガー[282]のアウクシュタイン伝についての書評である。ゲルトはこの評伝を評価する。――「ああ、バカバカしい。ぼくなら女性に近づきたいと思うけどなあ。」――『ツァイト』紙にハラルト・シュミット[283]の告白。――またもや手がかりは消えた。モロッコの写真は行方不明のイギリス人少女マデリンではなかったという。[284]

いつもとは違って非常に早く――まだ十時になったばかりだ――もう小包郵便が届く。ヴォゼリーンからで、中にはアンドレーアが（〈クライン夫人〉という名前で）転送してきた郵便物が入っている。ブランシュ・コメレル[285]の手紙と詩だ。彼女は勘違いして、わたしがアーレンスホープ［バルト海に面した保養地］のリハビリテーション病院にいるものだと思い、快復を祈ります、と書いてきた。ある女性読者が、自分の精神病を題材に書いた本を送ってくる。このような読者たちの体験報告はきっとそれなりにおもしろいのだろうが、どんどん溜まってくると、少し不快になってくる。送り主の期待に反して、わたしは、それを読んだり、それに対して反応したりはしない。

ゲルトは〈ヴァルブッシュ〉[286]で白いハイネックのシャツを注文するという。一種の礼装用のワイシャツだ。驚いたが、しかし、それに気づかれないようにする。パンフレット型の布地の見本は返送しなければならない。昼食は〈野菜入りゲシュネッツェルテス[287]〉。彼は、オリジナルのレシピだぞ、と告げる。野菜はすでに並べられていて、もう七面鳥の胸肉を薄切りにして軽く炒め始めている。

わたしは家の中を通り、ベッドを整え、窓を全部開け放つ。リビングの窓から見下ろすと、ブロンドの若い女性が通り過ぎていく。白い上着に黒いズボン。当然のように颯爽と歩くその姿を見て妬ましくなる。

自分を慰める。わたしもあのくらいの歳だったら、同じようにできたわよ。

部屋の窓の下枠に、美しい形の、紅葉した菩提樹の葉が三枚のっている。秋だわね、と思う。一陣の風が吹き、庭の葉っぱがガサガサと鳴る。いまにも雨が降りだしそうだ。

十一時。たいてい、こんなに遅くなってから、やっとデスクに座るのである。いつものように、原稿に取りかかるには、自己抑制を克服しなければならない。原稿は――わたしたちがヴォゼリーンから戻ってきて以来――ほとんど二週間前から〈手つかず〉のままだ。その前にまずニュースが耳に入ってくる。ショイブレ内務大臣[288]は、シュトゥットガルトの世界選手権自転車競技大会への支出を取りやめた――この競技でドーピングが相次いだためだ。――その後、耳鼻科の予約を取る。先生はたぶん補聴器を勧めるにちがいない――診察は早くて十一月中頃である。その後、アネッテからも電話。調子はどう、と訊く。――今日、彼女は、午後からの仕事だ。だめね、一人でいるのはそれほどいいものではないわ。――ホンツァは、奨学金をもらって、三か月間ヴィーパースドルフ［ブランデンブルク州南部の地区］に滞在している。――わたしは一人暮らしには向いてないのね。ああ、曇り空は気にならないわ、その逆よ。外は天気がいいのに、家の中にいなければならないなんて頭にくるわ。彼女はティンカのハンブルクの電話番号を知りたいと言う。明日ティンカに誕生日のお祝いを言うためだ。彼女自身は講演でイェーナに行かなければならない。その後、週末はライプツィヒで過ごすつもりだという。

原稿に取りかかる前にもう少し時間を引き延ばす。ハンヨ・ケスティング[289]がヴァルシュタイン社から出版した本を送ってくれた。『ハンス・マイアー[290]との邂逅――評論と対話』。パラパラめくっていると、ある対話で〈東ドイツ文学〉という概念を取り上げている。「政治的転換において知識人や芸術家の関与はどれほど重要だったのでしょうか」というケスティングの質問に対して、マイアーはフランス革命を例に挙げて、啓蒙主義者たちによってなされた革命の思想的準備を指摘している。「事態は東ドイツでもまったく同じように進んでいったと思います。もちろん芸術家たちがこの出来事を〈創り出した〉わけではありませんが、彼らは自分なりにそれに関与したのです…。そして、クリスタ・ヴォルフ、シュテファン・ハイム[291]、クリストフ・ハイン[292]といった作家たちの、アレクサンダー広場での声明は偉大な瞬間でした…。」ノーコメント。

ようやく『天使たちの街』のテキストをコンピューターの画面に映し出す。昨日古い日記を読んでみた。二〇〇四年当時すでに、わたしはこの原稿が書けず、不安を感じ、自分の怠惰を責めている。それを読むと少しは慰めになる。書けない原因はひょっとしたら個人的な無能力だけではなく、一種の避けがたい法則性と関係しているのではないか。最後の章を読む。テレーゼ・グートマン、ペーター・グートマン夫妻[293]との移民居住地へのドライブ。実際はそうではなく、シュナウバー氏[294]とドライブをしたのだった。しかし、これ以上登場人物を増やしたくはなかったし、それに会話のきっかけを作りたかったのである。会話の相手はグートマン夫妻しかありえなかった。こうして、ますますフィクションに夢中になり、書けば書くほど、ためらいなく、素朴な自然主義的〈真実〉から離れていくのである。登場人物たちは、このテキストに描かれた自分たちを見たら、違和感を感じるだろう。わたしはこの章にとりかかるためのきっかけを探す。

電話。そちらはヴォルフ美容院で間違いないでしょうか。

ラジオ。ブッシュ大統領の招待で十六か国が地球温暖化ガスの放出抑制について協議（ドイツは七番目の排出国だ）。ブッシュは国連によって取り決められた共通の対策に反対。技術的改良と新たな原発に賭けるという。「今日から人類の新たな時代が始まります。」――ブッシュは来年度の国家予算で戦費を著しく引き上げた。絶望的な事態だ――アメリカ人には、このままぜいたくな生活を続けていくことはできないという認識が不足している。気づくのはずっと遅れるだろう。

十一時半。疲労が襲ってくる。どうしようもない。こんなに早い時間にどうして疲れてしまうのだろうか。わたしはライティングデスクの椅子に沈み込み、眠ってしまう――十分後ぐらいだろうか、ゲルトが入ってきて、〈正書法〉の外来語は何と言ったかな、と訊いてくるので、驚いてはね起きる――オルトグラフィー（Orthographie）よ、と口ごもりながらも冷静に答える。それに対して彼は、不審そうに、オルトグラフィーだったかなあ、と言う。（わたしのコンピューターは〈ph〉の代わりに〈f〉を使うことを許してくれず、非難がましく赤い波線を付ける。）

ゲルトはいつもの買い物に出かける。うらやましい。またテキストに取りかかる。いろいろなエピソードを書き留めたリストがある。本来ならそれらを作品に入れなければならないのだが、見ると、素材が多すぎる。もっと推敲し整理しなければならない。このままではたぶん取り込めそうにない。ときおり天使を登場させたらどうだろうか――ほんとうにそれでいいのだろうか。それとも、現状のままがいいだろうか。

ああ、ラジオの時間だ。ブラジルで大規模な焼き畑が行われ、大量の二酸化炭素放出。人間は毎日どれくらいの果物と野菜を摂取しなければならないか——五人前、約六〇〇グラムである。わたしにはたぶん毎日は無理だ。それから、果物や野菜の摂取によって治療あるいは予防効果がある病名がすべて数え上げられる。そこには、わたしたちを脅かすほとんどすべての病気が入っている。

ゲルトが郵便物を持ってくる。大きな小包。ほとんどがカタログだ。最近ますます増えてくる。互いに住所を売り買いしているのだろう。『ベルゼンブラット』誌、ジョーカーズ社[295]、オイロトップス社[296]、トルクヴァート社[297]——それらのカタログをパラパラめくって、しおりを挟む。大好きな仕事の一つだ。二つ目の郵便物のかたまりはさまざまな展覧会の招待状。なんとたくさんの芸術家がいろいろな日にさまざまな場所で展覧会を開くのだろうか。信じられない。三つ目はほとんどいつも寄付の依頼が入っている。今日はアフリカの飢えた子供たちのためのもので、もちろん振込用紙も同封されている。それに書き込みながら考える。世界中のいまいましい為政者たちが軍事費をゼロにすれば、いや、せめて半分に減らせば、この世界から飢餓はなくなるだろうに。

スペインのヌーリア[298]からのはがき。〈わたしたちを夢中にさせるすばらしい景色〉だと言う魅力的な風景写真が付いている。〈ときおり気分は落ち込みますが、しかし、地中海の陽射しはそんな気分までも晴れやかにしてくれます〉。わかっている。彼女はときどき憂鬱になるが、それをできるだけ外に出さないようにしているのだ。それだけに、わたしは、この文章を読んで驚くと同時に不安にもなる。彼女もまた、もっと親密になれたらいいと思う女性の一人だ。彼女はわたしと誕生日が同じである。

『フライターク』紙にざっと眼を通す。アンドレ・ゴルツ[299]に対する追悼記事が載っている。数日前に彼の小さな新刊本についての詳しい書評を読んだばかりだった。Dへの手紙、それは五十年以上も連れ添った妻へのラブレターである。二人にとっては、どちらか一方が生き残るなんて考えられないことだった――彼女は数年前から重い病気にかかっていた。そして一昨日、二人が一緒に命を絶ったというニュースが入ってきた。衝撃だった。ラディカルだが、考え抜いた末の行動だったと思う。追悼記事では、彼は内気で恥ずかしがり屋な人間として描かれている。〈彼の話し方はとても穏やかだった。〉他の追悼文では、彼の本は、不当に扱われていて、ほとんど忘れられているが、しかし、いまこそ再読すべきであると提案している。〈彼の著作は、労働社会と資本主義の運命を適確に予見している。〉

ゲルトは、いつものように、たくさん荷物を抱えて買い物から帰ってくる。いろいろと〈薬味〉を調達してきたよ。サラダにかける穀類、八角ウイキョウ、ウコン、チリパウダー、その他にも袋入りや缶入りのものがいくつかある。いま、彼の頭のなかは昼食のことでいっぱいだ。以前作った時から冷蔵庫に入ったままだった麺を温めなおして、野菜入りゲシュネッツェルテス［薄切り肉料理］に添える。おいしい。

新しいカタログに眼を通し、二時半に横になる。ホッとする。いつものように、昼はとても疲れている。リッツィ・ドローンの本を少し読んでから眠る。今日も自分の叫び声で眼が覚める。ときどきそういうことがある。キッチンでラジオの書評番組の残りを聴く。ユーレク・ベッカー[300]に関する論評集が出版された。彼の声を聴いて、いくつかの出会いが心の中によみがえってくる。彼は非の打ち所がない人間だった。『ほらふきヤーコプ』の刊行後、彼の父親は長いこと彼と口をきかなかったそうだ。おまえの本を読んだら、バカなドイツ人はゲットーについて勘違いするだろう。だまされないぞ。わたしは実際にそこにいたのだからな。父親はそう言ったという。

わたしたちはリビングで紅茶を飲む。ゲルトは〈カルテン・フント〉を一切れ持ってくる。それは、パーム油につけたビスケットとチョコレートが層になったクッキーで、子供たちの誕生日にはいつも作っていた。懐かしい味だが、ほんの少しだけ食べる。とても脂っこい。

それから、ティンカの家族へのプレゼントを包装する。彼らは、みな、これから十日間のうちに誕生日を迎えるのである。ティンカはカタログを見て、自分でプレゼントを選んでいた。マルティーンには約束していたセーター、そして、アントンには東京についての本。アントンは日本文学を専攻しているから、いつかきっと日本に行くことになる。それから、ヘレーネには大きなアフリカの財布。子供たち二人には、その他に、衣服が必要だろうから、お小遣いも渡すことにする。

その後、一週間ごとのＩＮＲ値[301]を測る。いつも少し緊張するが、二・六で正常値だ。ペースメーカーを埋め込んでいるので、血液を薄くするためにいつもファリトロームを摂取するように言われている。つまり、血栓症予防のために、つねにＩＮＲ値も測らねばならないのである。年を取るとそれに併せてやらねばならないことが増えてくる。

コンピューターに向かう前にもう一仕事。電力会社をバッテンフォール社[302]からリヒトブリック社[303]に変更するために、申込用紙に記入。リヒトブリック社は、石炭や原子力はいっさい使用せず、水力、バイオマス、太陽光、風力など、再生可能エネルギーからすべての電力を作り出している。

十八時まで『天使のたち街』の最後の数ページを校正する。パシフィック・パリセーズ〔カリフォルニア州の一地区〕の通りを車で行き来するわたしたちの姿が眼に浮かんでくる。その通りは、点在しているさまざまな地点――つまり移民たちの家々――を結び付けているネットワークなのだ。精神と文化の、比類なき蓄積である。

十九時、いつものように夜のニュースを見る。数週間前からアフガニスタンで人質になっているドイツ人技術者の救出は失敗に終わった。――ビルマ。軍事政権、デモに武力介入。――第三世界諸国に流行している危険な伝染病撲滅のために多額の資金拠出がベルリンの会議で決定。――バイエルンではシュトイバー[304]が辞任目前。――背任容疑のカンター前大臣[305]、比較的軽い量刑に。課徴金の支払いのみで前科はつかず、今後も年金を満額受給。——委員会、多くの教科書に誤りを指摘——これは連邦主義的教育システムの致命的な欠陥とも関連がある。——女子サッカードイツ代表、日曜日にブラジルと対戦。

あらためて昨夜のサスペンスドラマの始まりの部分を見ていると、マルティーンがやって来る。彼は家族のためのプレゼントを受け取りに来たのだ。明日彼はアントンと一緒にハンブルクへ行く。ヘレーネはブリュッセルから空路で。これから彼らは、週末をまたいで、四つの誕生日を祝う予定だ。ティンカの職場がハンブルクに移動して、家族の中にはまた別の重心が形作られた。しかし、だからといって彼らの親密なつながりは薄まりはしないだろう。

マルティーンは言う。ぼくは、エルクナー［ベルリン南東部に近いブランデンブルク州の町］でのハウプトマン[306]記念碑の仕事を終えてから、療養に努めています。あまり気乗りのしない仕事でした。彼は再び〈芸術〉を創れるようになりたいと望んでいる。彼はわたしたちと一緒に夕食をとる。わたしたちは彼から家族の情報をいろいろと聞き出す。マルティーンはヴェッディング［ミッテ地区北西部］でさまざまなギャラリーから集められた美術品の展覧会にいたが、オブジェに関してはほとんどわからない、と言う。あるカタログをめくる。そこに美術品のオークションの予告が載っていて、中には大物の名前もいくつかある。カールフリードリヒ・クラウス[307]もその一人だ。ゲルトは、また、伝記を書いて彼を有名にしようという計画を話し始めるが、しかし、そういう本を出してくれる出版社はどこにもない。売れる本にはならないと計算しているのだ。ただ、ゲルトには、今後何年か夢中になれる、うってつけの仕事だろう。彼はいつも何か仕事をしており、ときには働きすぎるほどだが、しかし、そこにはこのような中心的な仕事が欠けている。それが気がかりだ。

マルティーンが帰るときに雨が強く降ってきた。自転車用にレインコートを貸してやる。

わたしたちはテレビで古いサスペンスドラマを少しだけ見る。死んだユルゲン・ローラント[308]の追悼番組である。その後、アルテ[309]にチャンネルを変える。アントニオーニ[310]の『砂丘』が放送されている。これこそ今日の締めくくりにふさわしく、『一年に一日』の日の主題に合致している。この映画は、一度ロサンゼルスで見たことがあるが、どこでだったか、どんな機会だったかは思い出せない。映画の内容自体もほとんど憶えていない。そこでじっくり見てみる。ロサンゼルスの街角。大学のキャンパスでは学生たちがデモをしている。その後、少女が長時間砂漠を走行し、そして、青年が大胆に飛行機を操縦する。砂漠での彼らのあまりにも長いラブシーン。突然彼らの周りにたくさんのカップルが現れる。——忘れがたいヴィジョン。普通の消費者の様子がフェードインする。青年が飛行機を戻した時の無意味で悲劇的な死。そして最後に少女の怒りのまなざし、その瞳は凝視したものを空中に吹き飛ばす。この死んだ消費文明全体、それが、すべての若さや活気を破壊しているのであり、それに対抗するには、逆に消費文明を破壊する以外に手段はない。この映画はそれを語っているのである。

アントニオーニの診断は正しかったと思う。今日、状況はもっと先鋭化している。われわれの死んだ文化は、いま、〈野蛮〉かもしれないが少なくとも活気はある文化、つまりイスラム教に攻撃されているのである。本来、そのような闘いにおいては、歴史上、つねに活力にあふれた攻撃者が勝者になってきた。そして、疲弊した終末文化は敗北した。はたして、今回だけは違った経過をたどることになるのだろうか。わたしたちは——まだ——かつてよりはもっと恐ろしい武器を持っているから大丈夫だというのか。わたしにはわからない。わたしの未来像は友好的ではない。

ベッドに入っても、頭の中ではすべての考えがぐるぐると回っている。もう真夜中を過ぎている。この一日も終わった。

二〇〇八年九月二十七日土曜日

　そうだ、あれは〈一年に一日〉の日だったと思う。土曜日だった。わたしは、転院のあいだに、家に帰ってきていた。傷口は〈ほとんどふさがっている〉ようにみえていたが、リンパドレナージュ[311]をしているにもかかわらず、ひざはますます腫れてきていた。気味が悪くなった。わたしは冒頭の一行目を書いたが、それ以上は無理だった。午後にはヤーナとフランクがちっちゃなノーラ[312]を連れてやって来た。初めてノーラを腕に抱いた。今年の夏はあまり楽しいことがなかったので、望外の喜びだった。六月十一日にひざの関節の手術をしてからというもの、十一月十八日まで、五か月間、ほとんど病院で寝たきりだった――病名は〈創傷治癒障害〉、発症率は患者の約一パーセントだという…。

　この日記は十二月十三日に書いている。しかし、〈一年に一日〉に当たる日の記述をまったく無視するのもいやなので、今年の後半どのような〈状態〉にあったのか、振り返りながら書いてみようと思う。簡単ではないだろう。入院していた時期は、変化がなく、節目のない期間にみえる。いろいろな病院のさまざまな病室は、記憶のなかで、ほとんど区別できない――わたしがいたのはイマヌエル病院とフンボルト大学附属病院（まさにベッドの塔だ）だが、そのあいだ、三日間、ホッペガルテンのリハビリテーション病院、フィルヒョー病院、福音老人医療センターにもいた。六回（あるいは七回だったか）の手術、そのつど全身麻酔、それに対してわたしは嫌悪感をつのらせた。それは不安に似ていた——多くの人々、とくに年配の人々は、麻酔から覚めた後に、混乱したり、人によっては眼が覚めない場合もあると聞いていたからだった（手術後数日間、インターンたちがわたしのところへやって来て、名前、住所、電話番号、今日の日付、現在地、等々について質問してきた。——わたしはそれらすべてにすらすらと回答できた）。

思い返すと、ストレッチャーに横たわりながら、手術室に続く長い廊下を看護師たちに運ばれていく自分の姿が繰り返し目に浮かんでくる。もちろんどこの廊下なのかはほとんど区別できない。ただ、確かなのは、どの病院であれ、人工的な光に照らされた寒い灰色の地下室は、執刀医たちやスタッフにとってあまりいい職場ではないように思われたことである。彼ら自身は、みたところ、そんなふうに感じてはいないようだったし、寒さも気にならないようだった。——どんな手術だろうと、彼らにはアドレナリンが出るのだろう。麻酔から覚めた病室もさまざまだった。とても寒くて、少し気分が悪かったときもある。その後、たいてい食欲がなくなってしまった。いいダイエットだった。ゲルトはいつもスープを持ってきてくれる。

節目のない時間の中から個々の出来事をいくつか取り出してみる。それは、どちらかと言えば濃密ではっきりとしている期間である。個々の看護婦や看護師たちは、どの場合も、わたしにとって重要な人たちだったし、それぞれ個性を持っていたにもかかわらず、わたしはほとんど彼らを思い出せない。わたしは、患者はどのように彼らに依存していくのか、そしてどのようにして羞恥心をある程度までなくしてしまうものなのか、それを観察していた。

外の出来事に対する関心も薄れていく。わたしが病院にいた時期に、今日いわゆる〈金融危機〉と言われるもの[313]――根本的には資本主義的な世界秩序の崩壊――とインド・ボンベイのテロ攻撃[314]が生じた。わたしは正確にすべてを記憶した。毎日、新聞も読み、それらの出来事に驚き、その意味もよく理解した。しかし、自分に関係づけることはできなかった。自分の感情を言葉で表すとすれば、おそらくこう言うしかないだろう。わたしにはすべてがもう関係がない。わたしの時間は過ぎ去ってしまった。ただ出来事を傍観するだけ。八十歳になるともう現役ではない。もうわたしの時代ではない。

別の言い方をしてみよう。病気だった今年の夏は、否が応でも年齢を感じさせずにはいられなかった。わたしは八十歳の誕生日を老齢と死の淵の境目として恐れている。病院の廊下では、わたしと同じように杖をついている患者たちに出会ったが、彼らは、わたしよりも老いていて、救いようがないように見えた。そしてそのあと、わたしは、落ち着きなさい、と自分に言い聞かせた。彼らは同年齢なのよ。わたしはそれを認めたくないだけじゃないの。

『天使たちの街』の草稿が、乗り越えがたい山のように、眼前に積み上がっている。それにもかかわらず、ずっと仕事のことは考えなかった。ほんの一行も書かなかった――それどころか、誰かにはがきを書こうとすら思わなかった。女医は、あなたの脳は麻酔への対処で精いっぱいなんですよ、と言った。アネッテによると、わたしは身体を〈自動操縦〉に切り替えたのである。

多くのことがどうでもよくなった。わたしの唯一の関心事は家族に関することだけになった。これが、わたしの人生の堅固で永続的な構成要素なのである――仕事に関することは二の次だ。わたしはそう意識するようになった。ちなみに、わたしは、ときおり自分の本を読んでみた。献呈しようと思って持ってきてもらっていたのだ。『身体はどこに？』、『言葉の鉱脈』[315]、『クリスタ・T』。それらのテキストはまるで初めて読んだようだった。書いた記憶はなかったが、〈悪くはない〉と思った。そして驚いた。わたしは、そもそも言うべきことはすべて言ってしまったのではないか、と思った。〈仕事〉は完結した、そうみなすことはできないだろうか。このうえさらに、『天使たちの街』という大変な仕事に取りかかる必要があるだろうか。――この問いはいまだに答えられていない。

たくさん読んだ――『魔の山』、そして新人のウーヴェ・テルカンプ[316]の『塔』。『塔』は過大評価されていると思った。毎晩、真夜中までテレビを見た。わたしははっきり感じていた。こんなふうに何もせずに時をやり過ごすのはちょっとした犯罪である。この〈怠惰〉と不精、それは部分的には入院のずっと前から始まっていた。そして、いまでも続いている。結局、それは、わたしの根本的な性質なのである。〈書くこと〉に対するためらい、それは〈書く〉という行為が無駄であるという認識と、この新たな挑発に立ち向かう能力が自分には欠如しているのではないかという疑念から生じている。

一度、病棟の女医から質問を受けた。わたしは彼女に『身体はどこに？』をプレゼントしたのだが、彼女はわたしに、その本のあるページで論じた〈無益性〉について、いまでも意見は変わらないかと言うのだ。ええ、いまでも変わりませんよ——重要なのは、無益だとわかっていても、たとえ時間が残されていないとしても、積極的に社会に働きかけて生きていくことなのです。それが人生の意味です…。

病院生活がほぼ三分の二も過ぎた頃、奇妙な出来事が起こった。わたしは一つの声を（心のなかでだろうか）聞いた。お前はこれから健康になる。声ははっきりとそう言っていた。真夜中だった。わたしはすぐにその声を信じて、ティンカに電話した。彼女ならこんな時間でもすぐに起きてくれるだろうと思ったからだ。しかし、彼女は出なかったので、留守番電話に伝言を残した。翌朝彼女は興奮して電話をかけてきた。真夜中に何の用だったの。わたしは、最初は電話をかけたことを忘れていたが、すぐにまた思い出した。——もしかすると回復の兆しかもしれない。

ゲルトの誕生祝いの多様な反応を聞いた。——彼は八十歳になった。そして、わたしは誕生祝いに参加できなかった。彼は信じられないくらい忙しく、実際、自分のお祝いも自分で準備しなければならなかったので、わたしは、いつか倒れるのではないかと不安だった。しかし、彼はすべて持ちこたえた。おそらく、持ち前の行動力で、その厄介な一日を彼なりに切り抜けたのだろう。

さらに、ボンベイでは恐ろしいテロの波が起こり、信じがたい国際的（〈グローバルな〉）金融危機が燃え上がった。時代の崩壊が新たに始まった。今回、現状について宣誓供述をしなければならないのは資本主義だ。わたしは思う。経済界や政界を支配しているのはむき出しの恐怖だが、彼らはそれを、なおも、ごく平凡な消費者たる国民に隠そうとしている。一方、平凡な国民の方は、変化を認めずに、いままでどおりの生活を続けようとしている。つまり、何事もなかったかのように、たくさんクリスマスの買い物をしている。

わたしはそれらすべてを正確に記憶にとどめておいた。しかし、さほど心は動かされなかった。自覚していた。そもそもわたしには、以前のような政治的衝突への内的関心はなくなっているのである。今日の（政治的）状況がわたしを衝突に巻き込むことはなく、わたしは、現在の出来事に対して責任があるとは感じられない。

外部からの影響は受けたくなかった――見舞い客は欲しくなかったし、できるだけ電話もかけたくなかった。誰か宛の手紙も一行も書かなかった。（わたしは〈変わって〉しまったのだそうである。）

何度も繰り返される手術――とくに麻酔――が恐かった。麻酔後の混乱状態という移行段階は経験せずに手術を切り抜けたが、その後の状態を消化するためには、たくさんのエネルギーが要るように思われた。さらに肺炎の症状も現れてきた。家族はその診断に不安と驚愕を感じたらしかった――わたしはさほどではなかった。わたしは、奇妙なことに、それで死ぬかもしれないとは感じなかった。むしろ、集中治療室のたくさんの機器のそばで無感情に横たわりながら、看護婦たちの専門知識に驚嘆していた。

その後、〈一般病棟〉に戻って、老人医療のシュタインハーゲン＝ティーセン博士[317]の治療を受けた。彼はわたしを〈自分で動けるように〉しようとして、ベッドから出し、物理療法的な訓練を強いた。わたしは、その強制に心のなかで抵抗して物理療法士たちに腹を立てた――わたしはベッドの中で寝ていたかった。休んでいたかった。だから訓練が中止になったときはいつもうれしかった。この怠け癖はまだ残っていて、右足の筋肉を鍛えるためのトレーニングはいまだにほとんどやっていない。（股関節の手術を受けたときからそうである。）

総体的に、この期間――夏中ずっと――は普段よりも〈平坦〉だったように思われる。それは、おそらく、わたしの感情のグラフが上下に大きな振幅を示さなかったからだろう。これは年齢に制約された状態であり、病気とは関係がないと思う。たくさん夢を見たが、どれも非常に具象的なものだった――しかし、すべて忘れてしまった。読書のときも、たとえばあまりにも刺激的なものを選ばぬように気をつける必要があった。それほどわたしは敏感になっていたのである。したがって、たいていのサスペンス小説は対象外だった。わたしはトーマス・マンの『魔の山』と（ざっと）ウーヴェ・テルカンプの『塔』を読んだ――『塔』は、統一前のドレスデン周辺が舞台だが、過大評価されている。毎晩真夜中までテレビを見た。

この期間は一つの転機だとわかっていた。精神的に良い状態でないことがしばしばだった(いまでもそうである)。いつも死を考えている。数年後に死期が訪れるのはわかっている。新しい仕事への衝動は弱い。第一、何のために書くのか、それが疑問である。

二〇〇九年九月二十七日日曜日

ヴォゼリーン

真夜中から三十分間、ファーバー・ウント・ファーバー社から出版されたヴァルター・マルコフ[318]の本『人生は何回あるのか』（遺稿から構成された自叙伝）を読む。マルコフは、わたしがライプツィヒ大学で学んでいた頃に、歴史学と社会科学を教えていて、エルンスト・ブロッホ[319]、ハンス・マイアー、ローベルト・シュルツ[320]と並んで、批判的マルクス主義者の一人だった。わたしは、この本には、当時わたし自身は関わることのなかった、学部での論争の様子が描かれているのではないかと期待していた。しかし、がっかりだった。この本の書き方は雑で、重大な問題についてはほとんど触れられていない。例えば、なぜ彼マルコフが五〇年代初頭に党から除名されるのか、そして、彼にとってその後は正確にはどうだったのか――その記述がかなり表面的なのである――、このくだりを書いたとき、彼はまだ党批判を抑制しようと思っていたのだろうか。――代わりに、妻との出会いや（五人の）子供たちについては詳細に描かれている。もっとも、大学での政治的人間関係に関してはたくさんの名前が登場するが、今日、わたしには知らない名前である。

眠れなかった。一時になって、しかたなくスティルノックス[321]を半錠呑んだ。(医者たちは依存症になると言うが、八十歳で少し依存症になったからといって何の問題があろうか。)この半錠を呑むと実際に眠ることができる。きっと自己暗示もあるのだろう。そして、今日もそうだが、七時に眼が覚める。もう一度眠ろうとするが、たいてい、失敗に終わる。それから、起床するまでの一、二時間が苦しい。気鬱になり、暗い思いにとらわれる——死、またもや死だ——それに対抗するために、肯定的なことを数え上げる。しかし、どうしても落ち着かない。本来、わたしの人生は肯定的なものから成り立っているのに。眠るためにマントラを唱えるが効果はない。恐怖の時間帯である。

九時少し前に起きる。いつものように腰に痛み。困ったものだ。体を動かすと、いくぶん和らいでくるが、たいてい、痛みなしには歩けない。ゲルトは着替えて、もうキッチンにいる。わたしはシャワーを浴び、髪を洗いながら、ドイツ・ラジオ文化放送でクイズ番組『あなたの町に挑戦』[322]を聴く。昔の番組の再放送だが、いま聴いてもおもしろい。

ニュース。そうだった。今日は約6千万人のドイツ国民が新議会を選ぶことができる日だった。わたしたちは、郵送による期日前投票で、——もちろん躊躇しながら——第一票はヴォルフガング・ティールゼ[323](SPD)に、そして第二票は左翼党に入れた。しかし、SPDはあまりにも考えがあいまいで、左翼党に歩み寄る能力に欠けている。左翼への接近、議会に〈中道左派〉ブロックを形造るには、これが唯一の可能性であろう。つまり、ＳＰＤには強力な左翼系党内野党が必要である。

ラジオではイーリス・ベルベン[324]へのインタビュー。彼女は一九六八年を描いた新作映画（『その日は来る』）で主役を演じている。六八年に活動家だった一人の女性が、娘を手放し、身分を変えたが、その後、成人として娘と再会し対決するというストーリーである。（これは西ドイツのトラウマで、わたしたちには無関係だが、わたしたちにも彼らには関係がないトラウマがある――それがあるだけで、あれこれ称揚されている〈一体化〉の妨げになっているのである。）

ニュース。イラン、新型短距離ミサイルを二発発射。――フィリピン、台風に伴う大雨で大洪水。死傷者、そして、多くの人々が家を失った。

朝食はパンにソーセージ。咳が出るので薬。一週間前から悩まされているが、なかなか止まりそうにない。ゲーロミュルトール［咳・鼻風邪・気管支炎の薬］とロカビオゾール・スプレー［のどの痛みを緩和するスプレー］。

ラジオを聴いていると（今日はメディア漬けの一日になる）、一九五〇年にベルリンで開催された自由文化会議のことが想い起こされる。いわば反共産主義的な行事で、そこから生まれたものの代表が月刊誌『デア・モーナト』[325]である。今日誰でも知っているように、これらすべてに、ＣＩＡが陰で資金を出していた。最初に、アーサー・ケストラー[326]の声が聞こえてくる。新約聖書の言葉を思い出させるセリフである。「あなたは、〈然り、然り〉、〈否、否〉と言ってください。それ以上のことは、悪い者から出るのです。」[327]

アネッテから電話。彼女は、ワイマルのある催し物でホンツァと一緒にだった。それは〈わたしにとって自由とは何か〉というテーマの会合で、本来、わたしも参加を求められていたものである。アネッテによると、会合はとてもよく組織されていて、大勢の作家たちが二日間にわたって討論や朗読を行ったが、聴衆が少なすぎて残念だったという。——彼女はまだ感染症が完治していない。副鼻腔に居座ったままである。でも、来週から休暇なので、そのうち快復するだろうという。仕事が忙しすぎるのだ。ゲルトはアネッテに、三か月ほどイタリアに行ってみたらどうかと助言する。ホンツァの血液浄化療法の期日もあるので、それは無理だけれど、一か月くらいなら考えてみたいわ、と言う。——わたしは、ついでに、ベニと少し長電話をしたことを話す。彼はいま二週間の家具職人の見習い修行を終えたばかりで、かなり上機嫌である。そして、わたしたちはそれを喜びあう。

ホンツァはケルンの出版社に行ってきた。原稿審査係は彼の本[328]に感激している。すでに本のカバーはできあがっていて、来春には出版されるだろう。

ハンブルクに電話すると、マルティーンが出る。天気がいいので、ザイデル家の人々[329]とハンブルクの街に出て、明日のティンカの誕生日の料理用に〈フィッシュ・マルクト〉で野菜を買ってきたという。客は十八人を予定している。ハンブルクは大賑わいになりそうである。

ゲルトが来る。彼はわたしの原稿をチェックしている。原稿はもう少し訂正することになりそうである。彼は〈新たな信念は巧妙に頭脳を通じてやってくる〉というわたしの表現が気に入らないという。じゃあ、古い信念はどうなんだ、と彼は尋ねる。頭脳を通してくるのではないのかい、それとも別の場所からやってくるのか。——感情を通して来るのよ、とわたしは言う。頭脳を通ってくるとしたら、頭脳の他の部分を通ってね。——ゲルトはリリーに関するストーリー[330]全体に懐疑的である。この箇所は必要かな、哲学者を登場させてどうなるっていうんだい。——彼は相変わらず、わたしがヴァルター・ベンヤミン[331]のことを考えて書いていると思っている。しかし、(もはや)そうではないのである。この上なお手を入れなければならないとすれば、面倒なことになりそうで、だから、それは避けたいと思う。ゲルトは、この作品のもとになっている出来事を知らない、公平な第三者にも原稿を見てもらった方がいいと言う。わたしも賛成だ。

わたしは女医のエツォルト博士[332]の指示で強力な利尿薬を服用している。本来は肺にたまった水を抜くためのものだが、そのせいでたえずトイレに駆け込まなければならない。ゲルトはエンドウ豆のスープのために肉を細かく切っている。彼はスペアリブを差し出す。わたしはスペアリブをかじるのが好きなのだ。

十二時を過ぎた。わたしたちは家を出る。いつものように、わたしは杖を二本持つ。昨年六月の膝の手術以来、杖を手放すことができない。気が滅入る。——もちろん自分にも責任はある。辛抱強く集中的にリハビリを行わなかったのである。とにかくこの状態に慣れた方がいいのではないか。今日はそんな考えが浮かんでくる。きっと他の人たちもそうだろう。

すばらしい日だ。信じられないほど強烈な色彩。非現実的な青空。木々はまだ緑だが、ところどころ紅葉して、すでに散り始めている。もっとも、マロニエの木は細蛾にすっかり葉を食べられて、茶色の葉が土の上に落ちている。土に埋めた方が良さそうだ——だが、誰がそんなことをするだろうか。

ちなみに、三週間雨が降っていず、すべてが乾燥している。牧草地は灰褐色になっていて、羊たちは二、三本の茎にありつくのがやっとだ。こんな光景は見たことがない。これも気候変動と関係があるのだろうか。最新の調査によれば、気候変動は、いままで想定されていたよりも早まっているという。

わたしはデコボコの牧草地を通って街路まで下りていく。もちろんそれだけでは足りない。しかし、近所にはわたしが歩けるような平坦な道はない。おまけにわたしは怠け者である。

庭の椅子に腰を下ろし、日光浴をしながら『シュヴェリーナー・フォルクスツァイトゥング』紙を読む。目下アンドレーアがいないので、わたしたちのところに配達されている。一面には三十人のパスポート用肖像写真が載っている。彼らは投票する理由を語っている。そのなかにヘルマン・カント[333]がいる。彼は、新政府にはそれほど期待はしていないが、それでも自分の選ぶ権利を行使したいのだと言う。——イラン、二棟目のウラン濃縮施設を建造。——購買心理についての記事。お金を使うのは、何かを買うか、あるいは何かを経験するためである。――〈喜べ、エーリク〉。クリッツコー［メクレンブルク＝フォアポンメルン州ロストック郡の町］出身のこの十三歳の少年はドイツで最も勇気ある生徒になりたいという。――メクレンブルク＝フォアポンメルン州の有権者は百四十万人、うち八万人が初投票。――Ｇ20サミットのメルケルとシュタインブリュック[334]。――長時間労働に低賃金。――いったいどうする。[335]造船業者は収入を断念せよというのか。――読者の手紙。ロシア軍の東部ポーランド進駐には前史があった。――顔を撃つ。夫婦げんか、警察沙汰にエスカレート。

昼食はエンドウ豆のスープ。子供の頃からの大好物である。

横になる。二人で確認する。やはり、昼にはいつも疲れているんだね。わたしは――少し読書をしてから――十六時まで眠る。

その後は、休息抜きでこの日記に取りかかる。テレビ室で紅茶とクッキー。『クルトゥーア・シュピーゲル』誌で新刊本の紹介を読むが、おもしろい記事は一つもない。テキストの抜粋見本を読むとなおさらで、どれも月並みに思えてしまう。

十八時にいよいよ最初の得票数予測が出る。恐れていたとおり最悪の結果となる。アンゲラ・メルケル率いる新政権は〈黒黄（ＣＤＵ／ＦＤＰ）〉連立になりそうだ。ヴェスターヴェレはおそらく外務大臣だろう。ＳＰＤは一九四九年以来最悪の結果。得票率、ＣＤＵ三三・四パーセント、ＳＰＤ二二・七パーセント、ＦＤＰ一四・八パーセント、左翼党一二・五パーセント、緑の党一〇・六パーセント。

男の孫たちが傾倒している海賊党は二パーセントだった。

その後、勝者たちはもちろんいつものお祭り騒ぎ、そして、敗者たちは敗因分析の約束。有権者や党員、そして、もちろん、〈トップ〉へのインタビュー。閣僚人事異動の胸算用については誰もまだ語ろうとはしない。

ブランデンブルク州ではプラッツェックがまた当選。ＳＰＤは負けなかった。ＣＤＵを大きく引き離して左翼党が第二党。

夜は更けていった。

アネッテから電話。ねえ、どう思う、頭にくるわよね。――彼女はかつて、左翼党にはあの古ダヌキたちが残っているから、投票できないわ、と言っていたが、しかし、いまでは――〈わたしたちの過去〉は過去として――わたしたちのことを許している。

わたしたちは――選挙結果には関係なく――マルガリータを飲もうと決めていた。そして、いま実際にそうしている。それに添えて、アンチョビとカニのカナッペ。

ティンカから電話。くそみそね、と彼女。わたしたちは適当に応える。彼女はわたしの咳のためにザイデルが書いた処方を教えてくれる。彼は医者である。毎日ハチミツを入れたサルビアティーを五杯飲むのが良いという。

わたしたちはサスペンスドラマを見る。すでに知っている話である（『もう一人のロット』[336])。わたしは途中で眠り込んでしまうが、その後のアンネ・ヴィル[337]の政治トーク番組は見ることができる。ゲルトはもうベッドに。その前に、忘れずわたしのサポーター用ストッキングを脱がせてくれる。彼はますます介護能力を発揮せざるをえない——心苦しく思う。

トーク番組、各政党の大物たちが出席。冷静に持論を展開。FDPのバウム[338]、CDUのズユースムート夫人[339]、SPDのエーゴン・バール[340]。バールいわく、SPDは今後党内を刷新しなければならないし、そうするつもりである。そうですとも、わが党はつねに国民政党であり、国民のあらゆる層のために政策を用意しております。いまこそ、われわれは、何よりも正義のために闘うことを覚悟しなければならないのです。——彼は八十七歳。驚くほど元気だ。いや、左翼党が外交政策において基本法の理念にのっとらず、NATOからの脱退やそれに類することを主張しているかぎり、わが党は歩み寄ることはできません。彼は、このやり方で、どうやって——中道左派の——〈左寄りのブロック〉を達成するつもりなのだろうか、わたしにはわからない。

十二時少し前にベッドに入る。服を脱いでいると、また、ある現象に気づく。数週間前に——初めてオリバー・サックス[341]の本を読み、少なからぬ人々が音楽的な幻聴に襲われることがあると知ってから——意識するようになった。この本によると、そうした人々には、多かれ少なかれ、無意識的に、大音量で音楽が聴こえ続けるのだという。それは実際、苦痛になりかねない。そういえば、わたしも、心の中に耳を傾けてみると、実際、かすかではあるがいつもある歌が鳴り響いていることに気づく。車の中や戸外で座っているときなど、よく、何気なくその歌を口ずさんでいる。以前ティンカが指摘してくれた。（例えば、いまは、〈ああ、死よ、静けさよ、早くわたしのもとへ〉[342]の詩節に合わせてメロディーが響いている。）心のなかに響いているのは讃美歌であることが多い。不思議なことである。耳を傾けると、今度は、〈わたしの手を取りなさい〉[343]と歌っている…。たいていは気がつかないし、それに、かすかな声なので、気にならない。ありがたいことだ。しかし、いまでは強く注意するようになってしまった。あの本のおかげである。

その後しばらく、カイ・バード[344]とマーティン・J・シャーウィン[345]の大著『ロバート・オッペンハイマー伝』を読む。〈原子爆弾の父〉オッペンハイマーは五〇年代初め、アメリカで、自分の発明がもたらした結果に恐怖し、この武器の製造と使用を制限しようとするが、その経緯を密度高く描いた本である。彼は過去に共産主義者であったという嫌疑で共和党員から激しい攻撃を受ける。彼が法廷でどんなに屈辱的な扱いを受けたか、そして、どのような報復にさらされたか、それがこの本で明らかにされている。彼は、その後、〈失意の人〉となったという。こうした話を読むと、いつものように憂鬱な気分と落胆に襲われる――この種の奸計と愚行には対抗手段は何もないのである。

真夜中にバルドリアン［睡眠サプリメント］[346]を一錠。ベルリンの王宮建築――必ずしもわたしの好きな建物ではないが――について書かれたカタログを読む。よくできている。サプリメントのおかげで、実際に、もっと強力な睡眠薬を呑まなくても、また眠ることができる。長い夢を見る。信じがたい話である。舞台は豪華なホテル、筋は本物の小説のようだ——たっぷりの食事。ある人物（わたし自身）は招かれていない、古い知人たちの陰謀や中傷、そして、彼らの仲違いや再会、そのなかには、わたしとは面識がない作家もいる。こんな夢はこれまで見たことがないように思う。眼覚めたとき、できるかぎり、心のなかでこの錯綜したストーリーを思い起こしてみるが、それはしだいに消え去ってしまう。

九時過ぎにようやく起床する。

二〇一〇年九月二十七日月曜日

ベルリン

真夜中。デニス・シェック[347]司会のテレビ番組『新刊ニュース』が終わった。彼は今回のテーマにティーロ・ザラツィン[348]の本から『疲弊するドイツ』を選んでいた。ザラツィンはこの二週間、メディアに、さらには政治集会に追われていて、おかげで彼の本は実際たちどころにベストセラーの仲間入りを果たした。シェックは、連邦首相〔メルケル〕が読みもせずにこの本を非難したことに憤慨、連邦大統領（ヴルフ[349]）がザラツィンの雇用主である連邦銀行に彼の解任を要請し、続いてただちに自らこの解任に賛意を示したことに怒りをあらわにした。シェック自身はその本を拒否しているのか、それとも、難民申請者たちの現状が適切に描かれているらしいという理由でむしろ評価しているのか、それはよくわからなかった。それとも、彼は、難民申請者たちの多くは遺伝的に教育を受ける能力がない、という主張に対しては――大多数の人と同じように――批判的な意見を持っているのだろうか。いずれにしても、国民の大部分は、移民、とくにイスラム教徒は、わが国の富を巻き上げようとしているだけであり、もっと厳しく対処しなければならない、という意見であるようにみえる。

ベッドに入る。いつものことながらうれしい。横になれるときは、一日のうちで最も楽しい瞬間である。事実、いつも疲れていて、途中で寝てしまう。例えば、夜にサスペンスドラマを見ているときがそうだ…。

目下、マルクス・ヴォルフ[350]の自伝を読んでいる。部分的には非常に共感できる。多くは、単に事実として興味深い。例えばヘルベルト・ヴェーナーの奇妙な不安定な態度である。それはたぶんこう説明するしかないようだ。つまり、ヴェーナーは、核心ではおそらく共産主義と完全にたもとを分かっておらず、西側の戦後政策に、新たな戦争の危険をかぎつけたのであり、その危険に対処するには、東側へ情報漏洩するしかなかったということなのである。それから、オットー・ヨーン[351]が実際に誘拐された事件も興味深い。しかし、誘拐はシュタージによるものではなく、KGBの仕業だった。ヨーンがその夜一緒に過ごした友人の医者がKGBの協力者だったのである。

昨夜読んだのは、ベルリンの壁建設についての章だった。壁の建設は、ウルブリヒト[352]の考えではなく、フルシチョフ[353]の指図だった。彼は、東ドイツから大量に人口が流出する事態に直面し、この国が崩壊し、それによって西側の国境から側面攻撃を受けるのではないかという不安を抱いたのである。一方、西側の指導者たちは、東ドイツの国境が確定したことで、ヨーロッパの安全保障上の弱点がなくなり、胸をなでおろしたのだった。――ヴォルフと彼の〈諜報部〉は、われわれみなと同じように、壁の建設に驚いた。彼は、人民のそれに対する反応も、まさにリアリスティックに描写している。書き方を見ると――そうした〈活動〉がとにかく不可欠であり、そして彼はとくに安全保障への寄与が自分の任務であると考えていたことを前提として認めるとすれば――彼はそもそもかなり〈ちゃんとした〉人物なのである。それにもかかわらず、この本を読むと、いつも引き裂かれる思いがする。彼はもちろん、東ドイツ国内のシュタージやその卑劣な活動とは関わりはなかったと主張しているし、事実、たえまなくミールケ[354]と争っていた。しかしそれでも、彼は、国内の非人道的活動と無関係だったといえるだろうか。彼が通った道の脇には、死体が、例えば、正体を暴露された情報収集者の〈焼かれた〉死体が、並んでいなかっただろうか。

いつものようにヴィーヴィノックス［睡眠薬］を呑む。どうやら、この薬に慣れすぎてしまったらしい。しかし、トーマス・マンがいかに毎晩苦労していろんな薬を呑まねばならなかったか、その様子を読んでからは…。もちろん、眠り込むときには、いろいろな光景がわたしの心の眼の前を通り過ぎていく。それらは、マルクス・ヴォルフが描写している時代に、わたしが実際見たものである。わたしたちでさえ、東ドイツが終わっていく様子を目の当たりにして、ホッとしたのだった。たしかに、わたしたちは、もちろん東ドイツの存続を望んでいたし、新たな精神の登場も期待していた。ただ、この機構のなかにはそのような〈精神〉はまったく存在していなかった――存在できなかったのである。当時、どうしてすぐにそれを見抜けなかったのだろうか。

灯りを消すときはいつもホッとする。なんの個人的災厄もなしに、また、一日が過ぎていく。わたしたちはまだ生きている。わたしたちは生きている。わたしはいつも、この人生の一日一日、一時間一時間を、無条件に受け入れようと心に決めている。わたしはいつも、ほとんどの瞬間にも、必ず、死への思いが付きまとっている。わたしたちに、残された時間はどんどん狭まっていく。それはわかっている。わたしに、わたしたちに、しかし、ほとんどの瞬間はどい考え。わたしは、日中、よくゲルトの方に眼を向ける。一人で生きていかなければならないという恐ろしい考え。彼がいまやっていること、顔の表情、ものを言うときのしぐさ。ときおり勝ち誇ったように、夕食に見事な料理を運んでくる様子。彼の寝息が聞こえるかどうか耳を澄ます。もちろん、あなたを愛していますと伝えるためだけに、彼を起こしたりはしない。

その後、いつもの晩のように、ひととおり子供や孫たちのことを考える。とくに心配する理由があるわけではない。ティンカとマルティーンの家族にもう不安はない。ホンツァは、本を出してから、朗読会やら催し物やらでストレスが続いている。ベンヤミンはなんとか家具職人の修行をがんばっているようで、ほめてやりたいくらいだ。ヘレーネはボーイフレンドのティル[355]とうまくやっていて、最近、数週間にわたっていつもの倍の仕事をこなし、〈一番大変な時期は片付いた〉という。アントンは電話で、トーマス・マン賞授賞式のために〈だれかある人〉とリューベックへ行く予定だと予告してきた。〈だれかある人〉とはレーア[356]という名前の〈恋人〉である。単純にそう表現するのが、彼の最近の傾向だ。うれしい。それからヤーナとフランクは、結婚式では、文字どおり幸福に浸りきっていたが、いまイスタンブールに新婚旅行中である。小さなノーラは家で留守番。めったに会わないのに、よくノーラのことを思い浮かべる。すばらしい子だ。どの子供もそうだが、あの子は一つの奇跡である。おばあちゃんのアネッテは、喜びにはち切れんばかり。いつもノーラの成長を、とくにおしゃべりが上手になったことを報告してくる。

いつものように、わたしは大丈夫、わたしは大丈夫、とマントラを繰り返し唱える。眠り込む。いつもはたいていとても奇妙で鮮明な夢を見るのだが、ほとんど一晩中、夢を見ずに眠り続ける。

早朝、もう少しマルクス・ヴォルフの本を読む――ちなみに、それは『秘密戦争のチーフスパイ』といい、興味深いことに、一九九七年に『顔のない男』というタイトルで最初にランダムハウスから英語版で出版されているが、わが国ではほとんど知られていない本である――そして、いつものように起床は遅らせる。ゲルトはクロード・ランズマン[357]の自叙伝を読んでいる。そして、彼は気取りすぎだよ、と言う。まさに、スーパーマンだね。――そう言うと、彼は、ほとんどいつものとおりに先に浴室に入る。わたしはベッドの端に座って窓の外を眺める。アマーリエン公園はまだ青々としている。とはいえ、梢を見上げると、まもなくきれいな紅葉になりそうである。

いつもの朝の身支度。シャワー等々。数週間前からそれにのどスプレーが加わる。というのは、肺を診察した女医が、目立たないけれどもぜんそくが進行しているかもしれないと懸念したからである。もともと、わたしは息切れしやすいたちである。ひどいときもあるし、楽なときもある。服を着るときにはクリーム三種類に軟膏も塗らなければならない。一つは背中に（効果はそれほど信用していない）、一つは最近左足の親指にできた角質層に、もう一つは膝の傷跡に。しかし、どんな軟膏を塗っても、膝はこれ以上良くはならない。ときには、自分の体に見放されたと思ってしまう。だからあまり人前には出たくない。

朝食。パン一切れ、ハム、紅茶、そしてリンゴ。――ゲルトが皮をむいて食べやすいように切ってくれる。『ベルリーナー・ツァイトゥング』紙を読む。一面には、〈ベルリン・シェーネフェルダー・クロイツ[358]〉という見出しの下に、昨日橋脚に激突したポーランドのツアーバスの写真。死者十三名。乗客はスペイン休暇から帰国中。――次の見出しは、連立政権、失業者を誘発。――ハルツ第Ⅳ法の成人受給者にわずか五ユーロの増額。政府は、連邦憲法裁判所が命じたとおり、最低収入を基準にして額を決定したと言っているが、本来なら、ハルツ第Ⅳ法よりもいくぶん高くなければならないだろう。最低収入に対する基準がなく、したがって法外に少なく見積もることができるのが、そもそもの問題である――そして、その最低収入に基づいて、またさらに低い受給額（ハルツ第Ⅳ法）が算出されるのである。二面には計算のための算定基準が説明されている。――三面。〈タヘレス[359]〉、オラーニエンブルク通りのオルタナテイヴ・アートが存続の危機。――娯楽欄。〈とにかく自由に生きること〉――芸術アカデミーで、ガンで亡くなったベルベル・ボーライ[360]の追悼集会。わたしたちは正義を求めたが、手にしたものは法治国家という右傾国家だった。[361]彼女のこの名言が思い出される。彼女の早すぎる死は非常に残念でならない。――四面。アルノー・ヴィートマン[362]のコメント。差別は必要である。新ハルツ第Ⅳ法の算定基準について。要約すると、働かざる者は給付要求の権利もなし。その者は保護されねばならないが、自分が、請願者であり、保護を求めてるという事実も理解しなくてはならない。――コラム。ポール・クルーグマン[363]の〈怒れる富裕層〉。アメリカでは富裕層が自分たちの既得権益を守るためにオバマ[364]と戦っているという。(オバマは残念ながらこの激しい抵抗にうまく対処できないだろう。)――六面。SPDの特別党大会。ガブリエル[365]は党の特色を出そうと必死だ。(しかし、SPDは、二〇一二年に首相候補を立てることができるだろうか。)――シュタージの極秘情報の利用。連邦情報局、東ドイツの暗号解読スペシャリストを採用。(ドイツ統一二十周年を迎えて、最近、どのチャンネルでもシュタージ関連の報道。)

経済面。銀行家、再び大儲け。(金融危機の後だというのに、この厚かましさは信じがたい。)――国際通貨基金、ドイツの強靭な経済成長を予測。――労働組合、派遣労働の明らかな増加に警鐘。――今後数十年は居住不可能。グリーンピース、クリュンメル[366]とビーブリスB[367]の二原発が事故を起こした場合の結果を予測。(連立政権は両原発の稼働期間を延長するつもりだが、使用済み核燃料の貯蔵施設については何の解決策も示していない。）チェルノブイリのような事故が起きた場合、ドイツの原発でもリスクはまったくゼロというわけではなく、とりわけドイツの原発は、事故に対しても、空からの攻撃に対しても、防御は不十分であるという。悪夢だ。わたしたちはその悪夢とともに生きることを余儀なくされている――しかもその理由は経済性なのである。――〈モバイル通信利用者、ますます増加〉――そして、わたしたちは携帯電話一台すら持っていない。――例によってスポーツ面はとばす。

文芸欄。奇妙な見出し。〈クリスタ・T、税制の専門家になる〉。あるカメラマンと編集者のアルノー・ヴィートマンが十月二日まで統一の風景を探してドイツ中を旅する。ヴィートマンは、税務署員になった東ドイツ出身の若い女性を、こともあろうに〈クリスタ・T〉と名付けている。これは、『天使たちの街』についての評論（彼はこの本を〈愛の告白〉であると解釈しようと考えた）が大失敗に終わった後の、彼の新たな歩み寄りの試みなのだろうか。ちなみに、記事はたいてい興味深く賢明である。彼はわたしには謎である。――娯楽欄。死後――生物学的に理にかなった埋葬の可能性はここまで来た。トウモロコシとジャガイモの粉で固めたリサイクル可能な骨壺に灰を入れて森の木の根元に埋める、等々。墓地はもはや十分でなく、近親者も、多くは埋葬に立ち会いたくはないらしい。――劇評も大部分はとばす。わたしたちは、残念ながら、もう夜間に外出することはないので、演劇は見ないだろう――両手に杖では不可能である。ただ、これだけは読んでおく。ウーヴェ・テルカンプの『塔』がドラマ化され、ドレスデンで上演された。そのあいだに、彼の小説は六十万部売れている。

ベルリン市地域欄。社員旅行の悲惨な結末。シェーネフェルト近郊で起きたバス事故の写真と詳細。十三名のポーランド人旅行客が死亡。――二面。シェーネフェルト新空港建設による南西ベルリン上空への飛行ルート変更に対して抗議。――三面。凍えたのは観客だけ。降り続く長雨の中、第三十七回ベルリンマラソン開催。――四面。若者と学校。自由大学、高校生のための授業。テーマは気候とエネルギー。――ハライとハネ[368]を救え――筆記体を存続させよ。――シェル＝青少年研究[369]。不安と確信が一杯。――五面。到着はしたが受け入れられず。三十周年を迎える正統派イスラム教連合、統合問題で激論。――その他のニュース。ブランデンブルクのトスカーナ。――もう一つ。ペーターとヴォルフガング・ティールゼ[370]――ティールゼは『ピーターと狼』をCDに録音[371]。売り上げを寄付。

新聞の記事を詳細にリストアップしたのには理由がある。わたしたちが現在公式に関わっている出来事を一度確認しておきたかったのである。非公式には、いまスペイン大使を待っている。ゲルトは本棚（「めちゃくちゃだな」）からわたしの本のスペイン語訳を探しているが、ほとんど見つからない。カタルーニャ[372]語訳ばかりだ。彼はわたしに一冊の本『自分をさらす――発言する』[373]を手渡す。それはわたしの八十歳の誕生日に作られたもので、カタルーニャ人マルタ・ペサロドーナ[374]の文章も載っているが、この本に収められたたいていの文章同様に、その内容は忘れてしまった。いま本をめくってみると、マルタは、ベルリン時代にはいつもわたしのことを考えて生きていて、一九八四年には、フリードリヒ通りのわたしたちの家に来たことがあると書いている。思い出せない。一九八七年にはもう一度わが家に来て『チェルノブイリ原発事故』を読んだとあるが、それも忘れている。彼女は、さらに、わたしたちがバルセロナを訪れた時のことに触れて、ガウディ[375]のサグラダ・ファミリアが見える場所までわたしたちを連れて行ってくれたという。そこからの景色をヌーリア・ケベードは絵に描いた。その美しい絵はいまでもわたしたちの部屋に掛かっている。

ゲルトが郵便物を手渡してくれる。わたしたちが不在の折、シュヴァイツァー家に預けられていたものである。ラーディウス社から出版された（エアフルトの）ゲルハルト・ベグリヒ[376]の本、『美は眺めるためにある』。副題は『神学と詩』。その中には、心のこもった献辞と並んで、わたしについてのエッセーが載っている。『残るものは何か――クリスタ・ヴォルフ追想』。著者は、わたしのさまざまなテキストについて、キリスト教的観点から考察し、わたしのテキストは、これまでつねに彼女たちを助け、希望を与えてきたと書いている。

もう一つはベルリンのある女性からの手紙。長く密度の濃い内容である。『天使たちの街』がきっかけだったようで、彼女はそれを〈魅惑的で開放的な〉テキストと呼んでいる。彼女は半生以上もわたしの本とともに過ごしてきたという（最近よく書かれるせりふだ）。さらに、わたしが〈この国のコチラ側に〉とどまり続けていたことに感謝し、〈短期間のユートピアの試み〉であった一九八九年について語っている。この手紙からはもっと引用できそうである。

これは『天使たちの街』出版後に受け取った数多くの手紙の典型である。そうした手紙は、東から——もちろんそれだけではないが——が多く、男性よりも女性、若年層よりも年配者たちが多い。こうして衝撃を受けたというたくさんの証言をまのあたりにすると、この本をこのような形で出版してよかったのかというわたしの疑念は抑えられる。

この女性読者はペーター・ハントケ[377]の本『至福の日とは何か——冬の日の夢』も同封してくれている。まだ知らない本だった。題辞に〈冬の日や馬上に凍る影法師〉[378]と書かれている。とてもいい文である。

ホンツァから電話。〈Jury〉のアクセントが知りたいという。彼は、今夜も朗読会、うなり独楽のように駆け回っている。本がフランクフルトの文学賞の候補にあがり、彼は疲れ切っている。賞の発表を待っているこの時間そのものがひどく消耗させるのだ。作家にそこまで期待してはいけないと思う。彼とアネッテのために、受賞を心から願いたい。

来訪予定のスペイン大使が十二時にやって来る——ほとんど目立たない、礼儀正しい、控えめな男性である。自分のことをひけらかすこともなく、無理に関心を示すこともない。彼は、十月四日に大使館でマドリード大学の名誉博士号を授与される前に、わたしに会っておきたいというのだ。わたしたちは、ゲルトがこの機会のために特別に調達した、おいしいシェリー酒を飲む。大使は、再統一[379]二十周年のいま、わたしたちがどう感じているのか、知りたいと言う。わたしはバランスのとれた答え方をしようと努める——しかし、統一そのものはいまいったいどう見えているのだろう。実現された事実を批判するのがいいだろうか。かつてのマイナスを蒸し返して話すのがいいだろうか。――大使は、外国から見ると、ドイツの再統一は歴史の成功例だと言う。そして、スペインが抱えているさまざまな困難について語る。スペインは大変な危機に見舞われており、失業率は二〇パーセントである（わが国の労働市場は〈好調〉だとされている――もちろん臨時雇用や短縮労働等、問題はたくさんある）。もっとも、スペイン人はドイツ人と比べて楽天的ですから、と彼は言う。――わたしはベルリンで暮らすのがとても好きです、ここは活気のある興味深い町ですね（もちろんわたしもそう思う。ただ、わたしの場合は、その活気ある町をたいていい内側からしか見ていない）。

それから互いに本を交換し、大使はいとまを告げる。わたしたちは野菜炒めとライスを食べ、二時頃に横になる。またマルクス・ヴォルフの回想録を読む。彼は、諜報活動が〈人類の歴史で二番目に古い職業〉である証拠として聖書を引き合いに出す。彼は、敵方に寝返った者の事例も含めて、個々の事例について語っている。少なからぬ関心を込めて。そのうちにうんざりしてくる。眠る。いつも、昼はとても疲れている。

四時過ぎに――たいていこの程度の時間横になったままである――紅茶とサクランボケーキをほんの一切れ。『一年に一日』のテキストを書き進める代わりに、テレビのそばに座りつづける――最近、こうなることが多すぎる。（テレビの前で過ごしたこの無数の時間に、もっと他にいろいろなことができたのではないか、ときおりそう考える。）こうしてテレビの前に座っているととても気分がいい。一日が終わり、いらだたしさや憂鬱な気分が少しは晴れやかになる。一日中休みなく働くことにはもはやそれほど執着はない。いままで生きてきた年数が、言い訳のように、よく心に浮かんでくる。怠け者よね、と嘆いていると、娘たちが言う。もうそろそろのんびりしたっていいんじゃないの。まあ、そうね。

午後の番組を見ているあいだチャンネルを切り替えるつづける。ようやく十八時になり、『特別捜査班5113』[380]が始まる。それから、チャンネルを替えて『大都市警察』[381]。出演者はわかる。しかし、いままでたくさんの事件を見てきたのに、一つも憶えていない。恥ずかしいことである。

わたしたちは、サラダ、小エビ、チーズを食べる。ゲルトはいつも夕食も工夫してくれる。〈パンだけ〉のことはない。

夕食後もまたテレビ。〈テレビスリラー〉『ひと夏の秘密』[382]を見る。ズザンネ・フォン・ボルジョディ[383]主演の構成的な物語であるが、彼女は、また、いつものようにうろたえた表情をするだけである。

どのチャンネルでも、ハルツ第Ⅳ法を五ユーロだけ上げるという、連立政権の決定について討論している。議論は、たいてい、真の問題を素通りして、この数字だけにこだわっている。

夜遅く、もう一つ、テレビの政治解説番組を見る。ある男性が、自分と家族がシュタージによって苦しめられ、実際に生活が破壊させられたことを報告している——統一二十周年の今日、シュタージが大流行だ。マルクス・ヴォルフの本を読むのは、どうやら、今夜が最後になるだろう。そこでこの本についてコメントしておく。本書を読むと、巨大な全体的機構に対する絶望的な考えに襲われ、それを幾度も意識的に払いのけなければならなくなる。思うに、このことを（しかしどのことをだろうか）文章に表わすには、いったいどうすればいいのだろうか。何も思いつかない。もうこれ以上何も書かないのだとしたら、あるいは、少しは慰めになるかもしれない。

二〇一一年九月二十七日

『ベルリーナー・ツァイトゥング』紙の大見出し。ヴォーヴェライト市長[384]、緑の党を選択。下院、一票差の過半数で連立。

夜中の三時、夢から覚める。眼の前に三体の遺体が横たわっている。みな外国人だ。そのうちの一人はわたしだが、わたしとは判明していない。こめかみに、銃弾が撃ち込まれたような感覚。この夢は、以前人から聞いたり、本で読んだりしたことと関係がある。わたしは、眼が覚めると、いつも、まずベッドが一台しかない寝室に一人きりでいることに慣れなければならない。

わたしは、〈エステラ・カント[385]〉がボルヘス[386]に対する関係を綴った本[387]を数ページ読む。エレン[388]が送ってくれた本だ。知らなかった。ボルヘスは、精神的な理由から、とりわけ母親に支配されていたために、不能だったのである。

眠るためにきちんと横になる。眠るには時間とコツがいるが、退院してからはずっとこうである。痛みを感じない姿勢があるのだ。まだトイレには行かないと心に決める。しかし、トイレには、一時間後、五時少し前には結局行かなくてはならなくなる――まったく厄介なことである。シュティルノックス［睡眠薬］の残り半分を呑む。これで、八時近くまで眠ることができる。

　このようにベッドとソファーを行き来する生活が始まってから、もう、二週間以上になる…。ときおり激痛が走るが、強力な鎮痛剤の貼り薬のおかげで、いまは、いくぶん和らいでいる。しかし、先行きを考えると気が重い。

　夜の後半。数ページ読んでは寝る。この繰り返し。驚いたことに、気がつくと、もうすぐ八時である。

　その後、また読書。あまり負担にならない本を探す——そして、たいていはそうなっている。いつものように、起床するときには、痛みに対するある種の不安が頭をよぎる。介護士の女性は、初めのうちはイライラさせたが、少し慣れてきた。彼女は非常に仕事熱心だ。

　浴室でトイレ、洗浄、身支度。難しいが、こういう赤子のような状態にも慣れてくる。しかし、看護師が相手だから…。

　朝食にエッグトースト。強い貼り薬を使うようになってから、また食欲がなくなってきたようだ。エンドウ豆をほんの少し食べた。

　『ベルリーナー・ツァイトゥング』紙、〈ミュゲル湖上空の騒音問題〉

註　釈

ヴォルフ家の家族構成

以下の訳註は、日記を理解するために必要な人物たちとその関係を明らかにするものである。作家や現代史上の人物であっても日記の理解に直接関連のない名前や、周知と思われる出来事は割愛した。

ゲルハルト・ヴォルフ

クリスタ・ヴォルフ Christa Wolf（一九二九―［二〇一一］）、旧姓イーレンフェルト Ihlenfeld。
ゲルハルト（愛称〈ゲルト〉）・ヴォルフ Gerhard Wolf（一九二八―）。

以下、このテキストに登場するヴォルフ家の家族構成。

アネッテ Annette（一九五二―）　ヴォルフ夫妻の長女。
映画監督ライナー・ジーモン Rainer Simon（一九四一―）と初婚。
チェコの作家ヤン・ファクトーア Jan Faktor（一九五一―）［愛称〈ホンツァ〉］と再婚。
ヤーナ Jana（一九七二―）　初婚時の長女。フランク・ロッヘ Frank Roche（一九七二―）と初婚。娘ノーラ（二〇〇八―）。
ベンヤミン・ファクトーア Benjamin Faktor（一九七九―二〇一二）は再婚時の長男、愛称〈ベニ〉。

カトリーン Katrin（一九五六―）　ヴォルフ夫妻の次女。愛称〈ティンカ〉。
夫はマルティーン・ホフマン Martin Hoffmann（一九四八―）　画家・グラフィックデザイナー。
ヘレーネ・ヴォルフ Helene Wolf（一九八二―）　カトリーンの長女。
アントン・ヴォルフ Anton Wolf（一九八四―）　カトリーンの長男。

わたしの九月二十七日

1　『イズヴェスチヤ』紙　ソ連の政府機関紙。ソ連が解体した九一年以降は独立紙。

2　マクシム・ゴーリキー Maxim Gorki（一八六八―一九三六）　ロシアの作家。社会主義リアリズムの創始者。代表作は、戯曲『どん底』（一九〇二。邦訳は、工藤幸雄訳、『世界文学全集』第四十六巻所収、集英社刊、他）、小説『母』（一九〇七。邦訳は、横田瑞穂訳、『世界文学大系』第五十二巻所収、筑摩書房刊、他）、等々。

3　角括弧は訳註を示す。以下、本文と註釈において、同様とする。

4　『六月の午後（Juninachmittag）』（一九六七。邦訳は、神品友子訳、同学社刊）、『チェルノブイリ原発事故（Störfall）』（一九八七。邦訳は、保坂一夫訳、恒文社刊）、『残るものは何か？（Was bleibt.）』（一九九〇。邦訳は、保坂一夫訳、恒文社刊）、『砂漠を行く（Wüstenfahrt）』（一九九九）。

5　ゲルハルト・シュレーダー Gerhard Schröder（一九四四―）　モッセンベルク（現ノルトライン＝ヴェストファーレン州）生まれのドイツの政治家（ＳＰＤ）。第七代連邦首相（一九九八―二〇〇五）。

二〇〇一年

6　エドガー・ローレンス・ドクトロウ Edgar Laurence Doctorow（一九三一―二〇一五）　アメリカの作家。代表作は、『ダニエル書』（一九七一。邦訳は、渋谷雄三郎訳、サンリオ刊）、『ラグタイム』（一九七五。邦訳は、邦高忠二訳、早川書房刊）、『神の街』（二〇〇〇）。

7　ウサマ・ビンラディン Osama bin Laden（一九五七?―二〇一一?）　サウジアラビア出身のイスラム原理主義者。〇一年九月十一日の〈アメリカ同時多発テロ〉では、国際テロ組織アルカイダの司令官として、指導的な役割を果たしたとされる。

8　〈北部同盟〉　一九九六年頃に、イスラム原理主義運動タリバンに対抗するためにアフガニスタン北部で結成された組織。

9　ウラジーミル・プーチン Wladimir Putin（一九五二―）　ロシアの政治家。第五代首相（九九―〇〇）、第二代首相（〇〇―〇八）、第九代首相（〇八―一二）、第四代大統領（一二―）。

10　ローナルト・シル Ronald Schill（一九五八―）　ハンブルク生まれのドイツの政治家。〇一年から〇三年にかけて、ハンブルク市の内務担当副市長を務める。

11 シモン・ペレス Schimon Peres（一九二三―二〇一六）イスラエルの政治家。第九代首相（一九八四―八六）、第十二代首相（一九九五―九六）、第九代大統領（二〇〇七―一四）。

12 ヤセル・アラファト Jassir Arafat（一九二九―二〇〇四）パレスチナの政治家。第三代パレスチナ解放機構（ＰＬＯ）執行委員会議長（一九六九―二〇〇四）、初代パレスチナ自治政府大統領（一九八九―二〇〇四）。

13 一九六八年八月二十日にソ連、ブルガリア、ハンガリー、東ドイツ、ポーランドの五か国軍二十万はチェコスロヴァキアに侵入し、自由化を進めるドゥプチェクら改革派指導者をソ連に連行した。いわゆる〈チェコスロヴァキア事件〉のこと。

14 〈自分が生きた生（vom gelebten Leben）〉生を強調した表現で、ジェルジ・ルカーチ（一八八五―一九七一）の〈生きられた思想（das gelebte Denken）〉を想起させる。

15 ベルトルト・ブレヒト Bertold Brecht（一八九八―一九五六）アウクスブルク生まれのドイツの作家。代表作は、戯曲『三文オペラ（Die Dreigroschenoper）』（一九二八。邦訳は、岩淵達治訳、岩波書店刊、他）、『肝っ玉おっ母とその子どもたち（Mutter Courage und ihre Kinder）』（一九三九。邦訳は同上、他）、等々。ルート・ベルラウ Ruth Berlau（一九〇六―七四）はデンマークの女優・写真家・作家。ブレヒトとは公私ともに親しい関係にあった。

16 〈ブレヒトの初期の詩〉『哀れなＢ・Ｂについて（Vom armen B.B.）』（一九一三―二六。邦訳は、野村修訳、『ブレヒトの詩』所収、河出書房新社刊）。

17 【原註】〈旧ユダヤ人児童養護施設協会（Verein für das ehemalige Jüdische Waisenhaus）〉パンコー地区にある旧ユダヤ人児童養護施設の後援者による協会で、二〇〇〇年に設立された。以前のユダヤ人の生活の記憶を庇護し、パンコー地区のユダヤ人文化を保存することを使命とする。クリスタ・ヴォルフは、生涯、当協会の諮問委員会の理事を務めていた。

18 秘書Ｃに関しては、本文中の情報以外、詳細不明。

19 ヴィヴィアンヌ・フォレスター Viviane Forrester（一九二五―二〇一三）フランスの作家。『経済のテロル』（仏語は一九九六、独訳は一九九七）でメディチ・エッセイ賞を受賞。

20 【原註】二〇〇二年に、ルフターハント社から、クリスタ・ヴォルフの小説『身体はどこに？（Leibhaftig）』が出版された。初版の表紙カバーの装丁はマルティーン・ホフマンが担当した。［ホフマンに関しては、巻末〈ヴォルフ家の家族構成〉

参照。〕

21 【原註】アードルフ・ドレーゼン Adolf Dresen（一九三五―二〇〇一）［エゲジーン（現メクレンブルク＝フォアポンメルン州）生まれのドイツの］演出家・オペラ監督。七七年に、ベルリン・ドイツ劇場で演出の仕事を終えた後、西ドイツへ移住。九〇年以降、ベルリンで生活。ヴォルフ夫妻と親交があった。（なお、前作『一年に一日』の〈二〇〇〇年〉の原註にあるドレーゼンの生年〈一九五三年〉は原作の誤記。）

22 【原註】テキスト『青の連想』は『ネルーダ・ブルー――詩的な、〈最も美しい色彩〉の遊び』〈ガブリエーレ・ポメリン＝ゲッツェ編、グレーフェルフィング、二〇〇三〉に所収。一年後に、ナディン・ゴーディマーは、彼女が編集したアンソロジー『告げ口』のなかに、そのテキストを収めた。（クリスタ・ヴォルフ『見方を変えて』（フランクフルト、二〇〇五）、三十五―三十九ページ参照。）

23 パブロ・ネルーダ Pablo Neruda（一九〇四―七三） チリの詩人。代表作は、『マチュ・ピチュの頂き』（一九五〇。邦訳は、野谷文昭訳、書肆山田刊、他）、等々。

24 【原註】マリーア・［ミュラー＝］ゾマー Maria [Müller-]Sommer（一九二二―）［ベルリン生まれのドイツの演劇関連出版者。］キーペンハウアー演劇関連販売有限会社の社長。ヴォルト著作権利用会社（VG Wort）の名誉会長。ヴォルフ夫妻と深い親交があり、夫妻の著作権を代行している。

25 【原註】〈それこそが本来は毎日の中心的な仕事のはずなのである。〉当時、クリスタ・ヴォルフは『天使たちの街――フロイト博士のオーバーコート（Stadt der Engel oder The Overcoat of Dr. Freud)』（ベルリン、二〇一〇）の原稿を執筆中だった。

26 友人Eに関しては、本文の情報以外、詳細不明。

27 サラ・グルーエン Sarah Gruen に関しては、本文中の情報以外、詳細不明。

28 B夫妻に関しては、本文中の情報以外、詳細不明。

29 ハンス・シュトゥッベ Hans Stubbe（一九〇二―八九） ベルリン生まれのドイツの遺伝学者。

30 トロフィム・ルイセンコ Trofim Lyssenko（一八九八―一九七六） ウクライナ出身のソ連の生物学者。メンデルの遺伝子遺伝説を批判してマルクス主義理論に基づき環境遺伝説を唱えた。

31 【原註】〈比較的長いポートレート〉 ハンス・シュトゥッベの『訪問（Ein Besuch）』（一九六八年）のことで、クリスタ・ヴォルフの『読むことと書くこと（Lesen und Schreiben）』（ベルリン、一九七一）に所収。ハンス・シュトゥッベはその本のためにあとがきを書いた。クリスタ・ヴォルフ著作集（ゾーニャ・ヒルツィンガー編）、第四巻『エッセー・対話・講演・手紙――一九五九―七四年』（ミュンヘン、一九九九）に収録（二百八十三―二百八十九ページ）。

32 【原註】〈ペーター・ハックスの新しいエッセー〉『ロマン主義のために』（ハンブルク、二〇〇一）。［ペーター・ハックス Peter Hacks（一九二八―二〇〇三） ブレスラウ（現ポーランド領ブロツワフ）生まれのドイツの劇作家。ブレヒトの叙事演劇を受け継ぎ、歴史的テーマを基に民衆劇の道を拡げた。初期の戯曲『ロボジッツの戦い（Die Schlacht bei Lobositz）』（一九五五）、喜劇『オムパレー（Omphale）』（七〇）、オペレッタ『冥界のオルフェ（Orpheus in der Unterwelt）』（九五）などがある。］

33 ヴォルフ・ビーアマン Wolf Biermann（一九三六―） ハンブルク生まれのドイツの詩人。五三年、東ドイツへ移住。七六年秋に、出国中に市民権を剥奪され、以後西ドイツに在住。代表作は、詩集『鉄条網のハープ（Drahtharfe）』（一九六四）、『マルクス・エンゲルスの舌で（Mit Marx- und Engelszungen）』（一九六八）、等々。邦訳は、『ヴォルフ・ビーアマン詩集』（野村修訳、晶文社刊）。

34 【原註】〈討論会〉 クリスタ・ヴォルフが会長を務めていた討論会。八九年から〇五年まで、月に一度、東西の知識人たちが集まり、アクチュアルな政治・文化の問題を議論した。［訳者保坂は一度参加した経験をもっている。『一年に一日――わたしの九月二十七日』（同学社、二〇一三）五百五十五ページ参照。ウラジーミル・マヤコフスキー Wladimir Majakowski（一八九三―一九三〇） ロシアの未来派の詩人。代表作は、『ズボンをはいた雲』（一九一五。邦訳は、小笠原豊樹・関根弘訳、『マヤコフスキー選集』第一巻所収、飯塚書店刊）、等々。］

35 〈ユダヤ人補償請求会議（Jewish Claims Conference）〉〈対独ユダヤ人資源補償請求会議（Conference on Jewish Material Claims Against Germany）〉とも言う。

36 【原註】ペーター・ベンダー Peter Bender（一九二三―二〇〇八） ［ベルリン生まれの］ドイツの歴史家・時事評論家・ジャーナリスト。ＷＤＲのベルリン特派員。十七年間、ＡＤＲラジオのワルシャワ特派員。彼は、ヴィリー・ブラントとエーゴン・バールによる東方政策の支援者だった。［ヴィリー・ブラントに関しては〈二〇〇四年〉の訳註参照。エーゴン・バール Egon Bahr（一九二二—二〇一五）はトレフルト（現チューリンゲン州）生まれのドイツの政治家（ＳＰＤ）。ソ連、東ドイツ、ポーランドなど東欧諸国との関係正常化を目指したヴィリー・ブラント首相のもと、東方外交において中心的な役割を担った。」

37　ルートヴィヒ・ヴィトゲンシュタイン Ludwig Wittgenstein（一八八九—一九五一）　ウィーン生まれのオーストリアの哲学者。後の言語哲学、分析哲学に多大な影響を与えた。『論理哲学論考（Tractatus Logico-philosophicus）』（一九二二。邦訳は、野矢茂樹訳、岩波書店刊、他）は彼が生前に出版した唯一の哲学書で、前期ウィトゲンシュタインを代表する著作。本文記載の〈語りえぬものについては、沈黙しなければならない〉という一節はその最後の命題。

38　プブリウス・アエリウス・ハドリアヌス Publius Aelius Hadrianus（七六—一三八）　古代ローマ皇帝（一一七—一三八）。

39　インゲボルク・バッハマン Ingeborg Bachmann（一九二六—七三）　ゲルンテン州生まれのオーストリアの作家。引用は、『猶予された時間（Die gestundete Zeit）』（一九五七。邦訳は、中村朝子訳、『インゲボルク・バッハマン全詩集』所収、青土社刊）から。代表作は、短編集『三十歳（Das Dreißigste Jahr）』（一九六一。邦訳は、生野幸吉訳、『新しい世界の文学』第二十九巻所収、白水社刊）、小説『マリーナ（Malina）』（一九七一。邦訳は、神品芳夫・神品友子訳、晶文社刊）、等々。

二〇〇二年

40　ミヒャエル・ユルクス Michael Jürgs（一九四五—二〇一九）　エルヴァンゲン（現バーデン＝ヴュルテンベルク州）生まれのドイツのジャーナリスト。

41　ギュンター・グラス Günter Grass（一九二七—二〇一五）　ダンツィヒ生まれのドイツの作家。九九年ノーベル文学賞。代表作は、ダンツィヒ三部作、『ブリキの太鼓（Die Blechtrommel）』（一九五九。邦訳は、高本研一訳、集英社刊）、『猫と鼠（Katz und Maus）』（一九六一。邦訳は同上）、『犬の年（Hundejahre）』（一九六三。邦訳は、中野孝次訳、集英社刊）。

42　ヴェローニカ・シュレーター Veronika Schröter（一九三九—二〇一二）　バウツェン（現ザクセン州）生まれのドイツの画家・建築家。彼女は、七四年に、未婚で、ギュンター・グラスとのあいだに娘をもうけた。（原文の Schröder は誤記。ただし、仏訳は原文のまま。仏訳は、Christa Wolf: Mon nouveau siècle. Un jour dans l'année 2001-2011. Traduit de l'allemand par

Alain Lance et Renate Lance-Otterbein. Paris (Editions du Seuil), 2014)

43　ウーテ・グルーネルト Ute Grunert　パイプオルガン奏者。ギュンター・グラスは、七九年に、彼女と再婚した。（出生年と出生地は不明。）

44　イングリート・クリューガー Ingrid Krüger　原稿審査員。七九年に、未婚のままギュンター・グラスとのあいだに娘をもうける。（出生年と出生地は不明。）

45　〈新聞〉九月二十七日付けの『ベルリーナー・ツァイトゥング』紙。

46　〈赤緑連合（Rot-Grüne Koalition）〉ドイツ社会民主党（ＳＰＤ）と〈九〇年同盟／緑の党〉によるシュレーダー連立政権のこと。

47　ウェスリー・クラーク Wesley Clark（一九四四―）アメリカの軍人。コソボ紛争の際に、九七年から〇〇年にかけて、ＮＡＴＯの欧州連合軍最高司令官。

48　サダム・フセイン Saddam Hussein（一九三七―二〇〇六）イラクの政治家。第二代大統領（一九七九―二〇〇三）。〇六年十二月、イラク戦争で逮捕、処刑。

49　ギード・ヴェスターヴェレ Guido Westerwelle（一九六一―二〇一六）バート・ホネフ（ノルトライン＝ヴェストファーレン州）生まれのドイツの政治家（自由民主党（ＦＤＰ））。ＦＤＰ党首（二〇〇一―一一）。二〇〇九年から一三年まで第二次メルケル内閣で外相を務めた。

50　ユルゲン・メレマン Jürgen Möllemann（一九四五―二〇〇三）アウクスブルク生まれのドイツの政治家（ＦＤＰ）。

51　ハンス＝クリスティアン・シュトレーベレ Hans-Christian Ströbele（一九三九―）ハレ・アン・デア・ザーレ生まれのドイツの政治家（〈九〇年同盟／緑の党〉）。

52　ドイツの連邦議会は小選挙区比例代表併用制を採用している（ちなみに日本は並立制、すなわち二つの選挙は互いに影響を及ぼさない）。有権者は二票もち、第一票は候補者個人に（小選挙区）、第二票は政党に（比例代表）に投じる。各党の得票数に応じて議席数が配分されるのは日本と同じだが、まず小選挙区で当選した候補者が優先的に議席を獲得する。残った議席は比例代表名簿の順に従って埋めていく。そして、この小選挙区で当選した候補者が獲得した議席が〈直接議席（Direkt-Mandat）〉と呼ばれる。つまり、〈直接議席〉は、民意によって候補者個人が直接獲得した議席のことである。

53　シラーの戯曲『メアリー・スチュアート（Maria Stuart）』（一八〇〇。邦訳は、岩淵達治訳、『シラー名作集』所収、白水社刊、他）第二幕第五場、エリーザベトの言葉（Was man nicht aufgibt, hat man nie verloren.）をもじった表現。

54　スロボダン・ミロシェヴィッチ Slobodan Milošević（一九四一―二〇〇六）セルビアの政治家。セルビア共和国初代大統領（一九九〇―九七）、ユーゴスラビア第三代大統領（一九九七―二〇〇〇）。コソボ紛争（一九九八―九九）をめぐり、国際社会と対立。二〇〇〇年九月、大統領選に敗北し、失脚。〇一年七月、デン・ハーグの国連旧ユーゴ戦犯国際法廷から起訴され、収監。〇六年、獄死。

55　マックス・シュトラウス Max Strauß（一九五九―）ミュンヘン生まれのドイツの法律家。キリスト教社会同盟（ＣＳＵ）の議長だったフランツ・ヨーゼフ・シュトラウス Franz Josef Strauß（一九一五―八八）の長男。

56　〈旅行カバンで学ぶドイツ語（Deutsch aus dem Koffer）〉外国人が楽しく初級ドイツ語を学べるように、旅行カバンに入ったさまざまな教材を使用し、主に生徒同士の会話練習によって展開されるドイツ語教育法の一つ。

57　クラウス・ベーガー Klaus Böger（一九四五―）ラウターバッハ（現ヘッセン州）生まれのドイツの政治家（ＳＰＤ）。ベルリン市教育大臣。

58　ヤーナはアネッテの長女。巻末〈ヴォルフ家の家族構成〉参照。〈彼女の本〉とは、Denn wir sind anders. Geschichte des Felix S. Reinbek 2002. のこと。

59　【原註】フレデリック（フリッツ）・トゥーバッハ Frederic（Fritz）Tubach（一九三〇―）カリフォルニア大学バークレー校のドイツ文学教授。ヴォルフ夫妻と親交がある。

60　クリスタ・ヴォルフの小説『どこにも居場所はない（Kein Ort. Nirgends）』（一九七九。邦訳は、保坂一夫訳、恒文社刊）。

61　〈肉食型資本主義（Raubtierkapitalismus）〉遠慮会釈なく、ただ利益のみを追求する資本主義の意。„Turbokapitalismus“とも。

62　アントン　ティンカの長男。巻末〈ヴォルフ家の家族構成〉参照。

63　エラ・エフトゥシェンコ Ella Jewtuschenko に関しては、本文の情報以外、詳細不明。

64　『砂漠を行く（Wüstenfahrt）』二〇〇二年に刊行された、クリスタ・ヴォルフの短編小説。

65　〈わが国のために〉一九八九年十一月二十六日に起草され、二十八日の記者会見で発表された檄文。東ドイツ存続の主張を提案している。『クリスタ・ヴォルフ著作集』第十二巻、百九十四～五ページ参照。

66 アネグレート・ヘルツベルク Annegret Herzberg（一九四五―）のことか。ピルナ（現ザクセン州）生まれのドイツの雑誌編集者・作家。

67 ペター Pötter、ツェルント Zerndt、パウクシュ博士 Dr. Paucksch に関しては、本文の情報以外、詳細不明。

68 マルティーン　ティンカの夫。巻末〈ヴォルフ家の家族構成〉参照。

69 【原註】ＯＷＥＮ　〈東西ヨーロッパ女性ネットワーク（Das Ost-West-Europäische FrauenNetzwerk）〉は一九九二年に設立された団体であり、市民社会的で政治的な活動を行う、東西ヨーロッパの女性たち、運動、組織の交流拡大支援を目標にしている。カトリーン・ヴォルフは創設者の一人で、〇三年までその団体のために尽力していた。

70 ヘレーネ　ティンカの長女。巻末〈ヴォルフ家の家族構成〉参照。

71 ティーモ Timo に関しては、本文の情報以外、詳細不明。

72 オーラフ・ギッツブレヒト Olaf Gitzbrecht（一九六四―）　オーラフ・ギッツブレヒトに関しては、前作『一年に一日』の〈八四年〉の原註に〈ヴォルフ家と親交がある〉と書かれている。

73 ウータ Uta に関しては、本文の記述以外、詳細不明。

74 トーニ Toni　以下、本段落中の人物たちの兄弟姉妹関係は不明であるが、邦訳の際に、読みやすさを考慮して人物間の家族関係を明確にした。

75 ハンス Hans に関しては、本文中の情報以外、詳細不明。

76 インゲ Inge に関しては、本文中の情報以外、詳細不明。

77 ルートヴィヒ Ludwig に関しては、本文中の情報以外、詳細不明。

78 イーヴォ Ivo に関しては、本文中の情報以外、詳細不明。

79 ハイディ Heidi に関しては、本文中の情報以外、詳細不明。

80 【原註】ミッセルヴィッツ夫妻　ルート・ミッセルヴィッツ Ruth Misselwitz（一九五二―）　パンコー地区のプロテスタント教会区の牧師、パンコー地区平和運動サークルの設立者の一人。ハンス＝ユルゲン・ミッセルヴィッツ Hans-Jürgen Misselwitz（一九五〇―）は、［アルテンブルク（チューリンゲン州西部）生まれのドイツの政治家（ＳＰＤ）で、］九〇年に、人民議会の代議士、最後の東ドイツ政府の外務省で政務次官。九九年から〇五年まで、ＳＰＤ幹部会で、ヴォルフガング・ティールゼ Wolfgang Thierse の事務所長。〇五年から一〇年まで、〈社会民主主義の東ドイツ・フォーラム〉の幹部。一〇年からは、ＳＰＤの基本理念検討委員会書記長。ミッセルヴィッツ夫妻はヴォルフ夫妻と親交がある。［ヴォルフガング・ティールゼ（一九四三―）はブレスラウ（現ポーランド領）生まれのドイツの政治家（ＳＰＤ）。九八年から〇五年まで連邦議会議長。］

81　オスカー・ラフォンテーヌ Oskar Lafontaine（一九四三―）ザールルイ＝ローデン（現ザールラント州）生まれのドイツの政治家（ＳＰＤ、二〇〇五年からは左翼党）。シュレーダー政権時代に財務相を務める。

82　ギュンター・ガウス Günter Gaus（一九二九―二〇〇四）ブラウンシュヴァイク（現ニーダーザクセン州）生まれのドイツのジャーナリスト・政治家（ＳＰＤ）。シュタージ問題とアメリカ滞在をめぐってクリスタ・ヴォルフと対談（前作『一年に一日』の〈一九九二年〉と〈一九九三年〉の本文参照）。『さまざまな矛盾――ある保守系左派の回想（Widersprüche. Erinnerungen eines linken Konservativen.）』（二〇〇四）。（〈二〇〇四年〉の本文中の „Erinnerungen eines konservativen Linken“ は誤記。）

83　アンドレーア Andrea　アンドレーア・ハプケ Andrea Hapke（一九九二―）のことか。

84　カローラ Carola に関しては、本文中の情報以外、詳細不明。

85　カトリーン Katrin に関しては、本文中の情報以外、詳細不明。

86　ランゲ牧師 Pfarrer Lange に関しては、本文中の情報以外、詳細不明。

87　ビルギート・シェーネ Birgit Schöne（一九六二―）ドイツの舞台美術家。ベルリン・ヴァイセンゼー芸術大学で舞台美術を学ぶ。八九年から九五年にかけて、フランクフルト・アン・デア・オーデルのクライスト劇場の舞台美術担当。（出生地は不明。）

88　〈屋根裏劇場（Theater unterm Dach）〉一九八六年にベルリンのプレンツラウアー・ベルク地区に創設された劇場。

89　バルバラ・ブール Barbara Buhl（一九五三―）オポーレ（シレジア地方）生まれのドイツのテレビ放送局員。九九年から、ＷＤＲ（西部ドイツ放送）のテレビドラマ制作に携わる。

90　レオニー Leonie に関しては、本文中の情報以外、詳細不明。

91　トーマス・ヨイトナー Thomas Jeutner（一九六〇―）　プレンツラウ生まれのドイツの牧師。一三年からベルリン・ヴェディング教区の牧師を務める。

92　【原註】マリーナ・バイアー Marina Beyer（一九五〇―）［ベルリン生まれのドイツの］行動生物学者。八〇年代に、パンコー地区平和運動サークルのメンバー。最後の東ドイツ政府の男女平等推進審議会委員。カトリーン・ヴォルフは彼女の個人的な報告者だった。ＯＷＥＮの創設者の一人。

93　【原註】ゲルハルト・ライン Gerhard Rein（一九三六―）［現ポーランド領出身のドイツのジャーナリスト。］南ドイツ・ラジオ放送の編集者。八二年以降、東ドイツからリポートを行う。九二年から九七年まで、ＡＲＤラジオ放送の南アフリカ特派員。八九年十月八日の、クリスタ・ヴォルフへのインタビューは重要である。それは西ドイツのほぼすべてのラジオ放送局で放送された（ゲルハルト・ラインの『われわれはどこへ――クリスタ・ヴォルフの思い出に（Wohin sind wir unterwegs? Zum Gedenken an Christa Wolf.）』（ベルリン、二〇一二）所収の講演（五十六―五十八ページ）参照）。

94　ラリー Ralli は、ラルフ・トゥーンベルガー Ralf Thunberger の愛称。（前作『一年に一日』の〈一九七六年〉原註による。）

95　〈家族布置（Familienaufstellung）〉　ドイツ人心理療法家ベルト・ヘリンガー Bert Hellinger（一九二五―）による用語。〈ファミリー・コンステレーション〉とも言う。

二〇〇三年

96　〈マイシュベルガーの番組〉　テレビ第一チャンネル（ＡＲＤ）のトーク番組、ザンドラ・マイシュベルガー Sandra Maischberger が司会を務める『マイシュベルガーの部屋（Menschen bei Maischberger）』。

97　『ベルゼンブラット（Das Börsenblatt）』誌　ドイツの、書籍業界のための週刊誌。

98　〈アーレンスホープの日〉　アーレンスホープはメクレンブルク＝フォアポンメルン州北部の町。当地のルーカス芸術家会館では、文学・美術・音楽などの各分野における新進芸術家の育成と芸術家間の交流を目的として芸術家奨学金制度を設けている。原則的に、開館日は毎月最終日曜日。

99　【原註】ウルリヒ・ディーツェル Ulrich Dietzel（一九三二―）　東ベルリンの芸術アカデミー資料館館長を長年務める。九〇年から九三年まで芸術アカデミー理事長。二〇〇三年に『男性と仮面――東ドイツの芸術と政治――一九五五年から九〇年にかけての日記』を刊行した。［出生地は不明。］

100　シュテファン・ヘルムリーン Staphan Hermlin　ケムニッツ生まれのドイツの作家。（前作『一年に一日』の〈一九六二年〉原註参照。）

101　ヴォルフガング・ビューシャー Wolfgang Büscher（一九五一―）　ヘッセン州フォルクマルゼン生まれのドイツのジャーナリスト。『ベルリンからモスクワへ――徒歩の旅（Berlin—Moskau. Eine Reise zu Fuß）』（二〇〇三）。

102　アレクサンドラ・マリーニナ Alexandra Marinina（一九五七―）　ロシアの作家。代表作は、モスクワ市警捜査官アナスタシヤ・カメンスカヤを主人公する推理小説シリーズ。邦訳は、シリーズ三作目『盗まれた夢』（一九九九（原作一九九四）。吉岡ゆき訳、作品社刊）、四作目『孤独な殺人者』（二〇〇〇（原作一九九五）。同上）、等々。本編記載の八作目に関しては、邦訳は未刊行。

103　当時、ヴォルフの父は捕虜の移送に当たっていた。その後、父は捕虜になった。小説『幼年期の構図』（保坂一夫訳、恒文社刊）三百六十四～六ページ参照。

104　〈死体で肥えたゼーロウ高地の大地〉　一九四五年四月十六日から十九日にかけて、現ブランデンブルク州東部のゼーロウで、ドイツ軍とソビエト赤軍の攻防戦があった（〈ゼーロウ高地の戦い（Schlacht um die Seelower Höhe）〉）。戦死者は、両軍含めて、八万人以上といわれる。

105　エーリカ・シュタインバッハ Erika Steinbach（一九四三―）のことか。ラーメル（現ポーランド領ルミヤ）生まれのドイツの政治家（CDU）。ドイツ追放者連盟会長（一九九八―二〇一四）。

106　〈国会議員は自己の良心にのみ従う〉　基本法第三十八条の文言。

107　マンフレート・クルーク Manfred Krug（一九三七―二〇一六）　デュースブルク（現ノルトライン＝ヴェストファーレン州）生まれのドイツの俳優。ローベルト・ハーヴェマンやヴォルフ・ビーアマンと親しく、秘かに連絡役を務めた。そのあいだの事情は自伝『逃げ出した（Abgehauen）』（一九九六。デュッセルドルフ、未訳）に詳しい。西では推理シリーズの刑事役でよく知られる。

108　ミュージカル『レ・ミゼラブル』　二〇〇三年九月二十六日から翌年十二月三一日にかけて西地区劇場（Theater des

Westens）で上演された。西地区劇場は、一八九六年に設立された、ベルリンのシティ西地区にある、ミュージカル中心の歌劇場。

109 フォルカー・シュレンドルフ Volker Schlöndorff（一九三九―） ヴィースバーデン出身のドイツの映画監督。代表作は、『ブリキの太鼓（Die Blechtrommel）』（一九七九）。

110 ユルゲン・ハーバーマス Jürgen Habermas（一九二九―） デュッセルドルフ生まれのドイツの哲学者・社会学者。フランクフルト学派の代表者の一人。歴史家論争でもよく知られている。代表作は、『公共性の構造転換（Strukturwandel der Öffentlichkeit）』（一九九〇。邦訳は、細谷貞夫・山田正行訳、未来社刊）、等々。

111 テオドール・W・アドルノ Theodor W. Adorno（一九〇三―六九） フランクフルト・アム・マイン生まれのドイツの哲学者・社会学者・美学者。フランクフルト学派の指導者の一人。代表作は、『新音楽の哲学（Philosophie der neuen Musik）』（一九四九。邦訳は、龍村あや子訳、平凡社刊、他）、『否定弁証法（Negative Dialektik）』（一九六六。木田元ほか訳、作品社刊）、『美の理論（Ästhetische Theorie）』（一九七〇。邦訳は、大久保健治訳、河出書房新社刊）、等々。〈アドルノ会議〉は二〇〇三年九月二十五～二十八日に開催。記録として、『自由の弁証法（Dialektik der Freiheit）』（二〇〇五）が出版されている。

112 アルミーン・ミュラー＝シュタール Armin Mueller-Stahl（一九三〇―） ティルジット（現ロシア領カリーニングラード州）生まれのドイツの俳優。

113 サーベドラ書店（die Buchhandlung Saavedra） 一九九三年に、レナーテ・サーベドラ Renate Saavedra がベルリンのアマーリエンパルクの近くに創立した書店。

114 フラウケ・マイアー＝ゴーザウ Frauke Meyer-Gosau（一九五〇―） ブレーメン生まれの文芸批評家。一九八一年から八二年にかけてクリスタ・ヴォルフにインタビューし、ロマン主義について重要な発言を引き出している。『投影空間としてのロマン主義（Projektionsraum Romantik）』（全集第八巻、二百三十六―二百五十五ページ。邦訳は、保坂一夫訳、クリスタ・ヴォルフ著作集『作家の立場』所収、恒文社刊、一九九八、二百二十四―二百四十四ページ）参照。

115 ホンツァ アネッテの夫。巻末〈ヴォルフ家の家族構成〉参照。

116 ベニ アネッテの長男。巻末〈ヴォルフ家の家族構成〉参照。

117 フランク　ヤーナの夫。巻末〈ヴォルフ家の家族構成〉参照。

118 ミュラー Müller とその娘バベッテ Babette に関しては、本文中の情報以外、詳細不明。

119 【原註】〈ＩＮＫＯＴＡ〉　発展途上国支援の大衆運動グループ、ワールドショップ、そして教区によって構成される、世界教会のネットワーク組織。グローバル化を批判する、世界規模の運動。クリスタ・ヴォルフはその顧問会の一員だった。

120 【原註】〈エレン・ヤニングスとイェルク・ヤニングス〉　イェルク・ヤニングス Jörg Jannings（一九三〇―）は［ベルリン生まれのドイツの］ラジオドラマの演出家。九三年まで、駐留米軍向け放送（ＲＩＡＳ）の文芸部部長。九七年に、北ドイツ放送（ＮＤＲ）のために、クリスタ・ヴォルフの『メデイア――さまざまな声』を原作とするラジオドラマを演出。ヴォルフ夫妻と親交がある。［エレン・ヤニングス Ellen Jannings に関しては、出生年などの詳細不明。］

121 ハインリヒ・ベル Heinrich Böll（一九一七―八五）　ケルン生まれのドイツの作家。代表作は、小説『汽車は遅れなかった（Der Zug war pünktlich.）』（一九四九。邦訳は、桜井正寅訳、三笠書房刊）、『旅人ヨ、スパルタノ地ニ赴カバ、彼ノ地ノ人ニ・・・（Wanderer, kommst du nach Spa ...）』（一九五〇。邦訳は、青木順三訳、『ハインリヒ・ベル短篇集』所収、岩波書店刊）、『九時半の玉突き（Billard um halbzehn）』（一九五九。邦訳は、佐藤晃一訳、白水社刊）、等々。

122 アンナ・ゼーガース Anna Seghers（一九〇〇―八三）　マインツ生まれのドイツの作家。代表作は、メキシコ亡命中に刊行された小説『第七の十字架（Das siebte Kreuz）』（一九四二。邦訳は、山下肇・新村浩訳、岩波書店刊）、『死んだ娘たちの遠足（Der Ausflug der toten Mädchen）』（一九四三。邦訳は、宇多五郎訳、『戦争は終わったとき――戦後ドイツ短篇十五人集』所収、桂書房刊、他）、等々。

123 【原註】シュロッターベック夫妻　フリードリヒ・シュロッターベック Friedrich Schlotterbeck（一九〇九―七九）は［ロイトリング（現バーデン＝ヴュルテンベルク州）生まれのドイツの］作家。ナチス時代に、共産主義者として、非合法の反ファシズム抵抗運動のかどで十年間強制収容所および刑務所に収監された。四四年、スイスに逃亡。四八年、妻のアンナ・シュロッターベック Anna Schlotterbeck（一九〇二―七二）とともに東部ドイツへ移住。東ドイツ時代に、二人は一連のスターリン裁判で再び拘禁を言い渡される。夫妻は最期までヴォルフ夫妻と親交があった。［フリードリヒとアンナの愛称は、それぞれ〈フリーダー〉、〈エンネ〉。］

124 マックス・フリッシュ Max Frisch（一九一一―九一）　チューリヒ生まれのスイスの作家。代表作は、小説『ぼくはシュティラーではない（Stiller)』（一九五四。邦訳は、中野孝次訳、新潮社刊）、『アテネに死す（Homo Faber)』（一九五七。邦訳は、同上訳、白水社刊）、等々。

125 【原註】コペレフ夫妻　Lew Kopelew（一九一二—九七）はロシアの独文学者・作家。政治犯として拘留された後、五七年に名誉回復するが、六八年にソ連共産党から除名され、差別待遇を受ける。八〇年ケルンに出国、八一年ソ連国籍を失う。ラーヤ Raja（ライサ・ダヴィドヴナ・オルロヴァ＝コペレフ Raissa Dawydowna Orlowa-Kopelew（一九一八—八九））はアメリカ学者・作家。レフ・コペレフの後妻。八一年に、彼とともにソ連国籍を失う。二人は、六五年以来、ヴォルフ夫妻と親交があった。

126 【原註】オートル・アイヒャー Otl Aicher（一九二二—九一）と彼の妻インゲ・アイヒャー＝ショル Inge Aicher-Scholl（一九一七—二〇〇〇）は、八七年に、クリスタ・ヴォルフのショル兄妹賞受賞をきっかけに、ヴォルフ夫妻と知り合った。それ以来、ヴォルフ家とは活発な親交が続いた。

127 【原註】エフィム・エトキント Efim Etkind（一九一八—九九）　ロシアの文学者・翻訳家。アレクサンドル・ソルジェニーツィンとヨシフ・ブロツキーのために力を尽くした。七四年にソ連から追放。長年、パリ第十大学（ナンテール大学）で教鞭をとっていた。ヴォルフ夫妻と親交があった。

128 トーマス・ブラッシュ Thomas Brasch（一九四五—二〇〇一）　イギリス、ヨークシャー州ウェストー生まれのドイツの作家。代表作は、『女たち。戦争。悦楽の劇（Frauen. Krieg. Lustspiel)』（一九八九。邦訳は、四ツ谷亮子訳、『ドイツ現代戯曲選』第六巻所収、論創社刊）、等々。なお、『一年に一日』の巻頭と巻末には、彼の詩が書き記されている。

129 カーリン・グレゴーレク Karin Gregorek（一九四一—）　ヴェンドルフ（現メクレンブルク＝フォアポンメルン州）生まれのドイツの女優。本文中の、病院を舞台にしたドラマはＺＤＦ（ドイツ第二テレビ放送）の『シュヴァルツヴァルト病院（Die Schwarzwaldkrinik)』のことか。

130 カーリン・キーヴス Karin Kiwus（一九四二—）　ベルリン生まれのドイツの作家。

131 〈あの調査委員会の出来事〉　八九年十月にベルリンで大規模なデモ活動が行われ、その際、当局側がデモ参加者に対して不当に干渉しなかったかが社会的に問題視された。クリスタ・ヴォルフはその調査委員会に在籍していた。前作『一年に一日』の〈一九九〇年〉の本文および原註参照。

132 【原註】〈ゼーガースとの往復書簡〉アンナ・ゼーガース、クリスタ・ヴォルフ著(アンゲラ・ドレッシャー編)『満杯の人生――手紙、対話、エッセー(Das dicht besetzte Leben. Briefe, Gespräche und Essays.)』(ベルリン、二〇〇三)。

133 【原註】〈シャルロッテ・ヴォルフとの往復書簡〉クリスタ・ヴォルフ、シャルロッテ・ヴォルフ著『そうね、わたしたちの世界は触れ合っている(Ja, unsere Kreise berühren sich)』(ミュンヘン、二〇〇四)。

134 クリスタ・ヴォルフの小説『天使たちの街(Stadt der Engel)』(二〇一〇)。

135 前作『一年に一日』の〈一九八五年〉、原文三百七十五ページ(邦訳三百七十一ページ)参照。

136 『検事の告発(Der Staatsanwalt hat das Wort)』一九六五年から九一年にかけて、東ドイツのDFF(ドイツテレビ放送)で製作されたテレビドラマシリーズ。

137 ロルフ・ホッペ Rolf Hoppe(一九三〇―二〇一八)エルリヒ(現チューリンゲン州)生まれのドイツの俳優。

138 リシー・テンペルホーフ Lissy Tempelhof(一九二九―二〇一七)ベルリン生まれのドイツの女優。

139 アンゲーリカ・ヴァラー Angelika Waller(一九四四―)ブランデンブルク州ベーアヴァルデ地区生まれのドイツの女優。

140 アレクサンドル・ルカシェンコ Alexander Lukaschenko(一九五四―)ベラルーシの大統領(一九九四―)。

二〇〇四年

141 【原註】カールフリードリヒ・クラウス Carlfriedrich Claus(一九三〇―九八)[アナベルク(エルツ山地)生まれのドイツの画家。]前衛芸術家、『シュプラーハブレッター』誌で世界的に有名。七〇年以降、ヴォルフ夫妻と親交がある。ゲルハルト・ヴォルフの出版社ヤーヌス・プレス(ベルリン)から多数の本が出版された(『過去と過去のはざまに――『シュプラーハブレッター』誌一九五九―九三年)(『Zwischen dem Einst und dem Einst. Sprachblätter 1959―1993)』(ベルリン、一九九三)、『アウロラ(Aurora)』(ベルリン、一九九五)――この本は拡大印刷されて、ドイツ連邦会議場で展示されている。)。

142 トーマス・シュパル Thomas Sparr(一九五六―)ハンブルク生まれのドイツのドイツ文学者。

143 クラウス・エック Klaus Eck(一九四九―)ドイツの出版者。八一年、ゴルトマン社の原稿審査長。後に、ベルテルスマン出版グループの経営責任者、そして、ランダムハウス出版グループの経営者になる。(出生地は不明。)

144 ルードルフ・アウクシュタイン Rudolf Augstein（一九二三―二〇〇二） ハノーファー生まれのドイツの出版者。長年『シュピーゲル』誌の編集長として活躍した。ドイツのジャーナリスト、ディーター・シュレーダー Dieter Schröder（一九三一―）の著作に『アウクシュタイン（Augstein）』（ミュンヘン、二〇〇四）がある。

145 ヘルベルト・ヴェーナー Herbert Wehner（一九〇六―九〇） ドレスデン生まれのドイツの政治家（KPD、戦後はSPD）。六六年から六九年まで西ドイツで全ドイツ問題相を務めた。

146 ザンパノ フェデリコ・フェリーニの映画『道』（一九五四）の登場人物。大道芸人ジェルソミーナの雇い主。

147 ヴィリー・ブラント Willy-Brandt（一九一三―九二） リューベック生まれのドイツの政治家（SPD）〈壁〉建設当時の西ベルリン市民。第四代連邦首相（六九―七四）。本名はヘルベルト・エルンスト・カール・フラーム Herbert Ernst Karl Frahm、〈ブラント〉は反ナチス亡命中のペンネームに由来する。

148 クラウス・ウーヴェ・ベネター Klaus Uwe Benneter（一九四七―） カールスルーエ生まれのドイツの政治家（SPD）。

149 フランツ・ミュンテフェリング Franz Müntefering（一九四〇―） ネーハイム（現ノルトライン＝ヴェストファーレン州アルンスベルク）生まれのドイツの政治家（SPD）。

150 ユルゲン・リュトガース Jürgen Rüttgers（一九五一―） ケルン生まれのドイツの政治家（CDU）。

151 〈C〉はヴォルフ家の家政婦か。

152 ホームート博士 Dr. Hohmuth に関しては、本文の情報以外、詳細不明。

153 オーギュスト・コルニュー Auguste Cornu（一八八八―一九八一） フランスの歴史家。

154 カール・マルクス Karl Marx（一八一八―八三） トリア生まれのドイツの経済学者・哲学者。

155 ピエール・ラドヴァーニ Pierre Radványi（一九二六―） ベルリン生まれのフランスの原子物理学者。アンナ・ゼーガースとラースロー・ラドヴァーニの長男。三三年、家族でフランスへ亡命。第二次大戦後、パリで心理学を学ぶ。フランス国立科学研究センター（CNRS）の名誉所長。本来はペーター Peter であったが、後にフランス式に改名した。

156 〈ドイツ書籍賞（Der Deutsche Bücherpreis）〉は、もともと二〇〇二年からライプツィヒ見本市の枠内で制定された文学賞であった。ところが、二〇〇四年に、ドイツ書籍出版取引協会がそれをフランクフルトに移す決定を下した。それを受けて、ライプツィヒ見本市は、ザクセン州とライプツィヒ市の支援のもと、二〇〇五年から新たな文学賞〈ライプツィヒ見本市賞〈Der Preis der Leipziger Buchmesse〉を制定することになった。

157 ケルテース・イムレ Kertész Imre（一九二九—二〇一六） ブダペスト生まれのハンガリーの作家。二〇〇二年にノーベル文学賞受賞。代表作は、自伝的小説『運命ではなく』（一九七五。邦訳は、岩崎悦子訳、国書刊行会刊）。

158 ワンドリー氏 Herr Wandley に関しては、本文中の情報以外、詳細不明。

159 〈わたしの堅信礼〉 ヴォルフは一九四三年三月七日に堅信礼を受けた。その時の家族写真が残されている（Christa Wolf. Eine Biographie in Bildern und Texten, hrsg. von Peter Böthig. München. 2004. S.18 参照）。

160 リヒャルト・ハイ Richard Hey（一九二六—二〇〇四） ボン生まれのドイツの作家。

161 トニー・ブレア Tony Blair（一九五三—） イギリスの政治家（労働党）。第七十三代首相（一九九七—二〇〇七）。

162 ライヒ博士 Dr. Reich に関しては、本文の情報以外、詳細不明。

163 ヴォルフガング・クレメント Wolfgang Clement（一九四〇—二〇二〇） ボーフム生まれのドイツの政治家（SPD）。連邦経済労働相（二〇〇二—〇五）。

164 フランソワーズ・サガン Françoise Sagan（一九三五—二〇〇四） フランスの作家。『悲しみよ、こんにちは』（一九五四）で世界的に知られるようになった。

165 ルードルフ・フェラー Rudolf Völler（一九六〇—） ハーナウ生まれのドイツのサッカー選手。愛称〈ルーディ Rudi〉。

166 トーマス・ブルスィヒ Thomas Brussig（一九六四—） 東ベルリン生まれのドイツの作家。『われらは英雄（Helden wie wir）』（一九九五）、『太陽通り（Am kürzeren Ende der Sonnenallee）』（二〇〇一。邦訳は、浅井晶子訳、三修社刊、二〇〇二）、『光り輝いて（Wie es leuchtet）』（二〇〇四）の他、サッカーをテーマにした独白がある。ブルスィヒは、『われらが英雄』の最終章〈救われたペニス（Der geheilte Pimmel）〉（クリスタ・ヴォルフの処女作『引き裂かれた空（Der geteilte Himmel）』の揶揄）で、一九八九年十一月四日の〈ベルリン五十万人デモ〉でのクリスタ・ヴォルフの発言（「革命的な運動は、すべて、言葉をも開放する」）を揶揄している。作者は、ここで、クリスタ・ヴォルフの発言をそのまま引用し、主人公に〈こんなときに言葉とはなんだ〉と思わせるとともに、発言者を見るために、彼を、群衆を押しのけて前へ進ませ、そして、主人公に、こんなときに〈言葉〉についてしゃべるなんてウンザリだ、と言わせている。なお、二〇一五年に、『ロシア映画に出ていない話（Das gibts in keinen Russenfilm）』が出版されている。

167 【原註】ゲーラルト・J・トラガイザー Gerald J. Trageiser（一九四二―） 九五年から〇四年までルフターハント社社長。［出生地は不明。］

168 『大都市警察（Großstadtrevier）』 一九八六年から放映されている第一テレビチャンネル（ＡＲＤ）の刑事ドラマ。

169 ドーミニク・グラーフ Dominik Graf（一九五二―） ミュンヘン生まれのドイツの映画・テレビ監督。『あなたの最良の年（Deine besten Jahre）』（一九九八）。

170 【原註】〈ブリギッテ・ライマンの役〉［ドイツの女優、］マルティーナ・ゲデック Martina Gedeck［（一九六一―）］は、［ドイツの作家、］ブリギッテ・ライマン Brigitte Reimann［（一九三三―七三）］の日記に基づくテレビ映画『生への渇望（Hunger auf Leben）』（監督は［スイスの映画監督、］マルクス・インボーデン Markus Imboden［（一九五五―）］）でライマンの役を演じている。

171 マイケル・ダグラス Michael Douglas（一九四四―） アメリカの俳優。カーク・ダグラス Kirk Douglas（一九一六―二〇二〇）の長男。ヒッチコックの『ダイヤルＭを廻せ』（一九五四）のリメイク版。

172 〈ハルツ第Ⅳ法〉 正確には〈労働市場における現代的サービスのための法（Gesetz für moderne Dienstleistungen am Arbeitsmarkt）〉と呼ばれるもので、第Ⅰ法から第Ⅳ法まである。第Ⅳ法は失業給付金を大幅にカットすることにより、失業保険に頼り働こうとしない失業者を減らすことを目的に導入された（二〇〇五年一月一日に発効）。一連の改革により失業率は減少したものの、社会格差が増大したとの批判もある。当時フォルクスワーゲン社の労務担当役員で、シュレーダー首相の顧問も務めていたペーター・ハルツ Peter Hartz（一九四一―）がこれらの改革を提唱したことから、一般に〈ハルツ改革〉、〈ハルツ法〉と呼ばれる。

173 エドガー・モスト Edgar Most（一九四〇―二〇一五） 現チューリンゲン州ティーフェンオルト生まれのドイツの銀行経営者。

174 ロータル・ビスキー Lothar Bisky（一九四一―二〇一三） ツォルブリュック（現ポーランド領）生まれのドイツの政治家（ＰＤＳ、後に左翼党）。最後のＰＤＳ党首（〇三―〇七）。

175 マティーアス・プラツェック Matthias Platzeck（一九五三―） ポツダム生まれのドイツの政治家（ＳＰＤ）。二〇〇二年から一三年までブランデンブルク州首相を務める。〇九年九月のブランデンブルク州議会選挙では、左翼党と連立し政権を維持した。

176　ヨルク・シェーンボーム Jörg Schönbohm（一九三七―二〇一九）　ノイ・ゴルム（現ブランデンブルク州）生まれのドイツの政治家（ＣＤＵ）。

177　ヘルムート・コール Helmut Kohl（一九三〇―二〇一七）　ルードヴィヒスハーフェン・アム・ライン（現ラインラント＝プファルツ州）生まれのドイツの政治家（ＣＤＵ）。第六代連邦首相（八二―九八）。統一時の西ドイツ首相で、統一後の初代首相。

178　ホルスト・ケーラー Horst Köhler（一九四三―）　ハイデンシュタイン（現ポーランド領スケルピエシュフ）生まれのドイツの政治家（ＣＤＵ）。第九代連邦大統領（二〇〇四―一〇）。

179　バルバラ・ホーニヒマン Barbara Honigmann（一九四九―）　ベルリン生まれのドイツの作家。

二〇〇五年

180　ロルフ・ホーホフート Rolf Hochhuth（一九三一―二〇二〇）　エシュヴェーゲ（現ヘッセン州）生まれのドイツの作家。ナチスによるユダヤ人大虐殺を黙認したといわれるローマ教皇ピウス十二世（一八七六―一九五八）をテーマにした戯曲『神の代理人（Der Stellvertreter）』（一九六三。邦訳は、森川俊夫訳、白水社刊、一九六四）がある。ドイツの過去の告発のきっかけとなった。当時ドイツのバチカン大使はフォン・ヴァイツゼッカー元大統領の父エルンストだった。元大統領の平和思想の背景にはその反省があると考えられる。なお、上記の邦訳では、ゲルシュタインは「中尉」となっているが、本書では「大隊指導者」とした。

181　コスタ＝ガヴラス Costa-Gavras（一九三三―）　ギリシャ出身のフランスの映画監督。ホーフフートの『神の代理人』を基にした映画は、原題 „AMEN."（二〇〇二。邦題は『ホロコースト――アドルフ・ヒトラーの洗礼』）。

182　クルト・ゲルシュタイン Kurt Gerstein（一九〇五―四五）　ミュンスター（現ノルトライン＝ヴェストファーレン州）生まれのナチス親衛隊の衛生研究所所員（中尉待遇）。『神の代理人』の主人公で、モデルは実在の人物であるという。彼は自分が知ったユダヤ人虐殺の事実を公表しそれに反対するように教皇に嘆願するが、ヴァチカンは自分の地位の安定のために、それを拒否する。なお、本文中に記載の、ゲルシュタインの最期の場面はホーホフートの原作にはなく、映画だけの演出である。原作ではその場から連れ去られているが、生死は不明。しかし、モデルのゲルシュタインは自殺しており、最近の情報では、彼が残した〈ゲルシュタイン報告〉は、自己弁護のために書かれたとも考えられている。

183 五〇年代に、西ドイツでは、郷土愛を唱った牧歌的な映画、いわゆる〈郷土映画（Heimatfilm）〉が人気を博した。代表作は、『緑の原野（Grün ist die Heide）』（五一）、ロミー・シュナイダー Romy Schneider（一九三八―八二）出演『白いリラが咲く頃（Wenn der weiße Flieder wieder blüht）』（五三）などがある。

184 ヴェルナー・ミッテンツヴァイ Werner Mittenzwei（一九二七―二〇一四） リムバッハ（現ザクセン州）生まれのドイツの文学者。『薄明――過去の時の意味を求めて――文化批評的自伝（Zwielicht. Auf der Suche nach dem Sinn einer vergangenen Zeit. Eine kulturkritische Autobiographie.）』（二〇〇四）。

185 『ゲヒルン・ウント・ガイスト（Gehirn und Geist）』誌 ドイツの、心理学・脳医学などに関する雑誌。

186 シュテファン・レーベルト Stephan Lebert（一九六一―） ドイツのジャーナリスト。（出生地は不明。）

187 ハンス＝ブルーノ・カンマーテーンス Hans-Bruno Kammertöns（一九五三―） ドイツのジャーナリスト。『ツァイト』紙を中心に活躍している。（出生地は不明。）

188 【原註】『われわれはこれからどうなるのか――一九三九年から四〇年にかけての抑留期間の日記（Was wird mit uns geschehen? Tagebücher der Internierung 1939 und 1940）』（クリスタ・ヴォルフによる前書き、ベルリン、二〇〇六）。
クルト・シュテルン Kurt Stern（一九〇七―八九）［ベルリン生まれのドイツの］作家。妻のジャンヌ・シュテルン Jeanne Stern（一九〇八―九八）とともに、スペインのフランコ将軍に対する人民戦線に参加、メキシコへ亡命、その後、四六年に、東ドイツへ移住。ヴォルフ夫妻と親交があった。［原註はジャンヌ・シュテルンの没年に誤記。］

189 ベルベル・ヘーン Bärbel Höhn（一九五二―） フレンスブルク生まれのドイツの政治家（九〇年同盟／緑の党）。

190 ヨシュカ・フィッシャー Joschka Fischer（一九四八―） ゲーラブロン（現バーデン＝ヴュルテンベルク州）生まれのドイツの政治家（九〇年同盟／緑の党）。

191 マリアンネ・ビルトラー Marianne Birthler（一九四八―） ベルリン生まれのドイツの政治家（九〇年同盟／緑の党）。二〇〇〇年から一一年にかけて、シュタージ記録文書を保管する〈ガウク調査委員会〉の委員長を務める。

192 アンゲラ・メルケル Angela Merkel（一九五四―） ハンブルク生まれのドイツの政治家（ＣＤＵ）。旧東ドイツの出身。シュレーダー首相の後を受け、二〇〇五年から第八代連邦首相。

193　ドイツ語では、名詞の性（男性・女性・中性）によって冠詞の形が変わる。Pflaster は中性名詞のため、主格を表す定冠詞は das。

194　〈Vさん〉（女性）に関しては、本文の情報以外、詳細不明。

195　リーディア Lidia に関しては、本文の情報以外、詳細不明。

196　ウラ・ベルケヴィッチ Ulla Berkéwicz（一九四八―）　ギーセン生まれのドイツの女優。後述のジークフリート・ウンゼルトの妻。

197　〈小さい魔女〉　ドイツの作家オトフリート・プロイスラー Otfried Preußler（一九二三―二〇一三）の童話に『小さい魔女（Die kleine Hexe）』（一九五七。邦訳は、大塚勇三訳、学研教育出版刊）がある。この童話は〈ヴァルプルギスの夜〉の伝承を基に創作されたもので、ドイツではよく知られている。

198　ジークフリート・ウンゼルト Siegfried Unseld（一九二四―二〇〇二）　ウルム生まれのドイツの出版者。ズールカンプ社の社長。死後、彼の業績を記念して、ウンゼルト財団が文学賞を主催。第一回は二〇〇四年に行われ、ペーター・ハントケが受賞した。

199　〈Gさん〉に関しては、本文中の情報以外、詳細不明。

200　〈作用物質PA〉　ホルモンの一種〈オキシトシン〉のことか。

201　〈ピラティス〉　ドイツの体操指導者ヨーゼフ・ピラーテス Joseph Pilates（一八八三―一九六七）によって考案された、〈ピラティス式体操（ピラティス・メソッド）〉のこと。

202　コンラート・ヴォルフ Konrad Wolf（一九二五―八二）　ヘヒンゲン（現バーデン＝ヴュルテンベルク州）生まれのドイツの映画監督。詳細は、前作『一年に一日』の〈一九六一年〉の原註参照。

203　【原註】二〇〇五年七月二十四日から十月九日まで、ケムニッツ美術館で、展示会『文字、記号、身ぶり――クレーからポラックまでのコンテキストのなかでのカールフリードリヒ・クラウス（Schrift, Zeichen, Geste. Carlfriedrich Claus im Kontext von Klee bis Pollock）』が開かれる。同名のカタログ（イングリート・メッシンガー Ingrid Mössinger、ブリギッタ・ミルデ Brigitta Milde 共編、ケルン、二〇〇五）に、クリスタ・ヴォルフの寄稿文『カールフリードリヒ・クラウスの思い出（An

Carlfriedrich Claus erinnern)』が所収（クリスタ・ヴォルフ『姿が見えるように話しなさい――エッセー・講演・対話（Rede, daß ich dich sehe. Essays, Reden, Gespräche)』（ベルリン、二〇一二、百三十一ページ以降）。

204　ゾーニャ・ヒルツィンガー Sonya Hilzinger（一九五五―）ルフターハント社の『クリスタ・ヴォルフ著作集』の編者。著書に、評伝『クリスタ・ヴォルフ（Christa Wolf)』（二〇〇七）がある。

205　〈カロリーネ・シュレーゲル賞〉二〇〇〇年に創設されたイェーナ市の文学賞。

206　シュー・シュテルン Sue Stern に関しては、本文中の記述以外、詳細不明。

207　ジャンヌ・シュテルン Jeanne Stern（一九〇八―一九九八）フランス生まれのドイツの作家・映画脚本家・ルポルタージュ作家。前作『一年に一日』の〈一九六五年〉の原註参照（なお、その原註では、シュテルンの没年は〈二〇〇〇年〉となっているが、正しくは上記訳註のとおりに〈一九九八年〉）。

208　〈ガザ地区撤退〉パレスチナ自治区。ガザを中心とする。一九九三年の〈オスロ合意〉に基づく中東和平の結果、現在はパレスチナ自治区に属し、その管轄下にある。イスラエルとパレスチナの抗争により空爆の対象にされることが多い。しばらくイスラエルに占拠されていたが、イスラエルは、二〇〇五年八月までに占領していた軍を撤退した。

209　【原註】クリストフ・シュテルツル Christoph Stölzl（一九四四―）［ヴェストハイム（現バイエルン州）生まれのドイツの］マスコミ評論家、ベルリン・ドイツ歴史博物館の前館長。二〇〇四年から〇五年にかけて、ミヒャエル・ノイマンに代わって、ベルリン＝ブランデンブルク放送の番組『宮殿にようこそ（Im Palais)』の司会を務める。［『国籍はドイツ、生活感情は東側――ドイツ統一から十五年（Staatsangehörigkeit: Deutsch! — Lebensgefühl: Ost? 15 Jahre detusche Einheit.)』は二〇〇五年九月二十七日放送の『宮殿にようこそ』のサブタイトル。］

210　イェンス・ビスキー Jens Bisky（一九六六―）ライプツィヒ生まれのドイツのジャーナリスト。

211　『グッバイ・レーニン！（Good bye, Lenin!)』二〇〇三年に公開された、統一直後の東ベルリンを舞台にしたドイツ映画。監督はヴォルフガング・ベッカー Wolfgang Becker（一九五四―）。

212　カトリーン・ザース Katrin Saß（一九五六―）シュヴェリーン生まれのドイツの女優。

213　マルティーナ・レリン Martina Rellin（一九六二―）ハンブルク生まれのドイツのジャーナリスト・作家。„Das Magazin" の編集長を務めた後、文筆家に転身。『私には恋人がいる（Ich habe einen Liebhaber.)』（二〇〇一）などの著書。

214 ロータル・デメジエール Lothar de Maiziére（一九四〇―）ノルトハウゼン（現チューリンゲン州）生まれのドイツの政治家（CDU）。最後の東ドイツ首相（九〇年四月十二日―十月三日）。

215 イアン・マキューアン Ian McEwan（一九四八―）イギリスの作家。『土曜日』（二〇〇五。邦訳は、小山太一訳、新潮社刊）。主人公は四十八歳の神経外科医ヘンリー・ペローン。

216 ジェームズ・ジョイス James Joyce（一八八二―一九四一）アイルランドの作家。代表作は、『若い芸術家の肖像』（一九一六。邦訳は、丸谷才一訳、新潮社刊、他）、『ユリシーズ』（一九二二。邦訳は、丸谷才一・永田玲二・高松雄一訳、集英社刊、他）、等々。

217 ヴァージニア・ウルフ Virginia Woolf（一八八二―一九四一）イギリスの作家。代表作は、『ダロウェー夫人』（一九二五。邦訳は、土屋政雄訳、光文社刊、他）、『灯台へ』（一九二七。邦訳は、御輿哲也訳、岩波書店刊、他）、等々。

二〇〇六年

218 ディートマル・ダート Dietmar Dath（一九七〇―）ラインフェルデン生まれのドイツの作家・ジャーナリスト・翻訳家。長編SF小説『ディラク』（二〇〇六）。

219 ウィリアム・エンプソン William Empson（一九〇六―八四）イギリスの作家・文芸批評家。

220 オペラ『どこにも居場所はない（Kein Ort. Nirgends）』クリスタ・ヴォルフの同名小説をもとにしたオペラ。二〇〇六年九月二十二日、ヘッセン州南西部の町エストリヒ＝ヴィンケルにある、古い穀物倉庫を再利用したイベントホール〈ブレンターノ・ハウス（Brentano-Scheune）〉で初演。監督アンナ・マルナート Anna Malunat、音楽アンノ・シュライアー Anno Schreier、台本クリスティアン・マルティーン・フックス Christian Martin Fuchs、舞台美術・衣装ヤニーナ・ヤンケ Janina Janke、指揮トーマス・ドルシュ Thomas Dorsch、演奏マインツ市立劇場アンサンブル。なお、グンダとベッティーネ、ザヴィニイとヴェーデキント、クライストとギュンデローデは小説の登場人物。

221 エーリヒ・ホネカー Erich Honecker（一九一二―一九九四）ノインキルヒェン（現ザールラント州）生まれのドイツの政治家（SED）。七一年、第一書記。七六年から国家評議会議長を兼任。八九年、民主化要求により退陣、亡命先のチリで死亡。（なお、一般的な表記は〈ホーネッカー〉だが、ここでは原音にしたがい〈ホネカー〉とした。）

222 ビーバー夫人 Frau Bieber に関しては、本文中の情報以外、詳細不明。

223 キルステン・ハルムス Kirsten Harms（一九五六―）ハンブルク生まれのドイツの舞台監督。二〇〇四年から二〇一一年まで〈ベルリン・ドイツオペラ〉の総監督を務めた。

224 ヴォルフガング・アマデーウス・モーツァルト Wolfgang Amadeus Mozart（一七五六―九一）ザルツブルク生まれのオーストリアの作曲家。『イドメネオ（Idomeneo）』（一七八一年）はカストラート（男性アルト）を主役に配したオペラ・セリア。

225 ハンス・ノイエンフェルス Hans Neuenfels（一九四一―）クレーフェルト（現ノルトライン＝ヴェストファーレン州）生まれのドイツの作家・映画監督。

226 二〇〇五年九月三〇日にデンマークの日刊紙ユランズ・ポステン Jyllands-Posten に掲載されたムハンマドの風刺漫画を巡り、イスラム諸国の政府および国民の間で非難の声が上がり外交問題に発展した。

227 二〇〇六年九月十二日、ローマ法王ベネディクト十六世はドイツのレーゲンスブルク大学で行った講義の中で、イスラム教の教えの一つであるジハードを批判する発言を行い、メディアから批判を受けた。法王は、十四世紀の東ローマ皇帝マヌエル二世（一三五〇―一四二五）の〈ムハンマドは、剣によって信仰を広めよと命じるなど、世界に悪と非人間性をもたらした〉という言葉を引用している。

228 エーアハルト・ケルティング Ehrhart Körting（一九四二―）ベルリン生まれのドイツの政治家（SPD）。二〇〇一年から二〇一一年までベルリン市内務大臣。

229 クラウス・ヴォーヴェライト Klaus Wowereit（一九五三―）西ベルリン生まれのドイツの政治家。ドイツ社会民主党（SPD）所属。ベルリン市前市長（〇一―〇四）。

230 ヴォルフガング・ショイブレ Wolfgang Schäuble（一九四二―）フライブルク・イム・ブライスガウ（現バーデン＝ヴュルテンベルク州）生まれのドイツの政治家（CDU）。九八年から二〇〇〇年までCDU党首。〇五年から〇九年までメルケル政権下で内務大臣、〇九年から財務大臣。

231 〈ランズ・エンド（Lands' End）〉アメリカ最大手のカジュアルウェア通販会社。

232 〈ロンゴ・マイ（Longo maï）〉 一九七三年に設立された協同組合で、自治を基盤として反資本主義を旗印に農場を営んでいる。五か国十か所に農場があり、二百人ほどが生活している。なお、〈ロンゴ・マイ〉はプロヴァンス語で〈長く続かんことを〉の意。

233 『顔を見せよ（Gesicht Zeigen!）』 二〇〇〇年にベルリンで、ウーヴェ＝カルステン・ハイエ Uwe-Karsten Heye（一九四〇―）らによって設立された反極右団体。

234 ベルント・ホンチク Bernd Hontschik（一九五二―） グラーツ生まれのオーストリアの外科医。妻のクラウディア Claudia Hontschik（一九五三―）とフランクフルト在住。

235 『煙突（Schornstein）』（二〇〇六） ヤン・ファクトーアはこの小説でアルフレート・デーブリーン賞を受賞した。

236 ジルヴィア・ボーヴェンシェン Silvia Bovenschen（一九四六―二〇一七） オーバーバイエルン生まれのドイツの文芸学者・作家。

237 ヴォルフガング・ケッペン Wolfgang Koeppen（一九〇六―九六） グライフスヴォルト（現メクレンブルク＝フォアポンメルン州）生まれのドイツの作家。代表作は、『ユーゲント（Jugend）』（一九七六。邦訳は、田尻三千夫訳、同学社刊）、等々。

238 ジークムント・フロイト Sigmund Freud（一八五六―一九三九） モラヴィア地方フライブルク（現チェコ領プシーボル）生まれのオーストリアの精神科医。精神分析の創始者。主著は、『夢判断（Die Traumdeutung）』（一九〇〇。邦訳は、新宮一成訳、『フロイト全集』第四巻及び第五巻所収『夢解釈』、岩波書店刊、他）、『精神分析入門（Verlesungen zur Einführung in die Psychoanalyse）』（一九一五―一七。邦訳は、新宮一成・高田珠樹・須藤訓任・道籏泰三訳、『フロイト全集』第十五巻所収『精神分析入門講義』、岩波書店刊）、等々。

239 フランツィスカ・アイヒシュテット＝ボーリヒ Franziska Eichstädt-Bohlig（一九四一―） ドレスデン生まれのドイツの政治家（緑の党）。

240 フランツ・ヨーゼフ・ユング Franz Josef Jung（一九四九―） エアバッハ・アム・ライン生まれのドイツの政治家（ＣＤＵ）。連邦国防大臣（二〇〇五―〇九）。連邦労働大臣（二〇〇九）。

241 ルイス・イナシオ・ルーラ・ダ・シルヴァ Luiz Inácio Lula da Silva（一九四五―） ブラジルの左翼政治家。第三十五代大統領（二〇〇三―一一）。

242 ウォーレス・ブロッカー Wallace Broecker（一九三一―） アメリカの地球化学者。コロンビア大学地球研究所教授。海洋中の二酸化炭素について研究し、気候変動のメカニズムを明らかにした。

243 オリバー・ストーン Oliver Stone（一九四六―） アメリカの映画監督。『世界貿易センター』（二〇〇六）。

244 〈ＮＰＤ〉 ドイツ国家民主党（Nationaldemokratische Partei Deutschlands）。

245 ヴァルダイアー博士 Dr. Waldeyer に関しては、本文の情報以外、詳細不明。

246 ペーター・ビクセル Peter Bichsel（一九三五―） ルツェルン生まれのスイスの作家。代表作は、『四季（Die Jahreszeiten）』（一九六七）、『子供のための物語集（Kindergeschichten）』（邦訳は、山下剛訳、『テーブルはテーブル』所収、未知谷刊）、等々。

247 ケルテース・イムレに関しては、〈二〇〇四年〉の訳註参照。自伝『ドシエ・Ｋ』（二〇〇六）。

248 〈小さな角（Hörnchen）〉 フランケン地方に産する古いイモの種類で、小さくて細長く、指のような形状をしていることからこの名がある。正式には Bamberger Hörnla や Bamberger Hörnchen（バンベルクの小さな角）などと呼ばれる。ポテトサラダに最適。

249 〈プレンツラウアー・ベルク〉 ベルリンの一地区。以前は一つの行政区だったが、現在はパンコー地区の一部。ＤＤＲ時代、ここに、ベルト・パーペンフース＝ゴーレク Bert Papenfuß-Gorek（一九五六―）やサーシャ・アンダーソン Sascha Anderson（一九五三―）など、後にシュタージのＩＭであると批判された反体制詩人が集まっていて、ヴォルフ夫妻は出版社『ヤーヌス・プレス』を立ち上げて、彼らを援助していた。本文中の〈彼の〉という表現はそのことを意味している。

250 ゲオルク・ロイヒライン Georg Reuchlein（一九五三―） ドイツの出版者。ルフターハント、ゴルトマン、btb 等、ランダムハウス傘下の九つの出版社を手がける。二〇〇三年にランダムハウスの経営陣に加わり、二〇一四年からは最高幹部。（出生地は不明。）

251 ウラ・ベルケヴィッチに関しては、〈二〇〇五年〉の訳註参照。

252 エルケ・エルプ Elke Erb（一九三八―） シェルバッハ（現ラインバッハ）生まれのドイツの詩人。前作『一年に一日』の〈一九七七年〉の原註参照。

253 イルゼ・アイヒンガー Ilse Aichinger（一九二一―二〇一六） ウィーン生まれのオーストリアの作家。代表作は、小説『より大きな希望（Die größere Hoffnung）』（一九四八。邦訳は、小林和貴子訳、東宣出版刊、他）、短編集『縛られた男（Der Gefesselte）』（一九五三。邦訳は、真道杉・田中まり訳、同学社刊）、『信じられない旅（Unglaubwürdige Reisen）』（二〇〇五）、等々。

254 ヴォルフガング・ティーフェンゼー Wolfgang Tiefensee（一九五五―） ゲーラ（現チューリンゲン州）生まれのドイツの政治家（ＳＰＤ）。ライプツィヒ市長、第一次メルケル内閣の連邦運輸・建設・住宅大臣を歴任（〇五―〇九）。

255 ジョージ・ウォーカー・ブッシュ George Walker Bush（一九四六―） アメリカの政治家（共和党）。第四十三代大統領（二〇〇一―〇九）。対アフガニスタン戦争・対イラク戦争を主導。

256 ウーレンクルーク（Ulenkrug） 前出〈ロンゴ・マイ〉の農場の一つ。メクレンブルク地方にある。

257 ピナ・バウシュ Pina Bausch（一九四〇―二〇〇九） ゾーリンゲン生まれのドイツのコンテンポラリー舞踏家・振付家・演出家。本名はフィリピーネ・バウシュ Philippine Bausch。七三年に、ヴッパータール舞踊団の芸術監督に就任。

258 マルギット Margit に関しては、本文の情報以外、詳細不明。

259 マリンカ Malinka に関しては、本文の情報以外、詳細不明。

260 【原註】〈ＤＡＲＥ〉〈民主主義と人権教育のためのヨーロッパネットワーク（Democracy and Human Rights Education in Europe / Europäisches Netzwerk für Demokratie und Menschenrechtsbildung）〉のこと。カトリーン・ヴォルフは、設立から三年間このネットワークのために尽力した。

261 ハネローレ Hannelore に関しては、本文の情報以外、詳細不明。

262 ハイケ Heike に関しては、本文の情報以外、詳細不明。

263 ヨアンナ・バレルコフスカ Joanna Barelkowska（一九六六―） ポズナニ生まれのポーランド人。九九年からＯＷＥＮの協力者。

264 ユッタ・ザイデル Jutta Seidel に関しては、本文の情報以外、詳細不明。

265 ウーテ・ゲーリッツァー Ute Gölitzer ＯＷＥＮ創設者の一人。（出生年と出生地は不明。）

266 ラヘル Rachel に関しては、本文の情報以外、詳細不明。

267 ヘルガ・パリース Helga Paris（一九三八―） ゴルノー（現ポーランド領）生まれのドイツのフォトグラファー。とくに、東ドイツの日常を写した写真で知られる。

268 ラリー Ralli に関しては、本文の情報以外、詳細不明。

269 マリーナ Marina に関しては、本文の情報以外、詳細不明。

270 ジョージ・スタイナー George Steiner（一九二九―二〇二〇） パリ生まれのアメリカの作家・哲学者・文芸批評家。代表作は、『言語と沈黙』（一九六七。邦訳は、由良君美訳、せりか書房刊）、『脱領域の知性』（一九七二。邦訳は、由良君美訳、河出書房新社刊）、『なぜ思考は悲しみをもたらすのか（Warum Denken traurig macht）』（独訳二〇〇六。オリジナルは仏語二〇〇五）、等々。

271 フリードリヒ・ヴィルヘルム・ヨーゼフ・フォン・シェリング Friedrich Wilhelm Joseph von Schelling（一七七五―一八五四） レーオンベルク（現バーデン＝ヴュルテンベルク州）生まれのドイツの哲学者。『人間的自由の本質（Philosophische Untersuchungen über das Wesen der menschlichen Freiheit）』（一八〇九。邦訳は、西谷啓治訳、岩波書店刊、他）。

二〇〇七年

272 『ツヴィリング氏とツッカーマン夫人（Herr Zwilling und Frau Zuckermann）』 フォルカー・ケップ Volker Koepp 監督（一九四四―）が九九年に制作したドキュメンタリー映画。

273 〈チェルノヴィッツ Czernowitz〉 ウクライナ西部の町。かつてはユダヤ文化の中心地のひとつであった。なお、ウクライナ語では〈チェルニウツィー〉。

274 パウル・ツェラン Paul Celan（一九二〇―七〇） チェルノヴィッツ出身のドイツ系ユダヤ人の詩人。邦訳は、『パウル・ツェラン詩文集』（飯吉光夫訳、白水社刊）、等々。

275 リッツィ・ドローン Lizzie Doron（一九五三―） イスラエルの女流作家。『なぜあなたは戦争の前に来なかったのか』（一九九八。独訳は、Warum bist du nicht vor dem Krieg gekommen?）、『美しきものの始まり』（二〇〇七。独訳は、Der Anfang von etwas Schönem）。母親のヘレーナ Helena に関しては、本文中の記述以外、詳細不明。

276 ホルガー・グンプレヒト Holger Gumprecht（一九六二―） ドイツの作家・ジャーナリスト。『ヤシの木の下の〈新しきワイマル〉（„New Weimar" unter Palmen)』（一九九八）はアメリカに亡命したドイツ人作家についての本。（出生地は不明。）

277 〈ビルマ〉は〈ミャンマー〉の旧名だが、原文に従った。なお、軍事政権による改称のため、欧米メディアでは〈ビルマ〉の使用例が多い。

278 〈青舌病〉 ウシ・ヒツジなどの反芻動物に感染するウイルス性の病気。別名、ブルータング病。

279 ジョディ・フォスター Jodie Foster（一九六二―） アメリカ合衆国の女優。『ブレイブ・ワン』（独語版『あなたの中の異邦人（Die Fremde in dir)』）は、二〇〇七年のサスペンス映画。

280 オットー・ナーゲル Otto Nagel（一八九四―一九六七） ベルリン生まれのドイツの画家。一九五六年から六二年まで東ドイツ芸術アカデミーの総長。

281 ユーリア・フランク Julia Franck（一九七〇―） 東ベルリン生まれのドイツの作家。『真昼の女』Die Mittagsfrau（二〇〇七。邦訳は、浅井晶子訳、河出書房新社刊）はドイツ書籍賞を受賞した小説。

282 ペーター・メルゼブルガー Peter Merseburger（一九二八―） ツァイツ（現ザクセン＝アンハルト州）生まれのドイツのジャーナリスト・作家。アウクシュタイン伝は、シュピーゲル誌の創始者として有名なジャーナリスト・出版者のルードルフ・アウクシュタイン Rudolf Augstein（一九二三―二〇〇二）を扱ったもの。

283 ハラルト・シュミット Harald Schmidt（一九五七―） ドイツの俳優・コラムニスト・エンターテイナー・作家・司会者。

284 二〇〇七年五月三日、ポルトガルで三歳の女児マデリン・マクカーンが行方不明になった事件。スペイン人観光客が八月三十一日にモロッコ北部で撮影した写真に彼女らしき女児が写っていたが、その後別人だったことが確認された。

285 ブランシュ・コメレル Blanche Kommerell（一九五〇―） ハレ・アン・デア・ザール生まれのドイツの女優。

286 〈ヴァルブッシュ（Walbusch Walter Busch GmbH & Co. KG)〉 ドイツのファッション企業。

287 〈ゲシュネッツェルテス（Geschnetzeltes)〉 細切りの仔牛肉とマッシュルームをクリームソースで煮込んだ料理。

288 ヴォルフガング・ショイブレに関しては、〈二〇〇六年〉の訳註参照。

289 ハンヨ・ケスティング Hanjo Kesting（一九四三―） ヴッパータール生まれのドイツの編集者。『ハンス・マイアーとの邂逅――評論と対話（Begegnungen mit Hans Mayer. Aufsätze und Gespräche)』。ハンス・マイアー Hans Mayer（一九〇七―二〇〇一）ケルン生まれのドイツの文学者。クリスタ・ヴォルフは、五一年から五三年まで、ライプツィヒ大学でマイアーからドイツ文学を学ぶ。

290 ハンス・マイアーに関しては、〈二〇〇七年〉の訳註参照。

291 シュテファン・ハイム Stefan Heym（一九一三―二〇〇一）ケムニッツ生まれのドイツの作家。英語とドイツ語の著作がある。アメリカ亡命を経て、東ドイツに移住。六五年、第十一回SED中央委員会総会でホネカーから批判を受ける。代表作は、英語による小説『人質たち』（一九四二）、ドイツ語による小説『六月の五日間（fünf Tage im Juni）』（一九七四）、等々。

292 クリストフ・ハイン Christoph Hein（一九四四―）ハインツエンドルフ（現ポーランド領）生まれのドイツの作家。代表作は、『竜の血をあびて（Drachenblut）』（一九八二。邦訳は、藤本淳雄訳、『新しいドイツの文学』第五巻所収、同学社刊）、等々。

293 グートマン夫妻 Therese und Peter Gutman〈グートマン〉は〈善き人〉ペテロを思わせる名前である。

294 【原註】コルネリウス・シュナウバー Cornelius Schnauber（一九三九―［二〇一四］）ドレスデン近郊の町フライタール生まれの独文学者。カリフォルニア大学ロサンゼルス校のドイツ文学教授。著作は『移民の街ハリウッドの散歩（Spaziergänge durch das Hollywood der Emigranten）』（チューリヒ、一九九二）、等々。

295 〈ジョーカーズ社（Jokers）〉ドイツの書籍カタログ通販会社。

296 〈オイロトップス社（Eurotops）〉ドイツのカタログ通販会社。

297 〈トルクヴァート社（Torquato）〉ドイツの日常雑貨・インテリアの販売会社。カタログ通販も行っている。

298 【原註】ヌーリア・ケベード Nuria Quevedo（一九三八―）カタルーニャ州［バルセロナ］出身の画家・グラフィックデザイナー。一九五二年に両親とともにベルリンへ亡命。一九九七年からは一年のうち数か月はカタルーニャのサン・フェリウ・デ・ギショルスで過ごしている。八〇年代に『カッサンドラ』のエッチングがきっかけとなって彼女とクリスタ・ヴォルフとの親密な親交がはじまった。

299 アンドレ・ゴルツ André Gorz（一九二三―二〇〇七）オーストリア生まれのフランスの社会哲学者。〈D〉は妻ドリーヌ Dorine の頭文字。

300 ユーレク・ベッカー Jurek Becker（一九三七—九七） ロッチュ（現ポーランド領）生まれのドイツの作家。三九年、彼は両親とともにロッチュのゲットーに移送され、後に、両親と別れ、強制収容所に入れられる。代表作は、『ほらふきヤーコプ（Jakob der Lügner）』（一九六九。邦訳は、山根宏訳、同学社刊）、等々。

301 〈INR値〉〈プロトロンビン時間 国際標準比（prothrombin time — international normalized ratio）〉のこと。肝障害などの検査にも用いられる。

302 〈バッテンフォール社（Vattenfall）〉 スウェーデンの大手電力会社。邦訳は一般的表記に倣った。

303 〈リヒトブリック社（Lichtblick）〉 ハンブルクに本社を置くドイツの電力会社。

304 エドムント・シュトイバー Edmund Stoiber（一九四一—） オーバーアウドルフ（現バウエルン州）生まれのドイツの政治家（CSU）。一九九三年から二〇〇七年までバイエルン州首相。

305 マンフレート・カンター Manfred Kanther（一九三九—） シュヴィトニッツ（シレジア地方）生まれのドイツの政治家（CDU）。一九九三年から九八年まで内務大臣。二〇〇〇年にヘッセン州キリスト教民主同盟の不正資金疑惑の責任を取り、議員辞職。

306 ゲルハルト・ハウプトマン Gerhart Hauptmann（一八六二—一九四六） バート・ザルツブルン（現ポーランド領シュツァブノ＝ズドルイ）生まれのドイツの作家。一九一二年にノーベル文学賞受賞。代表作は、自然主義的戯曲『日の出前（Vor Sonnenaufgang）』（一八八九。邦訳は、久保栄訳、『久保栄全集』第九巻所収、三一書房刊、他）、新ロマン主義的・象徴主義的戯曲『沈鐘（Die versunkene Glocke）』（一八九六。邦訳は、阿部六郎訳、岩波書店刊、他）、等々。

307 カールフリードリヒ・クラウスに関しては、〈二〇〇四年〉の原註参照。

308 ユルゲン・ローラント Jürgen Roland（一九二五—二〇〇七） ハンブルク生まれのドイツの映画監督。

309 〈アルテ arte〉 ドイツ語とフランス語で放送される、独仏共同出資のテレビ局。

310 ミケランジェロ・アントニオーニ Michelangelo Antonioni（一九一二—二〇〇七） イタリアの映画監督。『砂丘（Zabriskie Point）』は、一九七〇年製作の、アントニオーニによる初のアメリカ映画。

二〇〇八年

311　〈リンパドレナージュ〉　リンパマッサージの一種。マッサージオイルを使用せずに、リンパの流れを阻害する要因を取り除きながらリンパ還流を改善する療法。

312　ノーラ Nora　クリスタ・ヴォルフの孫。巻末〈ヴォルフ家の家族構成〉参照。

313　二〇〇八年九月十五日にアメリカの投資銀行リーマン・ブラザーズが破綻し、連鎖的に世界的規模で金融危機が発生した。いわゆる〈リーマン・ショック〉のこと。

314　二〇〇八年十一月二十六日、インドのムンバイでホテルや駅など複数の場所が銃撃・爆破され、多数の人質が殺害された。イスラム過激派によるテロ事件とみられている。なお、〈ボンベイ〉は〈ムンバイ〉の旧名だが、原文に従った。

315　『言葉の鉱脈（Der Worte Adernetz）』　二〇〇六年にズールカンプ社から刊行された。クリスタ・ヴォルフのエッセイ・講演集。

316　ウーヴェ・テルカンプ Uwe Tellkamp（一九六八―）　ドレスデン生まれのドイツの医者・作家。長編小説『塔（Der Turm）』（二〇〇八）でドイツ書籍賞を受賞。

317　エリーザベト・シュタインハーゲン＝ティーセン Elisabeth Steinhagen-Thiessen（一九四六―）　フレンスブルク（現シュレースヴィヒ＝ホルシュタイン州）生まれのドイツの老年病科医。ベルリン医科大学〈シャリテー〉教授。

二〇〇九年

318　ヴァルター・マルコフ Walter Markov（一九〇九―九三）　グラーツ生まれのドイツの歴史学者。四九年からライプツィヒ大学で教鞭をとる。五一年にSEDから除名。研究テーマはフランス革命と革命後の歴史。

319　エルンスト・ブロッホ Ernst Bloch（一八八五―一九七七）　ルートヴィヒスハーフェン・アム・ライン（現ラインラント＝プファルツ州）生まれのドイツの哲学者。代表作は『ユートピアの精神（Geist der Utopie）』（一九一八。邦訳は、好村冨士彦訳、白水社刊）、『希望の原理（Das Prinzip Hoffnung）』（一九五九。邦訳は、山下肇、保坂一夫他訳、白水社刊）。

320　ローベルト・ヴィルヘルム・シュルツ Robert Wilhelm Schulz（一九一四―二〇〇〇）　ベッツィンゲン（現バーデン＝ヴュ

ルテンベルク州）生まれのドイツの哲学者。史的・弁証法的唯物論を専門とするライプツィヒ大学教授。

321 〈スティルノックス（Stilnox）〉 睡眠導入剤に用いられる化合物ゾルピデム（Zolpidem）に同じ。〈スティルノックス〉はヨーロッパでの呼称。

322 『あなたの町に挑戦（Allein gegen alle）』 ＡＲＤラジオ放送のクイズ番組（一九六三—七七）。

323 ヴォルフガング・ティールゼ Wolfgang Thierse（一九四三—） ブレスラウ（現ポーランド領）生まれのドイツの政治家（ＳＰＤ）。九八年から〇五年まで連邦議会議長を務める。

324 イーリス・ベルベン Iris Berben（一九五〇—） デトモルト（ノルトライン＝ヴェストファーレン州）生まれのドイツの女優。『その日は来る（Es kommt der Tag）』はドイツ赤軍のテロを背景に母娘の葛藤を描いたズザンネ・シュナイダー Susanne Schneider 監督のドイツ映画（二〇〇九）。

325 『デア・モーナト（Der Monat）』 一九四八年、メルヴィン・ラスキー Melvin Lasky によって創刊された、政治と文化のための月刊誌。寄稿者にはアドルノ、ハンナ・アーレント、ハインリヒ・ベル、マックス・フリッシュなどがいる。

326 アーサー・ケストラー Arthur Koestler（一九〇五—八三） ブダペスト出身のユダヤ人のジャーナリスト・小説家・哲学者。代表作は、スターリン体制の非人道性を描いた『真昼の暗黒』（一九四〇。邦訳は、中島賢二訳、岩波書店刊）。前出の『デア・モーナト』誌の寄稿者でもある。

327 マタイの福音書第五章三十七節。〈あなたがたは、『然り、然り』『否、否』と言いなさい。それ以上のことは、悪い者から出るのである〉（『新共同訳聖書』（一九八七））。

328 【原註】〈ホンツァの本〉 ヤン・ファクトーアの小説『過去をめぐるゲオルクの心配——聖陰嚢ボンボン・プラハ帝国にて（Georgs Sorgen um Vergangenheit oder Im Reich des heiligen Hodensack-Bimbams von Prag）』（二〇一〇）。

329 ザイデルに関しては、〈二〇〇六年〉の訳註参照。

330 リリー Lily クリスタ・ヴォルフの『天使たちの街』にしばしば〈L〉という頭文字だけで出てくる女性。主人公がロサンゼルスで発見し惹かれる手紙の筆者で、後にルート Ruth という友人によって、それがベルリン生まれの亡命心理分析家リリーであることが明かされる（同小説二百九十七ページ参照）。彼女自身はユダヤ人ではなかったが、ユダヤ系の同僚がナチスに弾圧されてアメリカへ亡命し、そこで心理分析を発展させるのを見て、ナチス・ドイツでは分析研究は不可能だと判断し、恋人のユダヤ人哲学者にも亡命を勧め、自らもアメリカへ逃れた。ゲルトはこの恋人をベンヤミンだと思っているが、同小説ではこの人物はその後アメリカで生きていると書かれており、ゲルトの推測は誤解であると思われる。

331 ヴァルター・ベンヤミン Walter Benjamin（一八九二―一九四〇） ベルリン生まれのドイツの文芸批評家・思想家。代表作は、『ドイツ悲劇の根源（Ursprung des deutschen Trauerspiels）』（一九二八。邦訳は、浅井健二郎訳、筑摩書房刊、他）、等々。

332 エツォルト博士 Frau Dr. Etzold に関しては、本文の情報以外、詳細不明。

333 ヘルマン・カント Hermann Kant（一九二六―二〇一六） ハンブルク生まれのドイツの作家。七八年から統一直前の九〇年三月まで、アンナ・ゼーガースの後任で、東ドイツ作家同盟会長を務める。代表作は、小説『講堂（Die Aula）』（一九六五）。邦訳は、『どこからどこへ（Kommen und Gehen）』（一九七五。辻善夫訳、『現代ドイツ短編集』所収、三修社刊）。

334 ペール・シュタインブリュック Peer Steinbrück（一九四七―） ハンブルク出身のドイツの政治家（ＳＰＤ）。二〇〇二年から〇五年までノルトライン＝ヴェストファーレン州首相、〇五年から〇九年までメルケル内閣の財務相を務めた。

335 〈いったいどうする（was tun?）〉 ソ連作家ニコライ・ガヴリロヴィチ・チェルヌイシェフスキー Nikolai Gawrilowitsch Tschernyschewski（一八二八―八九）の小説『何をなすべきか（独訳は Was tun?）』（一八六三）を意識した言い方と思われる。彼はマルクスやレーニンに高く評価された小説家であり、この小説は、女性主人公の理想主義とそれを体現する禁欲的革命家ラフメートフの形象によってナロードニキを始めとする若者に多大な影響を与え、東ドイツでも社会主義文学のモデルとして広く読まれた。

336 『もう一人のロット（Der doppelte Lott）』 ＡＲＤのサスペンスドラマシリーズ『犯罪現場（Tatort）』の一編。二〇〇五年に初放送。

337 アンネ・ヴィル Anne Will（一九六六―） ケルン生まれのテレビジャーナリスト。二〇〇七年からＡＲＤの日曜政治トーク番組『アンネ・ヴィル』の司会を務める。

338 ゲルハルト・バウム Gerhart Baum（一九三二―） ドレスデン生まれのドイツの政治家（ＦＤＰ）。ＦＤＰのリベラル左派を代表する人物。

339 リータ・ズュースムート Rita Süssmuth（一九三七―） ヴッパータール生まれのドイツの政治家（ＣＤＵ）。八八年から九八年までドイツ連邦議会議長を務めた。

340 エーゴン・バールに関しては、〈二〇〇一年〉の訳註参照。

341 オリバー・サックス Oliver Sacks（一九三三―二〇一五） イギリスの神経学者。ヴォルフがこの時に読んでいた本は、おそらく『音楽嗜好症（Musicophilia）』（二〇〇七。独訳は二〇〇八）。

342 〈ああ、死よ、静けさよ、早くわたしのもとへ〉 後期ロマン派を代表するドイツの作家ヨーゼフ・フォン・アイヒェンドルフ Joseph von Eichendorff（一七八八―一八五七）の詩 „In einem kühlen Grunde" の一節。

343 〈わたしの手を取りなさい〉 讃美歌 „So nimm denn meine Hände" の一節。

344 カイ・バード Kai Bird（一九五一―） アメリカの作家・コラムニスト。マーティン・J・シャーウィンとの共著『オッペンハイマー伝』（二〇〇五。独訳は二〇〇九）により二〇〇六年度のピューリッツァー賞を受賞。

345 ジュリアス・ロバート・オッペンハイマー Julius Robert Oppenheimer（一九〇四―六七） アメリカの物理学者。ロスアラモス国立研究所の所長として原子爆弾の開発に主導的役割を果たした。

346 マーティン・J・シャーウィン Martin J. Sherwin（一九三七―） アメリカの歴史学者。

〈バルドリアン（Baldrian）〉 安眠用のサプリメントで、鎮静作用のある西洋カノコソウの根を成分としている。

二〇一〇年

347 デニス・シェック Denis Scheck（一九六四―） シュトゥットガルト生まれのドイツの文芸批評家・翻訳家・テレビジャーナリスト。二〇〇三年からARDで放送されている書籍解説番組『新刊ニュース』の司会者として知られている。

348 ティーロ・ザラツィン Thilo Sarrazin（一九四五―） ゲーラ（現チューリンゲン州）生まれのドイツの政治家（SPD）。二〇一〇年九月三〇日までドイツ連邦銀行の理事会メンバー。移民受け入れに肯定的なSPD所属だが、移民に対する強硬な発言で知られる。

349 クリスティアン・ヴルフ Christian Wulff（一九五九―） オスナブリュック（ニーダーザクセン州）生まれのドイツ連邦共和国の政治家（CDU）。第十代連邦大統領（二〇一〇―一二）。

350　マルクス・ヴォルフ Markus Wolf（一九二三―二〇〇六）　ヘヒインゲン（現バーデン＝ヴュルテンベルク州）生まれの東ドイツの政治家。五二年から八六年まで国家保安省（シュタージ）の対外諜報部門の長を務めた。本編中の小説は『秘密戦争のチーフスパイ（Spionagechef im geheimen Krieg）』（ドイツ語版は一九九七）。熊谷徹『顔のない男――東ドイツ最強スパイの栄光と挫折』（新潮社刊）参照。

351　オットー・ヨーン Otto John（一九〇九―九七）　マールブルク出身のドイツの法律家。連邦憲法擁護庁初代長官（一九五〇―五四）。ソ連国家保安委員会（ＫＧＢ）のスパイ。

352　ヴァルター・ウルブリヒト Walter Ulbricht（一八九三―一九七三）　ライプツィヒ生まれのドイツの政治家。五〇年、ＳＥＤ書記長。六〇年から七一年まで同家評議会議長を兼任。

353　ニキータ・フルシチョフ Nikita Chruschtschow（一八九四―一九七一）　ソ連の政治家。五三年スターリン没後第一書記になり、スターリン批判を行い、五八年から首相を兼任し、米ソ冷戦の緩和に努める。六四年失脚。

354　エーリヒ・ミールケ Erich Mielke（一九〇七―二〇〇〇）　ベルリン生まれのドイツの政治家（ＳＥＤ）。五七年から八九年にかけて、秘密警察・諜報機関を管轄する国家保安大臣を務めた。

355　ティル Till に関しては、本文の情報以外、詳細不明。

356　レーア Lea に関しては、本文の情報以外、詳細不明。

357　クロード・ランズマン Claude Lanzmann（一九二五―二〇一八）　フランスの映画監督。ホロコーストを扱ったドキュメンタリー『ショア（Shoah）』（一九八五）でよく知られる。

358　シェーネフェルダー・クロイツ（Schöneefelder Kreuz）　シェーネフェルト近郊にある高速道路ジャンクション。高速一〇号線（ベルリン環状線）、一三号線（ベルリン―ドレスデン線）、一一三号線（空港線）が交差している。

359　〈タヘレス（Tacheles）〉　ベルリン・ミッテ地区にあった芸術総合施設。もともとはデパートであったが、第二次大戦中に破壊され、廃墟となっていた。一九八九年のベルリンの壁崩壊後に東西の若手アーティストたちが不法に占拠し、そこで芸術活動を始めるようになり、観光スポットともなったが、二〇一二年九月四日に閉鎖された。

360　ベルベル・ボーライ Bärbel Bohley（一九四五―二〇一〇）　ベルリン生まれのドイツの公民権運動家。八九年、壁崩壊のときに市民権運動〈新フォーラム〉の主導者で、オピニオンリーダーの一人だった。統一後は政治から離れた。二〇一一年に、死後、遺された彼女の日記が『イギリス日記一九八八年（Englisches Tagebuch 1988）』として出版された。

361 〈正義（Gerechtigkeit）〉と〈右傾国家（Rechtsstaat）〉は、ともに形容詞 recht（「正当な」「右の」の意）と関連した語であることから生まれた冗談。

362 アルノー・ヴィートマン Arno Widmann（一九四六―）フランクフルト・アム・マイン生まれのドイツのジャーナリスト・作家。

363 ポール・クルーグマン Paul Krugman（一九五三―）アメリカの経済学者。

364 バラク・オバマ Barack Obama（一九六一―）アメリカの政治家（民主党）。第四十四代大統領（二〇〇九―十七）。

365 ジグマール・ガブリエル Sigmar Gabriel（一九五九―）ゴスラー（ニーダーザクセン州）生まれのドイツの政治家（SPD）。二〇〇九年から党首。連邦副首相（二〇一三―一八）、外務大臣（二〇一七―一八）を務める。

366 〈クリュンメル（Krümmel）〉シュレースヴィヒ＝ホルシュタイン州にある原子力発電所（稼働期間一九八四―二〇一一）。

367 〈ビーブリスB（Biblis B）〉ヘッセン州にある原子力発電所（稼働期間一九七六―二〇一一）。

368 〈ハライとハネ（Schleifen und Haken）〉原文ではドイツ語の筆記体の運筆に関わる用語が用いられているが、本書ではそれを日本人に馴染みの深い表現に直して訳出した。

369 〈シェル＝青少年研究（Shell-Jugend-Studie）〉大手石油会社シェルにより、青少年の考え方、価値観、社会的行動等を研究する目的で創設された研究誌。

370 ヴォルフガング・ティールゼに関しては、〈二〇〇九年〉の訳註参照。

371 『ピーターと狼』セルゲイ・プロコフィエフ作曲による子供のための作品で、ナレーターと小編成オーケストラのために書かれている。ティールゼはナレーションを担当した。ちなみに〈ペーターとヴォルフガング・ティールゼ（Peter und Wolfgang Thierse）〉という見出しは、『ピーターと狼』のドイツ語〈Peter und Wolf〉をもじったもの。

372 〈カタルーニャ〉スペイン北東部の一地方。他に、〈カタロニア〉、〈カタルニア〉とも。

373 クリスタ・ヴォルフ生誕八十年記念論集『自分をさらす――発言する（Sich aussetzen. Das Wort ergreifen）』（二〇〇九）には多くの作家が寄稿した。例えば、エーゴン・バール、フォルカー・ブラウン、ギュンター・グラス、クリストフ・ハイン、アードルフ・ムシュク、等々。

374　マルタ・ペサロドーナ Marta Pessarrodona（一九四一―）　バルセロナ生まれのスペインの作家。

375　アントニ・ガウディ Antoni Gaudí（一八五二―一九二六）　カタルーニャ出身のスペインの建築家。

376　ゲルハルト・ベグリヒ Gerhard Begrich（一九四六―）　ハルバーシュタット近郊デースドルフ（現ザクセン＝アンハルト州）出身のドイツの牧師。『美は眺めるためにある――神学と詩（Schönheit gilt es zu schauen. Theologie und Poesie）』（二〇一〇）。

377　ペーター・ハントケ Peter Handke（一九四二―）　グリフェン（フェルカーマルクト郡）出身のオーストリアの作家。『至福の日とは何か――冬の日の夢（Versuch über den geglückten Tag. Ein Wintertagtraum）』（一九九一）はエッセイシリーズ五作中の三作目。代表作は、『不安：ペナルティキックを受けるゴールキーパーの…（Die Angst des Tormanns beim Elfmeter）』（一九七〇。邦訳は、羽白幸雄訳、三修社刊）、『左ききの女（Die linkshändige Frau）』（一九七六。邦訳は、池田香代子訳、同学社刊）、等々。

378　〈冬の日や馬上に凍る影法師〉　芭蕉の『笈の小文』からの引用。ドイツ語は次のとおり。„Wintertag: Auf dem Pferd gefriert der Schatten.“

379　この箇所は大使の言葉なので、西側の見方が反映された〈再統一（Wiedervereinigung）〉という語が用いられている。それに対して、ヴォルフは、一貫して〈統一（Vereinigung）〉という語を使用している。

380　『特別捜査班５１１３（SOKO 5113）』　第二テレビ（ＺＤＦ）で放映されている、ミュンヘンを舞台とする刑事ドラマシリーズ。二〇一五年からタイトルが『ミュンヘン特別捜査班（SOKO München）』に変更された。

381　『大都市警察』に関しては、〈二〇〇四年〉の訳註参照。

382　『ひと夏の秘密（Ein geheimnisvoller Sommer）』　二〇〇九年に放映された、ヨハネス・グリーザー Johannes Grieser 監督によるサスペンス映画。

383　ズザンネ・フォン・ボルジョディ Suzanne von Borsody（一九五七―）　ミュンヘン生まれのドイツの女優。

二〇一一年

384 クラウス・ヴォーヴェライトに関しては、〈二〇〇六年〉の訳註参照。

385 エステラ・カント Estela Canto（一九一五―九四）アルゼンチンの作家・翻訳家。一九四四年以来、ボルヘスと親交がある。

386 ホルヘ・ルイス・ボルヘス Jorge Luis Borges（一八九九―一九八六）アルゼンチンの作家。代表作は、『伝奇集』（一九四四。邦訳は、鼓直訳、岩波書店刊、他）、『砂の本』（一九七五。邦訳は、篠田一士訳、集英社刊）、等々。

387 【原註】エステラ・カントの『逆光の中のボルヘス（Borges im Gegenlicht）』。クリスティアン・ハンゼン Christian Hansen［（一九六二―）］による、スペイン語からの独訳（ミュンヘン、一九九八）。

388 エレン Ellen は Ellen Jannings のことか。〈二〇〇三年〉の原註参照。

クリスタ・ヴォルフ主要年譜——日記の背景を中心にして——

西暦（年齢）	社会的事項	年譜事項
一九二九（〇）	十月二十五日　世界大恐慌始まる（暗黒の木曜日）。 トーマス・マン、ノーベル文学賞受賞。	三月十八日　ドイツ東方部の町ランツベルク（現ポーランド領ゴジュフ・ヴィエルコポルスキ）に生まれる（『幼年期の構図』参照）。
一九三〇（一）	九月十四日　総選挙、ナチ党第二党に。	
一九三二（三）	四月十日　大統領選挙、ヒンデンブルク再選。	
一九三三（四）	一月三十日　ヒトラー首相任命。 二月一日　国会解散。 二月二十七日　国会議事堂放火事件。 五月十日　反対派およびユダヤ人の著作、焚書に。 九月一日　ニュルンベルクでナチ党大会、リーフェンシュタールにより記録（映画『〈意志の勝利〉』）。	
一九三四（五）	ヒンデンブルク大統領死去、ヒトラー、大統領職を兼ね〈総統兼首相〉に。	
一九三五（六）	七月二十五日　コミンテルン第七回世界大会、〈反ファシズム人民戦線戦術〉を提唱。 九月十日　ニュルンベルク諸法公布、ユダヤ人の公民権剥奪。	

	カール・フォン・オシエツキー、ノーベル平和賞受賞。	
一九三六（七）	八月　ベルリン・オリンピック。 十一月二十五日　日独防共協定締結。	
一九三七（八）	七月十八日　ミュンヘンで〈退廃芸術展〉。 九月　『ダス・ヴォルト』誌を中心に〈表現主義論争〉始まる。	
一九三八（九）	三月十二日　オーストリアの〈合邦（アンシュルス）〉。 九月二十八～三十日　ミュンヘン会談。 十一月九日　〈水晶の夜〉。	
一九三九（十）	九月一日　ドイツ軍のポーランド侵攻により、第二次大戦勃発。 九月三日　英仏がドイツに宣戦布告。 九月二十八日　ドイツ・ソ連国境友好条約調印。	
一九四〇（十一）	四月九日　デンマーク進駐とノルウェー侵入。 五月十日　ドイツ軍、西部戦線で大攻勢。 六月二十二日　フランス降伏。 九月二十七日　日・独・伊の三国同盟成立。	
一九四一（十二）	六月二十二日　ドイツ軍、ソ連に侵入。 九月十九日　ユダヤ人に〈ダビデの星〉の着用義務付け。	
一九四二（十三）	一月十日　ユダヤ人問題の最終解決をめぐるヴァンゼー会議。	
一九四三（十四）	二月十八日　〈白バラ〉逮捕される。	三月七日　堅信礼を受ける。

年	出来事	事項
一九四四（十五）	四月十三日　カチンの森事件。 六月六日　ノルマンディ上陸作戦。 八月一日　ワルシャワ蜂起（十月二日鎮圧）。 八月二十五日　連合軍パリ入城。	
一九四五（十六）	一月二十七日　アウシュヴィッツ強制収容所解放。 二月十三～十四日　ドレスデン空襲。 五月八日　ドイツ、無条件降伏。 六月五日　ベルリン分割占領始まる。 七月十七日　ポツダム会談。 九月三日　ソ連占領区で土地改革開始。 十一月二十日　ニュルンベルク裁判。	ドイツの敗退とともにメクレンブルクへ移住。
一九四六（十七）	十月一日　ニュルンベルク裁判判決。	
一九四七（十八）	六月五日　マーシャル・プラン発表。 四七年グループ結成。 トーマス・マン『ファウスト博士』出版。 ヴォルフガング・ボルヒェルト『戸口の外で』出版。	
一九四八（十九）	六月二十四日　ベルリン封鎖。	
一九四九（二十）	四月四日　北大西洋条約機構（NATO）成立。 五月八日　西独議会評議会、基本法可決。 五月十九日　ソ連占領区、人民評議会、東独憲法を承認。 九月十五日　西独、アデナウアー初代首相に。 十月一日　東独、ドイツ民主共和国憲法発布。グローテヴォール初代首相に。	大学入学資格取得。 SEDに入党。 イェーナとライプツィヒで独文学を学び、ハンス・マイアーのもとで卒論（『ハンス・ファラダの作品におけるリアリズムの問題』）を書く（～五三）。

一九五〇（二十一）	ハリンリヒ・ベル『汽車は遅れなかった』出版。 五月九日　シューマン・プラン発表。 六月二十五日　朝鮮戦争始まる。 西独、〈経済の奇跡〉始まる。	作家ゲルハルト・ヴォルフと結婚。
一九五一（二十二）	四月十八日　ヨーロッパ石炭鉄鋼共同体の創設に関する条約（シューマン・プラン）調印。 十一月一日　東独人民議会、第一次経済五ヵ年計画法可決。	
一九五二（二十三）	三月十日　ソ連、ドイツ統一に関して歩み寄り（〈スターリン・ノート〉）。成果なし。	長女アネッテ誕生。
一九五三（二十四）	三月五日　スターリン死去。 六月十七日　東ベルリンでの民衆蜂起が各地に波及、ソ連軍介入。 七月二十四～二十六日　ウルブリヒト第一書記選出。	この頃から五九年にかけて、作家同盟で働くかたわら、機関紙『新ドイツ文学』の編集にたずさわる（五八～）。また、評論活動も行う（『クリスタ・Tの追想』参照）。
一九五四（二十五）	一月七日　東独、文化省設置。	
一九五五（二十六）	九月九日　アデナウアー、訪ソ。ソ連・西ドイツ国交樹立。〈二つのドイツ〉の固定化。 九月二十二日　西独、〈ハルシュタイン原則〉を発表。	東ドイツ作家同盟理事となる（～七六）。最初のソ連旅行（『モスクワ物語』参照）。
一九五六（二十七）	二月十七日～二十四日　第二十回ソ連共産党大会で、スターリン批判開始。 十月二十三日　ハンガリーで人民蜂起、ソ連軍が出動。	次女カトリーン誕生。 （『クリスタ・Tの追想』参照。）
一九五七（二十八）	三月二十五日　ローマ条約締結。	

年	事項	作者
一九五八（二十九）	四月十二日　西独、核物理学者らの連邦軍の核武装に反論〈ゲッティンゲン宣言〉。 七月十～十六日　東独、SED第五回党大会。ウルブリヒト、スターリン批判の改革派を追放。	
一九五九年（三十）	四月二十九日　第一回ビターフェルト会議（文化解放政策）。 十一月十五日　西独社会民主党、バート・ゴーデスベルク綱領採択。 ギュンター・グラス『ブリキの太鼓』出版。 ウーヴェ・ヨーンゾン『ヤーコプについての推測』出版。 エルンスト・ブロッホ『希望の原理』出版。	ハレに移住して車体工場で働くかたわら、労働者作家の活動に協力（～六二）。
一九六〇（三十一）	二月十日　東独、国家防衛評議会を設置（議長ウルブリヒト）。	この頃から、たびたび西ドイツへ赴く。
一九六一（三十二）	四月十一日　アイヒマン裁判。 八月十三日　ベルリンの壁。 東独からの移住者、四九年以降この年まで平均で年間約二十万人に達する。その中に、ウーヴェ・ヨーンゾン（五九年）やエルンスト・ブロッホ（六一年）らがいる。	（『引き裂かれた空』参照。） 処女作『モスクワ物語』を執筆、本格的な作家活動へ。 ハレ市芸術賞受賞。
一九六二（三十三）	十月十八日　キューバ危機。 十月二十六日　西独、シュピーゲル事件。	ベルリンへ移住。
一九六三（三十四）	十月十五日　西独、アデナウアー首相辞任。エアハルト内閣成立（十月十六日）。 ハンス・マイアー、西側へ移住。	小説『引き裂かれた空』出版。 ハインリヒ・マン賞受賞。 中央委員会候補となる（～六九）。

年	事項	作者
一九六四（三十五）	九月二十一日、東独首相グローテヴォール、在任中に死去。後任にヴィリー・シュトフ（第一期政権）。	コンラート・ヴォルフ監督の映画『引き裂かれた空』の脚本執筆。 東ドイツ国民賞（三等）受賞。
一九六五（三十六）	二月八日　米、ベトナム北爆を開始。 五月十二日　西独、イスラエルと国交樹立。 十二月十五日　第十一回SED中央委員会総会。西側文化の侵略に対する対決が始まる。文学の主観主義批判。	初めて公的に東ドイツの政策を批判。
一九六六（三十七）	ヘルマン・カント『講堂』出版。 十二月一日　西独、エアハルト首相辞任。キージンガー大連立政権成立。 ネリー・ザックス、ノーベル文学賞受賞。	クルト・バルテル監督の映画『シュメッターリング嬢』の脚本執筆。
一九六七（三十八）	左翼学生運動の急進化。	小説『六月の午後』出版。
一九六八（三十九）	四月十一～十七日　西独、学生運動の高まり。 四月十一日　ドゥチュケ暗殺未遂。 八月二十日　東独軍、ワルシャワ条約機構軍として〈プラハの春〉に介入。	小説『クリスタ・Tの追想』出版。 ヨアヒム・クーネルト監督の映画『死者はいつまでも若い』（原作アンナ・ゼーガース）の脚本執筆。
一九六九（四十）	十月二十二日　西独、ブラント連立政権発足。 十月二十八日　ブラント首相所信表明演説、戦後最大の改革実施を宣言。〈二つの国家、一つの民族〉を提唱。	スウェーデンへ朗読旅行。
一九七〇（四十一）	三月十九日　ブラント、シュトーフ両独首相、カッセルで会談。 八月十二日　西独、ソ連とモスクワ条約調印。武力不行使協定調印。	

年	事項	作家
一九七一（四十二）	十二月七日　西独、ポーランドと国交樹立（ワルシャワ条約の調印）。 十二月十七日　東独、ウルブリヒト、〈社会主義的ドイツ国民国家〉の発展を声明。 五月三日　東独、ウルブリヒト党書記長辞任、後任にホネカー選出。 ブラント西独首相、ノーベル平和賞受賞。	
一九七二（四十三）	八～九月　ミュンヘン・オリンピック。 九月五～六日　ミュンヘン・オリンピック村でアラブ過激派のテロ事件。 ハインリヒ・ベル、ノーベル文学賞受賞。	評論集『書くことと読むこと』出版。 フォンターネ賞受賞。ラーベ賞受賞（辞退）。
一九七三（四十四）	六月七～十一日　ブラント、西独首相として初めてイスラエルを訪問。 九月十八日　東西両ドイツ、国連に同時加盟。 十月十七日　石油ショック始まる。 十二月十一日　西独、チェコスロヴァキアと国交樹立。	ゲルハルト・ヴォルフとともに、映画のための小説『ティル・オイレンシュピーゲル』を出版（七五年に映画完成）。
一九七四（四十五）	五月二日　両独、ボン・東ベルリンの常設代表部の業務開始。 五月六日　西独、秘書のスパイ事件でブラント辞任。シュミット連立政権誕生。 九月　東ドイツ憲法改正。〈ドイツ民族〉の語句を削除。	短編集『ウンター・デン・リンデン通り』出版。 米オハイオ州オーバリン大学で教鞭をとる。
一九七五（四十六）	七月三十日　ヘルシンキ宣言。ヨーロッパの現状固定化。シュミット、ホネカー両独首相会談。	スイスへ朗読旅行。『幼年期の構図』の原稿朗読と、その後の討論。

年	社会	ヴォルフ
一九七六（四十七）	十月二十九日　ホネカー、国家評議会議長就任。 十一月十六日、東独、反体制派歌手、ヴォルフ・ビーアマンを西側に追放。 この年から八九年までに、ビーアマンの他、多くの東独作家が西側へ移住（例えば、ユーレク・ベッカー、トーマス・ブラッシュ、ザーラ・キルシュ、ギュンター・クーネルト、ライナー・クンツェ、エーリヒ・レースト、クラウス・シュレージンガー、等々）。	小説『幼年期の構図』出版。 ビーアマンの市民権剥奪に対して、ハイナー・ミュラーやシュテファン・ハイムらと公開書簡を発表し、処分撤回を要求。
一九七七（四十八）	四月二十八日　西独、ドイツ赤軍派三人終身刑。 西独、ドイツ赤軍派のテロ事件頻発。 ルードルフ・バーロ『社会主義の新たな展望』出版。	
一九七八（四十九）	十二月十七日　ＯＰＥＣ、原油価格の引き上げを発表、第二次石油ショック始まる。	ブレーメン市文学賞受賞。
一九七九（五十）	一月二十二～二十九日　西独、米のテレビ映画〈ホロコースト〉を放映。 十月七日　西独、緑の党、ブレーメン州議会進出。 六月九日、シュテファン・ハイムら九名が作家同盟から除名。 十二月十二日ＮＡＴＯ、ヨーロッパ中距離核兵器問題で二重決議。 十二月二十八日　ソ連、アフガニスタンに侵攻。	小説『どこにも居場所はない』出版。 評論集『つづけられる試み』出版。 『ある夢の影』（カロリーネ・フォン・ギュンデローデ作品集）編集。 除名処分に反対。 小説『残るものは何か？』第一稿執筆。
一九八〇（五十一）	十月十三日　東独、ホネカー、西独に対する〈遮断政策〉演説。	ゲオルク・ビューヒナー賞受賞。 ギリシャへ旅行（『カッサンドラ』参照）。 ザーラ・キルシュ、イルムトラウト・モルグ

一九八一（五十二）	十月十日　中距離核兵器問題に関連してボンで五十万人の平和デモ。 十二月十一〜十三日　西独シュミット首相、東独ホネカー国家評議会議長と会談。	ナーとともに、短編集『性転換』を出版。 ベルリンで平和運動に参加。 小説『ある牡猫の新しい人生観』出版。
一九八二（五十三）	二月十四日　ドレスデン・聖十字架教会における平和会議。 十月一日　西独、不信任案可決、シュミット退陣、コール政権成立。	フランクフルト大学で連続講義。 ハーグ会議に参加。 フランスへ朗読旅行。
一九八三（五十四）	三月六日　西独で連邦議会選挙、緑の党、連邦議会に進出。 六月二十九日　西独、東独に十億マルクの信用供与を決定。 九月　大韓航空機撃墜事件。	小説『カッサンドラ』出版。 シラー記念賞受賞。オハイオ州立大学の名誉教授になる。アメリカと西ドイツへ朗読旅行。 『小説『カッサンドラ』の諸前提——フランクフルト詩学講義』出版。
一九八四（五十五）	五月二十三日　西独、リヒャルト・フォン・ヴァイツゼッカー、連邦大統領に選出。 七月二十五日　西独、東独に九億五千万マルクの信用供与。	オーストリアとイタリアへ朗読旅行。 フランツ・ナーブル賞受賞（グラーツ）。
一九八五（五十六）	ゴルバチョフ登場。〈ペレストロイカ〉と〈グラスノスチ〉政策はじまる。 五月八日　ヴァイツゼッカー、終戦四十周年記念演説〈荒れ野の四十年〉。	ロマン主義論集『憧憬は制約なきものへ至る』出版。 オーストリア国より、ヨーロッパ文学賞を授与。ハンブルク大学の名誉教授に。
一九八六（五十七）	四月十七〜二十一日　東独、SED最後の党大会（第十一回）。 四月二十六日　チェルノブイリ原発事故。	評論集『作家の立場』出版。 ハンブルクの自由芸術アカデミーの会員に。 ギリシャとスペインへ旅行。

一九八七（五十八）	七月十一日『ツァイト』紙に掲載されたハーバーマスの文章をきっかけに〈歴史家論争〉始まる。 九月七〜十一日　ホネカー議長、東独国家元首として西独を初の公式訪問。	小説『チェルノブイリ原発事故』出版。ワイン文学賞受賞。ショル兄妹賞受賞。東ドイツ国民賞（一等）受賞。 『講演集』出版。
一九八八（五十九）	一月十七日　カール・リープクネヒトとローザ・ルクセンブルク記念日に、反体制派が〈思想の自由〉主張。 二月二十五日　東独駐留ソ連軍、中距離弾道弾の撤去開始。 九月一日　西独国内に配置されたパーシング２型ミサイルの撤去開始。	
一九八九（六十）	五月七日　地方選挙で不正疑惑。 五月二十三日　ヴァイツゼッカー大統領再選。 六月四日　天安門事件が起き、東ドイツ政府は中国政府の武力介入を支持。 六月　ソ連ゴルバチョフ書記長、西独訪問。 七月　東独市民、ハンガリー経由で西独脱出開始。 八月十九日　ハンガリー、オーストリア国境開放。 九月二十二日　東独、新フォーラム発足。 九月〜十月　駐プラハ西ドイツ大使館に逃げ込んだ東ドイツ市民を、東ドイツ経由の列車で西ドイツへ追放。ドレスデン駅前で暴動。 十月二日　ライプツィヒで過去最大規模のデモ。	小説『夏の日の出来事』出版。 『短編全集』出版。 党（ＳＥＤ）を脱退。 九月十四日　作家同盟のベルリン支部集会で国民的対話の提案に参加。

年	事項	活動
	十月七日　東独建国四〇周年記念行事。ソ連共産党書記長ゴルバチョフ東独訪問し改革の必要を警告。	『ヴォッヘン・ポスト』紙に『自分の中から奴隷を押し出せ』と題して執筆。
	十月九日　ライプツィヒで大規模な民主化・自由化要求デモ（七万人参加）。	デモの不当弾圧に公開抗議。
	十月十八日　ホネカー首相が解任され、後任にクレンツがつく。	
	十一月四日　東ベルリンで五十万人デモ。	デモで『転換の言葉』と題して演説。
	十一月八日　中央委員会の全政治局員更迭。	テレビで祖国残留を訴える。
	十一月九日　ベルリンの壁が解放される。東独国民の国外移動自由化。	『残るものは何か?』改稿はじめる。
	十一月十七日　東独、モドロウが首相に選出。	ヴォッヘン・ポスト紙に『知ることは心痛むことである』と題して執筆。
	十二月三日　中央委員会と政治局、総辞職。	作家同盟で演説し、一九七九年の除名処分を批判。
	十二月七日　東独、SEDほか各勢力からなる円卓会議発足。	
	十二月九日　ギジ、SED党首に選出。	
	十二月十九日　ドレスデンで東西両ドイツの首脳会談が開催され、デモ隊が〈われわれは一つの民族だ〉と統一を要求。	
一九九〇（六十一）	一月十五日　ライプツィヒ（十五万人）など東独各地で統一要求デモ。	『暫定的な演説』で、これからの東ドイツ文学の立場を表明。
	二月十日　ゴルバチョフとコールのモスクワ会談。ゴルバチョフ、コールにドイツ統一に反対しない旨を言明。	東ドイツ特別作家会議で『ハイネ、検閲、そしてわれわれ』と題する演説を行い、東ドイツの体制派作家を批判し、若手との連帯を主張。
	三月十八日　東独人民議会初の自由選挙、保守派	時事発言集『対話の中で』出版。

年	ドイツの出来事	クリスタ・ヴォルフ
	が大勝。デメジエールCDU党首は、シュタージへの協力疑惑を弁明。 四月十二日　東独CDUなどによるデメジエール大連立内閣発足。 七月一日　両独、西ドイツマルクへの通貨統合。東独国有企業の民営化のための信託庁発足。 八月三十一日　ドイツ統一条約調印。 十月三日　ドイツ統一（国名はドイツ連邦共和国）。 十一月十四日　ドイツ・ポーランド国境画定条約締結。 十二月　統一後初の総選挙でコール連立与党圧勝。	『順応か自立か』（一九八九年秋のクリスタ・ヴォルフへの人々の手紙）出版。 小説『残るものは何か?』出版。六月初めから、この作品がヴォルフのアリバイ工作であるとする新聞雑誌の書評が相次いで発表される。これに対して、イェンスやグラスをはじめ多くの作家が、ヴォルフ擁護もしくはジャーナリズム批判の論考を書く。またヴォルフ自身も、これら一連の動きを〈魔女狩り〉として反論。ハンス・マイアーが〈ヴォルフやミュラーらの東ドイツ文学こそ、今日、文学賞に値する〉と述べ、ヴォルフ批判論争に決着をつける。
一九九一（六十二）	一月十二日　全ドイツで二十万人規模の湾岸戦争反対デモ。 四月　ローヴェター信託公社総裁が暗殺。 六月　統一ドイツの首都はベルリンに決定。 十二月　ドイツがスロヴェニア、クロアチア両共和国の独立を承認。 十二月二十六日　ゴルバチョフが大統領辞任（ソ連邦解体）。	湾岸戦争批判。 『残るものは何か?』をめぐる論集『問題はクリスタ・ヴォルフではない』出版。 『皆伐』（一九六五年SED中央委員会第十一回総会の発言録）出版。 『独・独文学論争』で、さらに『残るものは何か?』が論じられる。
一九九二（六十三）	二月六日　ドイツ・ハンガリー友好条約。 二月七日　マーストリヒト条約（欧州連合条約）調印。 二月十日　旧シュタージ長官ミールケに対する裁	

	判開始。 八月　ロストクの難民収容所が襲撃される。 十月八日　ヴィリー・ブラント死去。 十一月十二日　ホネカーら旧ＳＥＤ指導者への裁判始まる。 十一月二十三日　メルンでトルコ人住宅の焼き討ち事件。	九月　米カリフォルニア州サンタモニカに滞在（～九三年六月）。
一九九三（六十四）	一月一日　ＥＣ（欧州共同体）の市場統合。 一月十三日ホネカー裁判中止。チリに出国。 五月　ゾーリンゲンでトルコ人住宅の焼き討ち事件が発生。難民流入規制の基本法が改正される。	ハイナー・ミュラーとともに、かつてシュタージの非公式協力者だったことを認める。 『記録文書閲覧』（シュタージ記録およびそれへの批判・反批判）出版。
一九九四（六十五）	七月　ヘルツォーク連邦大統領就任。 八月三十一日　旧東独駐留ロシア軍撤退。 十月　総選挙で連立与党が辛勝。	評論集『タブーへの道』出版。
一九九五（六十六）	一月二十七日　アウシュヴィッツ強制収容所解放五十周年記念式典。 六月二十六～二十七日　ＥＵ首脳会談、九九年一月一日から欧州統一通貨導入を決定。	散文詩『日記に書かれないこと』出版。 ブリギッテ・ライマンとの往復書簡『さようなら、お元気で』出版。
一九九六（六十七）	九月四日　〈ゴールドハーゲン論争〉始まる。	小説『メデイア』出版。
一九九七（六十八）	八月二十五日　クレンツ、シャボウスキー等、旧東ドイツ政治局員に対して実刑判決。	
一九九八（六十九）	九月二十七日　ＳＰＤ・緑の党によるシュレーダー政権誕生。 十月十一日　マルティーン・ヴァルザー、ドイツ書籍賞平和賞受賞、受賞講演でのユダヤ人迫害を	

年	事項	作品・生涯
一九九九（七十）	めぐる発言が問題に（ヴァルザー＝ブービス論争）。 一月　ドイツマルク廃止、欧州単一通貨ユーロの導入。 三月二十四日　NATO軍、コソヴォ危機に介入、空爆を開始。 六月九日　ユーゴスラヴィア大統領ミロシェヴィッチ、NATOの降伏勧告を受諾、ユーゴ軍、コソヴォより撤退開始。コソヴォ平和軍進駐。 六月二十五日　ベルリンのホロコースト記念碑建設が決定。 ギュンター・グラス、ノーベル文学賞受賞。	ゾーニャ・ヒルツィンガー編『クリスタ・ヴォルフ著作集』全十二巻（ルフターハント社刊）出版。 短編小説・評論集『この地で、別な場所で』出版。 エリーザベト・ランゲッサー文学賞受賞。ネリー・ザックス賞受賞。
二〇〇〇（七十一）	六月十一日　デッサウで極右の暴力によるモザンビーク人男性殺害、各地で同様の暴力事件が続発。	
二〇〇一（七十二）	三月二日　コール、献金者の名前を明かさないまま罰金と引き換えに不正献金疑惑での追訴を免れることが決定。 六月十六日　CDU・SPDの大連立政権への不信任案可決、SPD・緑の党の連立政権誕生。 九月九日　ベルリン・ユダヤ博物館開館。 九月十一日　アメリカ同時多発テロ。	ハンブルク自由芸術アカデミーメダル授与。
二〇〇二（七十三）	一月　ユーロ紙幣・硬貨流通開始。 九月二十二日　連邦議会選挙、与党辛勝（SPD・緑の党）、シュレーダー連立政権続投。	小説『身体はどこに?』出版。 ドイツ書籍賞受賞。

二〇〇三（七十四）	十二月十七日　ハルツ委員会答申に基づき、議会両院は、月給四百ユーロ以下の雇用者は非課税とし、社会保険の負担を免除することで合意。 一～四月　国連安保理で独仏、米のイラク政策に反対姿勢。 三月二十日　イラク戦争勃発。	『一年に一日――わたしの九月二十七日』出版。
二〇〇四（七十五）	三月二十九日　東欧諸国のNATO加盟決定。 五月一日　東欧など十か国がEUに加盟。	
二〇〇五（七十六）	一月一日　ハルツ委員会答申に基づく労働市場改革法の第四部〈ハルツⅣ〉発効。社会扶助と失業手当を一体化し、五十歳以上の長期失業者への給付を増額。 十月三十日　ドレスデン聖母教会の再建完成。 十一月二十二日　アンゲラ・メルケル、女性初の連邦首相に就任（CDU・CSU・SPD大連立政権）。	ヘルマン・ジンスハイマー賞受賞。
二〇〇六（七十七）	八月十一日　グラス、第二次大戦中にナチ武装親衛隊に所属していたことを告白。	
二〇〇七（七十八）	三月七日　ドイツ司教会議議長レーマン枢機卿、イスラエルのパレスチナ政策をナチ時代と結びつけて批判、その後批判謝罪。 EU加盟国二十七か国に。	
二〇〇八（七十九）	三月　SPDの支持率最低の二二％。 九月　米投資銀行リーマン・ブラザース破綻、世界的金融危機の引き金に。	

二〇〇九（八十）	九月　メルケル第二次内閣発足（CDU・CSU・FDP連立政権）。 十二月　リスボン条約発効。 ヘルタ・ミュラー、ノーベル文学賞受賞。	クリスタ・ヴォルフ生誕八十年記念論集『自分をさらす――発言する』出版。
二〇一〇（八十一）	六月　クリスティアン・ヴルフ、連邦大統領就任。	小説『天使たちの街』出版。 トーマス・マン賞受賞。ウーヴェ・ヨーンゾン賞受賞。
二〇一一（八十二）	三月十一日　東日本大震災、福島第一原発事故。 九月　ローマ教皇ベネディクト十六世、ドイツ訪問。教皇として初めて連邦議会で演説。	十二月一日　ベルリンで死去。 十二月十三日　ベルリン・ミッテ地区ドロテーン市立霊園に埋葬。

あとがき

ここに訳出したのは、二〇一三年に同学社から翻訳出版した、ドイツの作家故クリスタ・ヴォルフ（Christa Wolf 1929.03.18―2011.12.01）の作品『一年に一日――わたしの九月二十七日』の続編（„Ein Tag im Jahr im neuen Jahrhundert. 2001―2011", Suhrkamp 2013）である。原作のタイトルは正確には『新世紀の一年に一日――二〇〇一〜二〇一一年』であるが、訳出にあたっては、内容に配慮して『続・一年に一日』としておいた。

本書の成立については作者クリスタ・ヴォルフの「まえがき」と本書を編集発行した夫のゲルハルトの説明に明らかである。

一九六〇年モスクワの新聞『イズヴェスチャ』は、三五年のゴーリキーの提案を現代に生き返らそうと考え、世界の作家に、その年のある一日、九月二十七日、の出来事をできるだけ精確に記述してほしいと呼びかけた。三十代になったばかりのクリスタ・ヴォルフはそのアイディアに深く感銘し、彼女の九月二十七日を書くことにした。『イズヴェスチャ』の企画は一年で終わったが、クリスタ・ヴォルフは、その後も、毎年九月二十七日の出来事とそれに対する想いを書きつづけ、二〇〇三年に、四十一年間の記録として本にしたのである。

それを読み始めたわれわれは、やがて翻訳を決意し、出版するに至ったわけであるが、そのときには、続編が出されるとは全く思っていなかった。本書二〇〇三年冒頭に記されている逡巡が本音だとすると、おそらく、作者自身も続編出版は考えていなかったのではないだろうか。「わたしの九月二十七日」と題した「まえがき」に書かれているように、クリスタ・ヴォルフが『一年に一日』の出版を決意した背後には、ドイツ統一後に芽生えた、自分の記録を時代の証言として残したいという強い気持ちが働いていた。その意図は二十世紀の記録で十分につくされていると言っていい。現に、二〇〇〇年九月二十七日の記事は短めであり、しかも、最後の文は、結末にふさわしく「灯りを消す」という言葉で結ばれている。当時の書評子たちも、批評に当たって、死を前にしたゲーテの最後の言葉「もっと光りを！」を引き合いに出して、この結語に、クリスタ・ヴォルフの東ドイツにおける政治的文学活動終焉の象徴的表現を読み取っていた。

夫ゲルハルトの説明によれば、しかし、クリスタ・ヴォルフはその後も、自己理解のために忠実な記録を残す作業をつづけていた。そして、彼女の死後、その原稿が一冊にまとめられ出版されたわけである。われわれが、続編の出版を知ったのは、長年の労苦から解放されホッとしているときで、正直なところショックだった。しかし、逡巡はできなかった。クリスタ・ヴォルフの文学は戦後ドイツ文学の貴重なドキュメントである。だとすれば、その翻訳を不完全なままで残すわけにはいかない。われわれは、そう考えて、あらためて訳出の作業に取りかかった。

本書の中心テーマは統一後の東ドイツ系文学者や文化人の苦悩と苦闘である。例えば、二〇一〇年の記事では彼女の八十歳記念論集『自分をさらす――発言する』について触れられているが、長年の友人のフォルカー・ブラウンがそこに寄せた彼女への祝辞で書いているように、ドイツ統一後、多くの東ドイツ知識人が西側から自己批判を迫られ、沈黙し後退していく中にあって、クリスタ・ヴォルフは、毅然として批判と非難に耐え、勇気を持って必要な発言を続けた。彼女は、真に、東ドイツ文学の中心的存在であった。そして、そうした彼女の存在があったればこそ、また、東の若手作家は、彼女を肯定的媒介あるいは否定的媒介にして自分の文学を切り開くことができたのである。小説『われらは英雄』（一九九五）で一九八九年のベルリン大集会でのクリスタ・ヴォルフの演説を揶揄し有名になったトーマス・ブルスィヒも、そうした若手作家の一人であった。クリスタ・ヴォルフは、本書二〇〇四年の記事で、『われらは英雄』で揶揄されたのは不愉快で、彼の小説は読む気にはならなかったとしながらも、ブルスィヒは、社会主義や連帯といった東ドイツの伝統的テーマに違和を感ずる若い世代の作家であり、彼女に対するネガティヴな表現は、彼の、ヴォルフ世代に対する逆説的な敬意表明であると受け止めているのである。

本書は、ドイツ統一から世紀転換期にかけてのドイツ文学に関する貴重な文献資料である。

本書が、二十世紀の記録をまとめた前訳書をお読みいただいた方々の眼にとまるか、あるいは、本書をお読み下さった方々がさらに二十世紀の記録にも手を伸ばしてくださるならば、訳者としては望外の幸せである。

翻訳は「前書」に増して困難だった。本書は日記であるが、二十世紀の部分よりもメモ性や主観性が強く、そこに記された出来事、会話、人名、引用、そしてそれらに関する彼女の感想や考察を理解して日本語に移すには、文学や哲学、歴史、政治、経済を包括する、深く広く、しかも新時代に即応した判断力が必要とされた。当然ながら、われわれ訳者の知識と理解ではその要求を満たすことは難しく、諸々の辞事典やインターネット情報の助けを借りたが、それでも意味を把握しえたと断言できない部分が残らざるをえなかった。あるいは、さまざまな箇所に、不完全な訳や誤訳が残されているのではないかと恐れるところである。ご叱責、ご指摘をお願いしたい。

なお、本書には、生前著者が完全には推敲できなかった、二〇〇八年と二〇一一年の手書き原稿がファクシミリで掲載されているが、本訳書では省略した。

前書の「あとがき」にも書いたが、いま翻訳文学は冬の季節にある。それにもかかわらず連帯心からわれわれの願いを受け容れ本書の出版に同意してくれた同学社の近藤孝夫社長、そしてコロナ禍の中で遅れがちな作業を忍耐強く待ち、支えてくれた社員の方々に心から感謝の意を表したい。これらの方々の支援と協力なしには本書の出版は難しかっただろう。

二〇二一年初春

訳者代表　保坂　一夫

索　引

凡　例

◇　本文と註釈の中の人名を列挙する。
　ただし，巻末の〈ヴォルフ家の家族構成〉に含まれる人物，イニシャルのみの人物，註釈中の邦訳者の名前は省略する。

　また，書名に含まれる人名とフィクションの人名は原則的に省略するが，ただし，クリスタ・ヴォルフの小説の登場人物は例外とする。

◇　配列は五十音順，数字はページ数を示す。
　ただし，名字がイニシャルの場合はアルファベット順。

◇　アルファベットは，原則的に，一般的なドイツ語表記を用いる。

●ア行

●カ行

●サ行

●タ行

●ナ行

●ハ行

●マ行

●ヤ行

●ラ行

●ワ行

名字がイニシャルの人物

訳者紹介

保坂一夫（ほさか　かずお）
1941年生。研究分野：ドイツ文学、ドイツ思想、ドイツ地域文化研究。著書：『ヨーロッパ＝ドイツへの道』（監共、東京大学出版会）、新訂『ドイツ文学』（監共、放送大学教育振興会）、『ドイツの笑い・日本の笑い』（共、松本工房）他、訳書：エルンスト・ブロッホ『希望の原理』（共、白水社）、クリスタ・ヴォルフ『選集』（監共、恒文社）、同『一年に一日』（共、同学社）他。

川尻竜彰（かわじり　たつあき）
1965年生。研究分野：ドイツ・ロマン派。日本大学非常勤講師。訳書にクリスタ・ヴォルフ『一年に一日』（共、同学社）。

杉田芳樹（すぎた　よしき）
1968年生。研究分野：ドイツ文学、比較文化論、比較芸術論、英独仏対照言語学。日本大学非常勤講師。訳書：クリスタ・ヴォルフ『一年に一日』（共、同学社）。

続・一年に一日

わたしの九月二十七日

2021年3月20日　初版発行

著　者	クリスタ・ヴォルフ
訳　者	保坂一夫／川尻竜彰／杉田芳樹
発行者	近　藤　孝　夫
発行所	株式会社　同　学　社 〒112-0005　東京都文京区水道1-10-7 電話：03-3816-7011　振替：00150-7-166920
印刷所	萩原印刷株式会社

井上製本所

ISBN978-4-8102-0334-9　　Printed in Japan